AARGAUER ABGRÜNDE

Ina Haller lebt mit ihrer Familie im Kanton Aargau, Schweiz. Nach dem Abitur studierte sie Geologie. Seit der Geburt ihrer drei Kinder ist sie «Vollzeit-Familienmanagerin» und Autorin. Zu ihrem Repertoire gehören Kriminalromane sowie Kurz- und Kindergeschichten.

www.inahaller.ch
www.facebook.com/autorininahaller
www.instagram.com/ina.haller.autorin
www.twitter.com/IHaller_Autorin

 Auf S. 269 bis 270 findet sich ein Glossar.

INA HALLER

AARGAUER ABGRÜNDE

Kriminalroman

emons:

Bibliografische Information der Deutschen Nationalbibliothek
Die Deutsche Nationalbibliothek verzeichnet diese Publikation in der Deutschen Nationalbibliografie; detaillierte bibliografische Daten sind im Internet über http://dnb.d-nb.de abrufbar.

MIX
Papier aus verantwortungsvollen Quellen
FSC® C083411
FSC
www.fsc.org

Umschlagmotiv: mauritius images/Daniel Bärtschi/imageBROKER
Umschlaggestaltung: Nina Schäfer, nach einem Konzept von Leonardo Magrelli und Nina Schäfer
Umsetzung: Tobias Doetsch
Gestaltung Innenteil: DÜDE Satz und Grafik, Odenthal
Druck und Bindung: CPI – Clausen & Bosse, Leck
Printed in Germany 2021
ISBN 978-3-7408-1259-1
Originalausgabe

Für Rebecca

Prolog

«Nein! Das reicht nicht!» Ihre Stimme bebte. Wieso verstand er das nicht?

«Warum nicht? Du musst nur warten, bis das Testergebnis vorliegt.»

«Eben, das reicht nicht.»

«Wieso nicht? Du musst ihn damit konfrontieren, und alles zerplatzt wie eine Seifenblase. In den Medien wird über ihn hergezogen werden, und sein angenehmes Leben ist Geschichte.»

«Genau das reicht mir nicht. Nicht mehr. Es ist ja nicht nur er, der schuldig ist. Das Gleiche gilt für die anderen.»

Er kratzte sich am Kinn, den Blick seiner blauen Augen unverwandt auf sie gerichtet.

«Seit letzter Nacht weiss ich es.» Sie hatte sich schlaflos hin und her gewälzt. Eigentlich hätte sie gut schlafen müssen, da sie der Lösung einen grossen Schritt näher gekommen war.

Das Gegenteil war der Fall gewesen. Die Erinnerungen aus längst vergangenen Tagen waren aufgeblitzt. Wie sie auf dem Boden lag. Die blutbeschmierten Plättli im Bad. Diese Bilder hatten sich unauslöschlich in ihren Kopf gegraben.

Sie war aufgestanden und hatte sich einen Tee zubereitet, in der Hoffnung, die Bilder abschütteln zu können. Dabei wusste sie, diese nie loswerden zu können. Egal, ob sie Erfolg hatten oder nicht. Während sie gewartet hatte, dass der Tee abkühlte, war es ihr auf einmal klar geworden. Ihr Vorhaben war gut, aber es reichte nicht. Der Plan, der sich in ihrem Kopf gebildet hatte, hatte es geschafft, die schrecklichen Bilder verblassen zu lassen. Ihr war bewusst geworden, erst so Ruhe finden zu können und endlich ihr Leben in den Griff zu bekommen.

Ihr Vorhaben konnte sie nicht alleine bewerkstelligen. Sie brauchte dafür ein weiteres Mal seine Hilfe.

Sie musterte den Mann, der ihr gegenüber auf dem Sessel sass und sich wiederholt mit der Hand über den blonden Dreitagebart strich. Ein Zeichen für seine Nervosität. Ihm war die Geste vermutlich nicht bewusst, aber sie hatte inzwischen gelernt, auf solche kleinen Zeichen zu achten und damit zu erkennen, wie sich ihr Gegenüber fühlte. Ob er die Wahrheit sagte oder nach Ausflüchten suchte. Das, was sie in den letzten Jahren durchgemacht hatte, hatte gewisse Vorteile.

«Hilfst du mir?» Sie beugte sich vor und zupfte an ihrer Bluse, damit der Ausschnitt nach unten rutschte.

Sein Blick wurde starr. Er leckte sich über die Lippen.

Es funktioniert, dachte sie erfreut. Ihre eigene Erregung wuchs. Sie öffnete die beiden oberen Knöpfe ihrer Bluse. Zwar war es ihr damals zuerst unangenehm gewesen, aber der Zweck heiligte die Mittel, und der Sex war richtig gut gewesen, wie sie zugeben musste. Durchaus wiederholbar. Sie hatte ihm nicht zugetraut, so gut im Bett zu sein. Um auf ihre Kosten zu kommen, musste sie nicht verliebt sein. Sie musste einfach gewisse Dinge ausblenden.

«Was soll ich genau tun?»

Er rutschte dichter an sie heran, und sie spürte, wie er sich zusammenreissen musste, seine Hand nicht in ihren Ausschnitt zu schieben. Sie legte ihre Hand auf seinen Schenkel und liess sie nach oben wandern.

«Ist das so schwer zu verstehen, was ich möchte?»

Er rutschte ein Stück zurück. «Das ist nicht dein Ernst.»

«Es wäre nicht das erste Mal für dich.»

«Das damals war ein Unfall.» Die Augen huschten zur Seite.

Nein, war es nicht, dachte sie. Als ich beim Auto gewartet habe, konnte ich es genau durch das Fenster beobachten. Damals hatte sie geschwiegen, was ihn davor bewahrt hatte, länger ins Gefängnis zu müssen. Die Tat war nicht verjährt. Falls er sich weigerte, würde sie ihn in der Hand haben.

Als er sie anschaute, erkannte sie, dass er begriffen hatte, was sie wusste und dass sie dieses Wissen einsetzen würde, um an ihr Ziel zu gelangen.

Sie hielt seinem Blick stand, in dem pure Panik zu erkennen war.

«Nun hab dich nicht so», sagte sie. Sie ergriff seine Hand und legte sie auf ihre Brust.

Die Panik in seinem Gesicht wechselte zu Gier. Sein Atem beschleunigte sich. Sie liess ein Seufzen entweichen, als er anfing, ihre Brust zu liebkosen. Sie würde auch dieses Mal voll auf ihre Kosten kommen, obwohl es nicht richtig war.

Er riss ihre Bluse auf, stiess sie auf das Sofa und beugte sich über sie. «Okay», flüsterte er atemlos. «Ich mache es und lasse mir was einfallen.»

Zuckerbrot und Peitsche, dachte sie. Sie wusste, wie sie ihre Ziele erreichen konnte. Und ihn als ihr Werkzeug hatte sie genau da, wo sie ihn haben wollte.

EINS

Andrina hatte das Gefühl, sie schwebe. Sie wagte nicht, zu glauben, dass sie das alles wirklich erlebte.

Als sie die Kirche betreten hatte, hatte sie zunächst einen Schrecken bekommen, wie voll sie gewesen war. Man hatte ihnen gesagt, hundert Leute würden in die Kirche passen. Da Andrina und Enrico im kleinen Rahmen feiern wollten, erschien ihnen die Kirche in Birrwil ideal zu sein – weit genug weg von Aarau, aber nicht zu weit, damit ihre Gäste keinen allzu weiten Anfahrtsweg hatten. Sie konnte sich nicht erinnern, so viele Leute eingeladen zu haben. Dicht an dicht sassen sie auf den Holzbänken und hatten ihre Trauung verfolgt. Bestimmt hatten sich Neugierige daruntergemischt, die dabei sein wollten, wenn der Eigentümer des Aarauer Pharmaunternehmens JuraMed heiratete.

Jetzt nahm sie die Leute nicht mehr wahr und hatte zum ersten Mal das Gefühl, zu verstehen, was gemeint war, wenn jemand sagte, er schwebe auf Wolke sieben. Andrina ging neben Enrico über den Teppich zum Ausgang.

Sie traten durch die Tür, und Andrina musste blinzeln, als ihr die Sonne ins Gesicht schien. Milde Luft strich über ihre Haut. Der Spätsommertag Anfang September gab sich alle Mühe, diesem Tag gerecht zu werden.

Als sich Andrinas Augen an die Helligkeit gewöhnt hatten, erkannte sie eine Menschentraube, die sich vor der Kirche versammelt hatte. Entlang des Weges standen Mitarbeiter von JuraMed Spalier. Sie trugen T-Shirts mit dem Logo des Pharmaunternehmens. Einige hielten Rosen in die Höhe, und andere bliesen Seifenblasen in die Luft. Die Kirche hatte darum gebeten, weder Reis noch Blütenblätter zu werfen, was Andrina recht war. Es wurde applaudiert, als Enrico und Andrina durch die Seifenblasen schritten. Die beiden Frauen, die am Ende der

Spaliergasse standen, hielten einen Blumenbogen in die Höhe, der mit bunten Bändern behängt war. Am Boden waren einige Kisten aufgestellt.

«Du musst sie darüberheben», rief einer der Männer, den Andrina nicht erkannte.

Sie lachte, als Enrico der Aufforderung nachkam und Andrina hochhob. Sie schob mit der Hand die Bänder zur Seite, als Enrico sie über das Hindernis trug.

Enrico stellte sie auf den Boden und küsste sie. Sofort waren sie von Gratulanten umringt. Sie wurde umarmt und bekam Geschenke in die Hand gedrückt, die sie Seraina weiterreichte, damit sie diese sammeln konnte.

Andrina war überwältigt. So viele wünschten ihnen auf ihrem gemeinsamen Lebensweg das Beste. Immer wieder musste sie sich verstohlen Tränen aus den Augenwinkeln tupfen. Zum Glück hatte die Kosmetikerin wasserfeste Tusche verwendet. Ein unbeschreibliches Gefühl: Alle waren wegen Enrico und ihretwegen hier.

Zu den ersten Gratulanten gehörten Max Wagner, Susanna Marioni und Samuel Häusermann von der Abteilung Leib und Leben der Kantonspolizei Aargau. Als Nächste kam Elisabeth Veldt – die Verlegerin des Cleve-Verlags, in dem Andrina als Lektorin angestellt war. Seit der Geburt ihrer Tochter Rebecca arbeitete Andrina an zwei Tagen im Büro des Verlags und die restliche Zeit ihres Fünfzig-Prozent-Pensums von zu Hause aus.

Nach Elisabeth folgten Angestellte von JuraMed, die Andrina teilweise nur vom Sehen kannte.

Kurz darauf nahm Andrinas Schwester Seraina sie und Enrico zur Seite. «Wann möchtet ihr die Gruppenfotos machen?», fragte sie und deutete auf ihren Mann Michael, der vor dem Eingang der Kirche stand. Er war Hobbyfotograf, aber seine Bilder standen denen eines Profis in nichts nach. Er fotografierte gerade ihre gemeinsame Tochter Regina, die Seifenblasen pustete.

«Am besten so schnell wie möglich», sagte Enrico. «So vergessen wir nicht die Gäste, die nur zum Apéro gekommen sind. Am liebsten mit dem See im Hintergrund.» Er deutete zum Hallwilersee.

«Okay, ich hole Mike.»

Andrina liess die Aussicht auf sich wirken. Die Berge waren im Dunst erkennbar. Gegenüber am anderen Seeufer musste Meisterschwanden sein. Auf dem See waren einige Segelboote unterwegs, und Andrina erkannte ein Passagierschiff. Sie blickte Richtung Pfarrgarten und sah fünf Schafe, die auf einem umzäunten Bereich vor dem alten Bauerngarten weideten. Ihr Blöken und das Bimmeln ihrer Glocken trugen zur friedlichen Stimmung bei, die trotz der vielen Gäste herrschte.

Sie dachte an ihre Eltern, die bei einem Autounfall ums Leben gekommen waren, als sie fünfzehn gewesen war. Rasch drängte sie die aufsteigende Wehmut zur Seite. Ihre Eltern hätten bestimmt nicht gewollt, dass sie heute Trauer verspürte.

Auf der Seetalstrasse fuhren vereinzelt Autos vorbei. Ihr Blick wanderte weiter zur Linde, die neben der schlichten Kirche stand, die über dem Seetal thronte. So ein schön gewachsener Baum, dachte sie. Hinter ihr war ein Teil des Friedhofs zu sehen. Andrina drehte sich zu ihren Gästen um und erstarrte. Ein Mann schlenderte auf den Torbogen beim Pfarrhaus zu und ging weiter zum Eingang der Kirche. Dort blieb er im Schatten stehen und lehnte sich gegen den Türrahmen ... War das etwa ...? Sie blinzelte. Nach einigen Sekunden legte er den anthrazitfarbenen Kittel schwungvoll über die Schulter. Er drehte sich um, schritt durch das Tor und entfernte sich mit grossen Schritten über die Zufahrtsstrasse der Kirche. Andrina hatte sein Gesicht nicht erkennen können, aber die Haltung und die Statur konnten stimmen. Nein, dachte sie. Das konnte unmöglich Marco Feller sein. Woher sollte er von ihrer Hochzeit wissen? Er war weit weg.

Nach den Ereignissen an Weihnachten vor etwas mehr als eineinhalb Jahren hatte er versucht, seine Beziehung zu Gabi zu retten. Erfolglos. Ein halbes Jahr später hatte er seinen Job bei Leib und Leben der Kantonspolizei Aargau an den Nagel gehängt, sein Haus vermietet und war mit unbestimmtem Ziel abgefahren. Für eine Auszeit, wie Gabi erklärt hatte. Das war vor ungefähr einem Jahr gewesen. Seitdem hatte keiner mehr von ihm gehört, soweit Andrina wusste.

«Was ist?», fragte Enrico.

«Nichts», erwiderte Andrina.

Er nahm ihr Gesicht in beide Hände und küsste sie. «Du hast eben ausgesehen, als hättest du ein Gespenst gesehen.»

«Mike ist einverstanden, wenn wir die Fotos machen, bevor wir zum Apéro zur ‹Chileschüür› gehen», kam Seraina Andrina zuvor. «Himmel, du bist ja ganz blass. Ist dir nicht gut?»

«Alles ist in Ordnung.» Andrina hoffte, das Lächeln misslang ihr nicht. Sie warf einen kurzen Blick in die Richtung, in die der Mann verschwunden war, bevor sie Seraina und Enrico folgte.

Andrina stand neben Enrico auf dem Steg vor dem Hotel Seerose in Meisterschwanden. Sie lehnte den Kopf gegen seine Schulter und blickte auf den Hallwilersee hinaus. Der fast volle Mond erhellte den See und spiegelte sich auf der Oberfläche.

Da die Sonne längst untergegangen war, merkte man deutlich, dass nicht mehr Sommer war und der Herbst vor der Tür stand. Der kühle Windhauch, der vom See zu ihnen wehte, hatte die Wärme des Tages abgelöst und liess Andrina frösteln. Enrico hatte seinen Arm um sie gelegt, und sie spürte die Wärme seiner Hand auf ihren nackten Schultern.

«Was ist?», fragte er.

«Es ist kühl.»

«Kein Wunder um zwei Uhr in der Nacht.»

Vor einer halben Stunde waren die letzten Hochzeitsgäste aufgebrochen. Enricos Vater war einer der letzten gewesen, die sich verabschiedet hatten. Zuerst hatte Enrico ihm keine Einladung schicken wollen, aber Andrina war hartnäckig geblieben. Sie freute sich, dass die beiden in Kontakt standen, obwohl Enricos Stiefmutter alles andere als erfreut war und sie weiterhin mied. Sie warf ihrem Mann vor, er habe ihr den unehelichen Sohn verschwiegen, und glaubte ihm nicht, dass er erst vor fast vier Jahren von Enricos Existenz erfahren hatte.

Da Andrina zu aufgedreht war, um ins Hotelzimmer zu gehen, waren sie auf den Steg geschlendert.

Sie hatte das Gefühl, weiterhin zu schweben. Es war nicht einfach dahergesagter Kitsch, wenn man behauptete, die Hochzeit sei einer der schönsten Tage im Leben. Andrina empfand Dankbarkeit: Dankbarkeit für Enrico. Dankbarkeit, hier sein zu dürfen. Dankbarkeit für alle, die dazu beigetragen hatten, diesen Tag für sie unvergesslich zu machen.

Es war bis auf das Plätschern des Sees gegen das Ufer und den Steg ruhig. Die Boote, die im kleinen Hafen festgemacht waren, schaukelten.

Diese Ruhe war genau das Richtige, um die Hochzeit nachklingen zu lassen. Wiederholt hatte sie sich heute unauffällig in den Arm gekniffen, um sicher zu sein, nicht zu träumen.

Enrico drehte sie zu sich und küsste sie. «So eine tolle Stimmung. Am liebsten würde ich ein Boot nehmen und mit dir auf den See hinausrudern.»

«Jetzt?»

«Warum nicht?»

Die Idee klang verlockend, musste Andrina zugeben, aber bei dem Gedanken, um diese Zeit draussen auf dem See zu sein, fröstelte ihr. Die Farbe des Wassers war schwarz. Unbehagen machte sich breit.

«Anscheinend kann ich dich nicht überzeugen. Gehen wir zum Alternativprogramm im Hotelzimmer über.» Er küsste sie auf die Schulter, und ein wohliger Schauer durchlief Andrinas Körper.

Auf einmal waren Schritte auf dem Holz hinter ihnen zu hören. Andrina wandte sich um und erblickte Seraina. Sie kam langsam auf ihren hochhackigen Schuhen auf sie zu. Ihr Kleid bauschte sich leicht im Wind.

«Rebecca schläft wie ein Engel», sagte sie, als sie Enrico und Andrina erreicht hatte.

«Danke, dass du nachgeschaut hast.»

Seit Seraina Enricos und Andrinas fast achtzehn Monate alte Tochter gegen einundzwanzig Uhr ins Bett gebracht hatte, war sie wiederholt nachschauen gegangen. Aber das kleine Mädchen hatte sich nicht gerührt. Seraina hatte angeboten, dass ihr Gottenmeitli heute Nacht in ihrem Zimmer schlafen würde, damit es Andrina und Enrico nicht um sechs Uhr aus dem Schlaf riss. Regina, Serainas inzwischen fünfeinhalb Jahre alte Tochter, war begeistert von der Idee gewesen und hatte sich als Aufpasserin für ihre Cousine deklariert.

«Ich sollte langsam ins Bett», sagte Seraina und unterdrückte ein Gähnen.

Als sie sich zum Gehen wandte, löste Enrico den Arm von Andrinas Schultern. «Ich müsste aufs WC», sagte er und blickte Andrina fragend an. «Gehen wir zurück?»

«Ich möchte einen Augenblick bleiben.»

Als die beiden im Gebäude der «Seerose» verschwunden waren, wollte Andrina sich zurück zum See drehen, hielt aber in der Bewegung inne, als sie eine Person Richtung Steg kommen sah. Die Gestalt blieb stehen. Es war, als schaue sie in ihre Richtung. Andrina hatte das Gefühl, beobachtet zu werden. Ob es sich um einen Mann oder eine Frau handelte, konnte sie auf diese Entfernung trotz des hellen Mondlichtes nicht erkennen.

Andrina fröstelte ein weiteres Mal und verspürte auf einmal Angst. Gleich darauf schalt sie sich ihrer Phantasie. Wer sollte ihr hier etwas antun wollen? Die Gestalt blieb, wo sie war. Als Andrina sich aufraffen wollte, auf die Person zuzugehen, öffnete sich die Tür beim Hotel. In dem Licht erkannte sie Gabi. Der Lichtstrahl fiel ebenfalls auf die Person. Ein Mann, der sich umwandte. Kurz meinte Andrina, dunkle kurze Haare zu erkennen, als das Licht die Gestalt erfasste, bevor sie in der

Dunkelheit verschwand. Der Mann hatte eine dunkle Hose und ein helles Hemd getragen. Den Kittel hatte er locker über die Schulter geworfen. War es einer der Hochzeitsgäste? Warum war er nicht zu ihr auf den Steg gekommen? Er könnte sie nicht gesehen haben, dachte Andrina, obwohl sie das nicht glauben konnte.

Gabi betrat den Steg und näherte sich ihr. Andrina stiess sich vom Geländer ab und ging auf Gabi zu. Auf halben Weg trafen sie sich.

«Ich wollte dir gute Nacht wünschen», sagte Gabi. «Enrico meinte, du seist noch draussen.»

«Ich wollte gerade reinkommen.» Andrina schielte in die Richtung, in die der Mann verschwunden war, und fragte sich, warum sein Auftauchen dieses Unbehagen ausgelöst hatte. Schliesslich war nichts dabei, einen kurzen Blick auf den See zu werfen, bevor man ging.

Gabi hakte sich bei Andrina unter.

«Danke für alles, was du heute für uns getan hast.» Andrina umarmte Gabi.

«Sehr gerne, und es hat Spass gemacht, Seraina in ihrer Brautführerfunktion zu unterstützen.»

Als sie bei der Tür ankamen, blieb Andrina stehen.

«Was ist?», fragte Gabi. Sie wischte eine Strähne ihrer langen blonden Haare, die sie heute ausnahmsweise offen trug, aus dem Gesicht.

Andrina druckste herum. Sie wusste nicht, wie sie es am besten zur Sprache bringen würde. Den ganzen Tag hatte sich keine Gelegenheit ergeben, und sie hatte das Gefühl, wenn sie Gabi darauf ansprach, würde der Tag verdorben sein. Auf der anderen Seite würde sie der Gedanke nicht loslassen, sobald sie im Bett lag.

«Was hast du auf dem Herzen?»

«Ich weiss, das ist eigentlich ausgeschlossen, aber ich hatte das Gefühl, heute bei der Kirche Marco gesehen zu haben.»

Kurz versteifte Gabi sich neben ihr.

Das Thema Marco Feller mieden sie nach Möglichkeit. Zu viel war geschehen. Nach Andrinas unschöner Trennung von ihm war sie mit seinem Halbbruder Enrico und Marco mit Gabi zusammengekommen. Liebe war es zwischen Marco und Gabi nicht gewesen, da er nie über die Trennung von Andrina hinweggekommen war. Gabi war für ihn eher eine Lückenbüsserin gewesen. Das hatte sie deutlich zu spüren bekommen. Wiederholt hatte er versucht, Andrina zurückzugewinnen. Auch nachdem Gabi von ihm schwanger geworden war.

«Entschuldige, ich …», setzte Andrina an.

«Ihm wäre es zuzutrauen, hier aufzutauchen und euch den Tag zu vermiesen.» Die Härte, die Andrina inzwischen kannte, wenn Gabi von Marco sprach, schlich sich in ihre Stimme. «Aber das ist, wie du gesagt hast, unmöglich.» Gabi holte aus ihrer Handtasche ihr Handy hervor. «Gestern Abend hat er mir das geschickt.»

Andrina zuckte zusammen, als sie den gebräunten Mann erkannte, der sich gegen die Motorhaube eines Geländewagens lehnte. Er trug einen Cowboyhut, dessen breite Krempe einen Schatten auf das Gesicht warf, sodass dieses nicht richtig erkennbar war. Im Hintergrund sah Andrina das Gerippe eines Baumes vor einer grossen roten Düne. «Sossusvlei», las sie unter dem Foto.

«Wo ist das?», fragte Andrina.

«Namibia», erwiderte Gabi. «Mitten in der Wüste. Sogar für Marco wird es nicht umsetzbar sein, innerhalb von einem Tag von dort zur Kirche von Birrwil zu kommen, um dir den Tag zu verderben.»

Nachdem sich Gabi vor bald eineinhalb Jahren nach längerer Zeit im Koma den Weg zurück ins Leben gekämpft hatte, hatte sie erklärt, nichts mehr mit Marco zu tun haben zu wollen. Auch ihren gemeinsamen Sohn André sollte er in Ruhe lassen. Zuerst hatte Andrina gedacht, Marco werde rechtliche Mittel in Erwägung ziehen, aber er war einfach abgereist, was nicht zu ihm gepasst hatte.

«Ich wusste nicht, dass ihr Kontakt habt.»

Bestand die Hoffnung, es würde zwischen den beiden alles in Ordnung kommen? Ein räumlicher Abstand mit vorübergehender Funkstille konnte durchaus helfen, Dinge wieder einzurenken.

«Er steht in Kontakt, nicht ich.»

Was sollte das heissen?

Gabi verzog den Mund, was offenbar ein Lächeln sein sollte. «Seit einem Monat schickt er mir diese virtuellen Postkarten. Unsere WhatsApp-Brieffreundschaft ist aber einseitig.» Andrina musste verständnislos aussehen. «Ich antworte ihm nicht.»

«Wenn du nichts mit ihm zu tun haben möchtest, könntest du ihn blockieren.»

«So bin ich informiert, wo er ist.»

Soviel Andrina wusste, hatte Gabi Angst vor Marcos Rückkehr. Sie befürchtete, er könne versuchen, ihr ihren Sohn wegzunehmen. Obwohl sich Marco verändert hatte, konnte Andrina sich das nicht vorstellen.

Gabi legte die Hand auf Andrinas Arm. «Ich hoffe, er bleibt für immer weg.»

«Meinst du, das wird er?»

«Ich hoffe, ihm sagt ein Land so zu, und er bleibt dort hängen.»

«Hier bist du», sagte Enrico.

Gabi steckte rasch das Handy ein. «Ich bin hundemüde und gehe schlafen.» Sie umarmte Andrina und Enrico.

Enrico führte Andrina zu ihrem Zimmer. Die Tür fiel hinter ihnen ins Schloss. Enrico zog Andrina an sich. «Zum Schlafen bin ich zu aufgedreht.» Er öffnete den Reissverschluss ihres Kleides.

«Ich auch.» Andrina erwiderte Enricos Kuss und knöpfte sein Hemd auf.

ZWEI

Andrina hob die schlafende Rebecca aus dem Kindersitz und setzte sie vorsichtig in den Kinderwagen. Einige Strähnen der dunkelbraunen Haare klebten am Kopf. Die anderen lockten sich stärker als sonst.

«Sie sieht aus wie du», hörte Andrina regelmässig. Dem konnte sie nicht unbedingt zustimmen. Die Augen waren eindeutig die von Enrico, was sowohl die Form als auch die Farbe betraf. Das Gleiche galt für Rebeccas Teint, an dem man eindeutig erkennen konnte, dass ihr Vater Süditaliener war.

Andrina schloss die Wagentür und blickte zum Hauptgebäude des Aarauer Pharmaunternehmens JuraMed. Eigentlich wäre am heutigen Dienstag Verlagstag, aber Andrina hatte diese Woche freigenommen.

In den bunten Fenstern reflektierten die Sonnenstrahlen. Ein leichter, warmer Wind wehte, brachte aber keine Abkühlung. Seit gestern war der Hochsommer zurückgekehrt. Es war ungewöhnlich warm für Anfang September, hiess es wiederholt in den Nachrichten. Letzte Nacht hatte es sogar eine Tropennacht gegeben, da die Temperaturen nicht unter zwanzig Grad gefallen waren. Am Himmel waren erste Quellwolken erkennbar, die sich später in Gewitterwolken weiterentwickeln würden, wenn man den Prognosen von Meteo glaubte.

Andrina betrachtete ihre schlafende Tochter. Die Hitze setzte der Kleinen genauso wie ihr zu. Die letzten beiden Nächte hatte sie schlecht geschlafen und holte es nun am Tag nach, wenn sie sich in einer kühleren Umgebung aufhielt – so wie im klimatisierten Inneren des Autos. Das Mädchen blinzelte und richtete sich auf. Als sie Andrina erblickte, strahlte sie sie an. Wenigstens war sie nicht so übel gelaunt und unleidig wie Gabis Sohn André.

«Lass uns reingehen», sagte Andrina zu Rebecca und schob

den Kinderwagen Richtung Gebäude. Nach wenigen Sekunden traten Schweisstropfen auf ihre Stirn. Andrina war froh, wenn sie am Wochenende für einige Tage der Hitze im Mittelland entfliehen konnten und ins Unterengadin aufbrachen, um dort für ein verlängertes Wochenende verkürzte vorgezogene Flitterwochen zu verbringen. Das Wetter sollte zwar unbeständiger werden, aber Andrina hoffte, es traf nicht das Engadin.

Andrina betrat das Gebäude, und eine angenehme Kühle schlug ihr entgegen. Im Empfangsbereich war niemand. Andrina wusste nicht genau, in welchem Raum der Apéro stattfinden sollte, den Enrico anlässlich ihrer Hochzeit bei JuraMed organisiert hatte. «Komm gegen drei Uhr», hatte er nur am Morgen gesagt, bevor er gegangen war.

«Oh, Frau Bianchi, Sie sind schon da», sagte eine Frauenstimme hinter ihr.

Andrina brauchte einige Sekunden, bis sie begriff, dass sie gemeint war. Für sie war es selbstverständlich gewesen, Enricos Nachnamen anzunehmen, aber sie fragte sich, wann sie sich daran gewöhnen würde, damit angesprochen zu werden.

«Kommen Sie, ich bringe Sie zu den anderen», sagte die hoch aufgeschossene Blondine. Sie öffnete mit dem Badge die Tür, die neben dem Empfangstresen war.

Verstohlen blickte Andrina sich um. Es war bereits mehr als ein Jahr her, dass sie anlässlich Rebeccas Geburt hier gewesen war.

Das Gelächter und Stimmengemurmel wurde lauter, und wenige Sekunden später führte die blonde Frau Andrina in einen grossen Raum.

Enrico, der bei einer Gruppe Männer stand, erblickte sie sofort und kam auf sie zu. Er küsste Andrina und beugte sich zu Rebecca, die ihm ihre Arme entgegenstreckte, als er sie aus dem Wagen hob.

Gleich darauf waren sie umringt. Glückwünsche brandeten gegen Andrina. Jemand reichte ihr ein Glas mit Champagner.

«Wie schön, dich wiederzusehen», sagte ein Mann mit einem grauen Wuschelkopf. Andrina brauchte einen Moment, bis sie Gregor Hartmann erkannte. Beim letzten Mal hatte der Finanzchef von JuraMed eindeutig weniger graue Haare gehabt. Als Nächstes begrüssten sie Clarissa Rüegg und Ueli Siebert, die beide ebenfalls Geschäftsleitungsmitglieder waren.

«Eure Tochter wird immer grösser», sagte Clarissa Rüegg und strich Rebecca über die Wange.

Das Mädchen drehte prompt sein Gesicht auf die Seite und presste ihre Nase an Enricos Hals. Gleich darauf schaute sie Clarissa Rüegg an und drehte sich weg, um keine Sekunde später sie wieder anzublicken.

«Gugus da», sagte Clarissa Rüegg, die das Spiel offenbar sofort begriffen hatte, und erntete ein freudiges Jauchzen von Rebecca.

Eine dunkelhaarige Frau trat mit einem Tablett zu ihnen, auf dem kleine Kuchenhäppchen standen.

«Nicht solche kleinen Stücke, Fadrina», protestierte Ueli Siebert. «Du musst wissen, Fadrinas Bündner Nusstorte ist die beste», sagte er kauend zu Andrina.

«Sie sind Enricos Frau?», fragte Fadrina. Ihre Stimme klang schüchtern. Bisher hatte Andrina keinen persönlichen Kontakt zu der Nachfolgerin von Enricos Sekretärin gehabt. Sie musterte die Frau, die Ende dreissig sein musste. Ihre dunklen Haare waren kurz geschnitten, und die dunklen Augen mit der gebräunten Haut verliehen ihr einen südländischen Touch.

«Lassen wir das Sie weg. Ich bin Andrina.»

«Freut mich. Ich habe gehört, du bist Bündnerin.»

«Nur zu einem Viertel», antwortete Andrina. «Meine Grossmutter stammt aus Ftan. Aber Familie beziehungsweise Kontakte habe ich dort keine mehr.» Andrina nahm ein Kuchenstück von dem Tablett, das Fadrina ihr hinhielt. Die Nusstorte war weniger süss und genau so, wie Andrina sie gern hatte.

«Fadrina?», rief ein grauhaariger Mann, dem Andrina früher

einmal begegnet war, den sie aber nicht zuordnen konnte. «Wir brauchen Kuchennachschub.» Er nahm zwei Stück von der Nusstorte, als Fadrina bei ihm angekommen war.

«Wann fahrt ihr in die Flitterwochen?», fragte Beat Schär. Der Mann Anfang fünfzig war IT-Chef bei JuraMed.

«Wir haben die Flitterwochen auf November verlegt, um in die Wärme zu flüchten, wenn es hier neblig, kalt und grau wird», sagte Enrico.

«Das ist eine vernünftige Idee», sagte Clarissa Rüegg. «Wenn ich an das Dauergrau im Winter denke, beginne ich bereits jetzt zu frieren.»

«Genau. Daher machen wir das so. Wir gönnen uns aber ein verlängertes Wochenende im Bündnerland. Das hier ist die passende Einstimmung.»

Ein Aufschrei liess alle in Andrinas Umkreis zusammenzucken, bevor Andrina Fadrina ein Kompliment machen konnte.

«Es brennt!», schrie ein Mann, der an den Fenstern stand. Andrina bemerkte den dunkelgrauen Rauch, der an dem Fenster vorbeizog. Der Brandalarm heulte los.

Jemand stiess Andrina an. «Raus hier!»

Gedränge entstand, und Andrina verlor Enrico und Rebecca aus den Augen. Unablässig wurde sie von der Menge nach vorne geschoben und durch die Tür gedrängt.

Heisse Luft schlug ihr entgegen, als sie sich der Tür näherte, die auf den Parkplatz führte. Sie roch Rauch. Es stank nach verbranntem Gummi. Erneut sah sie sich nach Enrico und Rebecca um. Ein Knall. Die Leute um sie herum schrien auf. Schüsse? Andrinas Panik nahm zu. Das war von draussen gekommen. Wenn da draussen jemand schoss, sollten sie im Gebäude bleiben. Aber dort brannte es. Der Rauchgeruch wurde stärker. Unaufhaltsam wurde sie weiter nach vorne geschoben. Schliesslich stand sie vor dem Gebäude. Aus der Ferne waren Sirenen zu hören.

Leute stolperten an ihr vorbei. Fast schwarze Rauchschwaden zogen an ihr vorüber. Sie wurde angerempelt und taumelte.

Knapp konnte sie sich auffangen und liess sich mit der Menschenmenge weiter vom Gebäude wegtreiben.

***

In der Ferne war sich entfernendes Donnergrollen zu hören. Das Gewitter war an Aarau vorbeigezogen. Andrina lehnte den Kopf gegen den Türrahmen. Nach wie vor hatte sie den beissenden Geruch des Rauchs in ihrer Nase. Ihr Hals kratzte. Das Geschrei der Mitarbeiter hallte in ihrem Kopf nach. Sie wunderte sich, dass bei der Panik nicht mehr passiert war. Nachdem die Leute realisiert hatten, dass es nicht im Gebäude, sondern nur davor brannte, hatte das Gedränge nachgelassen und war in Neugierde gewechselt. Einige waren zurückgegangen und hatten fasziniert das brennende Auto auf dem Parkplatz einige Meter neben dem Eingang betrachtet.

Andrina stiess die Tür zu Rebeccas Zimmer ein Stück auf. Das Mädchen lag auf dem Rücken und hatte Beine und Arme von sich gestreckt. Seestern nannte Andrina diese Schlafposition. Der kleine Brustkorb hob und senkte sich in regelmässigen Abständen. Der rechte Arm und der linke Fuss zuckten. Ein Seufzen drang über die Lippen. Sie schlief tief und fest und die Schrecken waren vergessen.

Andrina fasste an ihre Seite. Der Schlag des Ellenbogens eines Mannes, der sie an der Tür zurückgedrängt hatte, um vor ihr nach draussen zu eilen, würde einen blauen Flecken nach sich ziehen.

Erneut sah Andrina das brennende Auto, das auf einem der Parkfelder stand, die für die Geschäftsleitungsmitglieder reserviert waren. Das Heulen der Sirene des Feuerwehrwagens, der auf den Parkplatz brauste, hallte in ihrem Kopf nach. Sie sah vor ihrem inneren Auge, wie die Leute auseinanderstoben und sich die Ohren zuhielten, als der Wagen anhielt und die Feuerwehrleute heraussprangen. Inzwischen stand das Auto in Vollbrand, und die Flammen loderten rechts und links zu den daneben parkierten Autos. Andrina hatte befürchtet, sie würden ebenfalls Feuer fangen. Zum Glück hatten die Feuerwehrleute das Feuer schnell unter Kontrolle gebracht.

Von unten drang das Klicken der Haustür nach oben.

«Andrina?» Enrico war endlich nach Hause gekommen. Er hatte Andrina gebeten, mit Rebecca nach Hause zu fahren. Das war um vier am Nachmittag gewesen. Seitdem hatte sie nichts mehr von ihm gehört.

Andrina schielte auf ihre Armbanduhr. Inzwischen war es fast acht Uhr am Abend. Sie zog die Tür bis auf einen kleinen Spalt zu. «Ich komme», rief sie leise und eilte die Treppen nach unten.

Sie fand Enrico vor der Garderobe. Er zog seine Schuhe aus und stellte sie ins Schuhregal. Als Andrina bei ihm war, zog er sie an sich und küsste sie.

«Und?», fragte Andrina.

«Ich brauche erst einmal einen Schluck zu trinken und etwas zu essen», sagte er.

Fünf Minuten später setzte Andrina sich ihm auf der Terrasse gegenüber, nachdem sie Salat, Käse und Brot auf den Tisch gestellt hatte. Es war warm genug, draussen zu sitzen, wenn man einen Pullover anzog, und man sollte das ausnutzen. Kalt und ungemütlich würde es schneller werden, als einem lieb war.

«Weiss man, warum das Auto gebrannt hat?»

«Nein, aber das werden die Brandermittler der Kriminalpolizei herausfinden.»

Polizei, dachte Andrina entsetzt. Obwohl es nachvollziehbar war, musste sie einräumen. «Du meinst, es war Brandstiftung?», fragte sie.

Trotz der milden Temperatur fröstelte Andrina. Es konnte nichts anderes als Brandstiftung sein. Ein parkiertes Auto fing nicht einfach so Feuer.

Enrico füllte Wasser in sein Glas. «Ich weiss, man sollte keine voreiligen Schlüsse ziehen, aber meiner Meinung nach sieht es nach Brandstiftung aus.» Die Bestätigung aus seinem Mund liess Andrina stärker frieren.

«Warum sollte jemand bei euch Autos anzünden?»

«Frage mich bitte etwas Leichteres.»

«Zum Glück hast du dein Auto heute nicht auf deinem Parkfeld abgestellt.» Enrico hatte sein Parkfeld für Andrina frei gelassen, damit sie mit Rebecca direkt vor dem Gebäude anhalten konnte, falls es sonst keinen Parkplatz mehr frei hatte. Sein Wagen wäre in unmittelbarer Nähe zum brennenden gewesen.

«Wessen Autos sind betroffen?»

«Die von Gregor Hartmann und Ueli Siebert sind beschädigt. Das von Beat Schär hat, glaube ich, durch die sich entwickelnde Hitze ebenfalls etwas abbekommen. Das Auto, das gebrannt hat, gehört Fadrina und hat Totalschaden.»

«Wieso stand dort Fadrinas Auto?»

«Sie hat es auf dem Parkplatz von Raoul Schneider abgestellt, der in den Ferien ist. So musste sie ihre Bündner Nusstorte und die Getränke nicht so weit tragen. Ich hatte sie gebeten, sich um die Verpflegung für den Apéro zu kümmern.»

Sie assen einen Augenblick schweigend, bis Andrina das Wort ergriff.

«Hat es im Gebäude auch gebrannt?»

«Nein. Oberhalb vom brennenden Wagen war das Fenster geöffnet. Der Rauch ist direkt in das Büro gezogen und hat die Alarmanlage aktiviert.»

«Hätte das Feuer auf das Gebäude überspringen können?»

«Eher weniger. Die Parkplätze haben genügend Abstand zum Haus.»

«Falls es Brandstiftung war, warum zündet man Autos und nicht das Gebäude an, und das dazu am helllichten Tag?»

Kaum hatte Andrina das gesagt, wurde ihr die Bedeutung ihrer Frage bewusst. Handelte es sich um einen missglückten Anschlag auf JuraMed?

«Hat der Täter geplant, das Gebäude anzuzünden, und die Autos sind ein Versehen?», flüsterte sie.

War das nachvollziehbar? Derjenige hätte in das Gebäude gehen können. Allerdings wäre er nur bis zum Empfangsbereich gekommen. War ihm das bewusst geworden, und war das Feuer am Auto nur eine daraus resultierende Frusthandlung? Eine misslungene Tat, weil er schlecht vorbereitet gewesen war? Hatte er gewusst, dass sich fast alle Angestellten in dem grossen Präsentationszimmer zum Apéro versammelt hatten, und geplant, möglichst viele Mitarbeiter in den Tod zu reissen?

DREI

Mit Rebecca auf dem Arm und einer grossen Tasche über der Schulter folgte Andrina dem dunkelhaarigen Beamten, dessen Namen sie gleich wieder vergessen hatte. Ihr hatte es immer Mühe bereitet, sich Namen zu merken, aber seit der Geburt ihrer Tochter war es richtig schlimm.

Als der Mann sie im Empfangsbereich des Polizeikommandos in Aarau abgeholt hatte, hatte Andrina zuerst gedacht, sie stehe Marco Feller gegenüber. Nach einigen Sekunden hatte sie realisiert, dass der Mann fast zehn Jahre jünger sein musste. Eine gewisse Ähnlichkeit blieb, die durch die blaugrauen Augen und die vollen dunkelbraunen Haare verstärkt wurde.

Verstohlen schaute Andrina sich um, als der Beamte vor einer Tür stehen blieb. In diesem Stockwerk war sie bisher nie gewesen, oder sie konnte sich nicht mehr daran erinnern.

Der Raum, den sie betraten, ähnelte dem Befragungsraum in der Abteilung Leib und Leben, in dem sie bereits früher einige Male gewesen war.

Ein hagerer blonder Mann drehte sich um, als sie eintraten. Er reichte Andrina die Hand und sagte zu ihrem Begleiter: «Danke, Lorenzo.»

Endlich kam Andrina dessen Name wieder in den Sinn. Er hatte sich als Lorenzo Caretti vorgestellt.

«Ich bin Stefan Müller, Brandermittlung.»

Wenigstens war das ein Name, den sie behalten würde. Zumindest hoffte Andrina das.

Sie setzte sich den Beamten gegenüber. Sofort fing Rebecca an, sich hin und her zu winden. Sie stiess sich von der Tischkante ab und machte damit eindeutig klar, nicht auf dem Schoss sitzen bleiben zu wollen. Andrina hatte das befürchtet. Sie stellte Rebecca auf den Boden. Rebecca marschierte um den Tisch herum und blieb vor Caretti stehen.

«Rebecca!»

«Lassen Sie sie.» Er beugte sich zu dem Mädchen hinunter.

Sie trat einen Schritt näher und zog an seinem Arm. Er hob sie hoch und setzte sie auf seinen Schoss. Rebecca strahlte Andrina über den Tisch an und griff nach dem Notizbuch. Das kann ja heiter werden, dachte Andrina und verwünschte Rebeccas Offenheit gegenüber fremden Personen. Caretti riss ein Blatt heraus und gab Rebecca einen Stift. Sofort kritzelte sie das Blatt voll.

«Das ist kein Problem», erwiderte Caretti. «Ich kenne das von meinem Neffen. Wie am Telefon erwähnt, möchten wir mit Ihnen darüber sprechen, ob Ihnen kurz vor dem Ausbruch des Brandes was aufgefallen ist», fuhr er fort. «Sie waren die letzte Person, die an den Autos vorbeigegangen ist, bevor eines zu brennen begann.»

Andrina nickte.

«Können Sie bitte zunächst den Nachmittag aus Ihrer Sicht beschreiben?»

Andrina erzählte, wie sie angekommen war und wie die blonde Frau sie zum Apéro begleitet hatte.

«Ist Ihnen auf dem Parkplatz etwas aufgefallen?», fragte er, als Andrina eine Pause einlegte.

Rebecca wand sich auf seinem Schoss, und er stellte sie auf den Boden. Sie kehrte zu Andrina zurück und setzte sich zu den Klötzchen auf den Boden, die Andrina ihr hinlegte.

«Nein.»

«Keine weitere Person?»

In Gedanken ging Andrina den Weg nochmals durch. «Es war niemand dort.»

«Ist Ihnen an den Autos etwas aufgefallen?»

«Die Fenster des Wagens, der gebrannt hat, waren offen», fiel Andrina ein.

Caretti blätterte in seinem Notizbuch und nickte.

«Ich dachte, das ist die perfekte Einladung, einen Wagen zu stehlen», fuhr Andrina fort.

«Und sonst? Ein Flimmern, Benzingeruch?»

«Nein. Ich habe ehrlich gesagt nicht genau hingeschaut. Gerochen habe ich nichts. Kann sich ein Auto aufgrund der Hitze entzündet haben?»

Andrina spürte ein Zupfen an ihrem Rock. Rebecca war aufgestanden und schaute erwartungsvoll zu ihr hoch.

«Mami. Da.» Sie deutete auf die Tasche.

Andrina schaute auf ihre Uhr. Es war eindeutig Zeit fürs Zvieri. «Ist das in Ordnung?», fragte sie und hielt die Box mit den Zwetschgen hoch.

«Geben Sie ihr ruhig zu essen», sagte Müller.

Andrina hob Rebecca auf den Schoss, band ihr ein Lätzchen um.

«Es ist eher unwahrscheinlich», fuhr Caretti fort, als Rebecca sich eine Zwetschgenhälfte nahm und daran knabberte.

Andrina brauchte einen Moment, bis sie begriff, dass der Beamte auf ihre Frage geantwortet hatte.

«Es ist also Brandstiftung?» Andrina dachte an die Mitteilungen, die sie im Radio gehört und in der Zeitung gelesen hatte. Sie hatte das Gefühl gehabt, die Medien versuchten sich gegenseitig mit Spekulationen zu übertrumpfen.

«Die Untersuchungen sind nicht abgeschlossen.» Caretti wich eindeutig aus. Er blätterte eine Seite in seinem Notizbuch um. «Wie gut sind Sie mit Fadrina Jäger bekannt?»

«Ich habe sie gestern kennengelernt.»

Eine Augenbraue hob sich.

Wie Marco, schoss es Andrina durch den Kopf. Warum musste sie in der letzten Zeit dauernd an ihn denken? Die Verwunderung in Lorenzo Carettis Gesicht vertiefte sich.

«Ich meine, persönlich kennengelernt», beeilte sie sich zu sagen. «Sie ist die neue Sekretärin meines Mannes und seit ...» Andrina überlegte. «... seit zwei Monaten bei JuraMed. Unser Kontakt hat sich auf ein oder zwei kurze Gespräche am Telefon beschränkt.»

«Hat Ihr Mann über sie gesprochen?»

«Er hat … Rebecca, nein!»

Das Mädchen hatte die letzte Zwetschgenhälfte aus der Dose genommen und zerquetschte sie zwischen ihren Händen. Saft tropfte auf die Tischplatte. Mit einer Hand verschmierte sie den Früchtebrei auf dem hellen Holz.

Caretti stand auf und reichte Andrina einen Putzlappen, der über dem Whiteboard hing.

«Entschuldigen Sie bitte.» Wie peinlich. Sie wischte über den Tisch. Andrina hoffte, die Befragung würde nicht mehr allzu lange dauern. Cool bleiben, dachte sie. «Er hat Fadrina hin und wieder erwähnt, wenn er mir von seinem Arbeitsalltag berichtete», setzte sie an, darum bemüht, sich nichts anmerken zu lassen.

«Hatten Sie das Gefühl, er sei mit ihrer Arbeit zufrieden?»

Was sollte diese seltsame Frage? «Ja, warum?»

«Sie befindet sich in der Probezeit.»

Das Gespräch wurde für Andrina immer absurder. «Wenn Sie wissen wollen, ob Enrico mit ihrer Leistung zufrieden ist, müssen Sie ihn selber fragen. Falls er es nicht ist, hat er es mir gegenüber nicht erwähnt.»

Caretti begleitete Andrina zum Empfangsbereich und verabschiedete sich.

«Andrina?», hörte sie eine Männerstimme hinter sich.

«Hallo, Max.»

Neben Max Wagner stand eine schlanke Frau mit kurzen braunen Haaren. Schlank war das falsche Wort, sie war hager, beinahe dürr. Sie musste genauso alt wie Andrina sein.

«Was machst du hier?», fragte Wagner.

«Herr Müller und Herr Caretti haben mich gebeten, wegen des Brandes bei JuraMed zu kommen.»

«Das abgebrannte Auto. Stimmt. Seltsame Sache.» Er machte einen verschlossenen Eindruck.

Andrina fragte sich, ob Wagner und sein Team in die Ermittlungen involviert waren. Sie ging nicht davon aus, da keine

Person zu Schaden gekommen war, und unterliess es, ihn zu fragen.

«Das ist Corina Burkhard. Sie ist unsere neue Kollegin.»

Sie reichten einander die Hände. Corina Burkhard wich dabei Andrinas Blick aus.

Man war nicht erfreut gewesen, als Marco gekündigt hatte, wie Susanna Andrina als Freundin erzählt hatte. Es war für alle überraschend gekommen. Im Nachhinein musste Andrina einräumen, dass es abzusehen gewesen war. Sie musste zugeben, froh gewesen zu sein, als Marco damals Aarau verlassen hatte. Die erhoffte Ruhe war eingekehrt.

Nachdem Marco gekündigt hatte, war Max Wagner zum Leiter des Teams Leib und Leben befördert worden. Es hatte fast ein halbes Jahr gedauert, bis die vakante Stelle im Team frisch besetzt gewesen war.

«Die Neue ist nett, allerdings auch ein wenig rechthaberisch», hatte Susanna erzählt. Rechthaberisch sah die Frau vor ihr nicht aus. Sie machte auf Andrina eher einen zurückhaltenden Eindruck.

«Hast du was von Marco gehört?», fragte Andrina.

«Das fragst ausgerechnet du?» Der forsche Blick, mit dem Wagner sie betrachtete, war Andrina unangenehm.

«Na ja, ich hatte das Gefühl, ich hätte ihn gesehen», sagte Andrina und beschloss, es vage zu halten.

«Wann? Wo? In Aarau?» Wieso sah Wagner alarmiert aus?

Andrina machte eine unbestimmte Geste mit den Händen.

«Bei mir hat er sich nicht zurückgemeldet. Allerdings muss er das auch nicht.»

Die Heftigkeit, mit der er das sagte, überraschte Andrina. Susanna hatte zwar erwähnt, es sei bei der Kündigung zwischen den Männern etwas vorgefallen. Was genau, hatte sie nicht gesagt.

«Er muss nicht angekrochen kommen und anfragen, ob bei uns eine Stelle frei ist», knurrte Wagner.

Andrina fand es besser, nicht nachzuhaken.

«Man sieht sich», sagte er und drehte sich um.

Corina Burkhard war offenbar, ähnlich wie Andrina, über den abrupten Abgang erstaunt. Sie folgte ihm. Andrina wusste nicht, ob sie Genaueres über Marco Feller und seine Verbindung zu Andrina wusste.

Andrina verliess das Polizeikommando und setzte Rebecca in den Veloanhänger. Ein dunkelblauer BMW fuhr langsam an ihr vorbei. Andrina hatte das Gefühl, er wolle anhalten. Aber der Wagen fuhr weiter in den Kreisel. Doch anstatt eine der Ausfahrten zu nehmen, umrundete er ihn dreimal und verringerte jedes Mal die Geschwindigkeit, wenn er an Andrina vorbeikam. Sie meinte, einen dunkelhaarigen Mann zu erkennen, der in ihre Richtung schaute. Schliesslich verliess er den Kreisel und bog beim zweiten Kreisel links Richtung Zubringer Staffelegg ab. So einen Wagen hatte Marco früher gehabt.

Schon wieder schlich er sich in ihre Gedanken. Lag es an der Begegnung bei der Kirche in Birrwil?

Andrina blickte weiterhin in die Richtung, in die der Wagen verschwunden war. Warum hatte sie das Gefühl, verfolgt zu werden?

***

Andrina trat auf die Terrasse und stellte das Babyfon auf den Tisch. Endlich hatte sie Rebecca überzeugen können, sich hinzulegen. Sie hoffte, die Nacht werde nicht wieder zum Tag.

Enrico griff nach dem Weinglas und schwenkte es langsam. Er trank einen winzigen Schluck und musterte den Inhalt des Glases. Für jeden Aussenstehenden musste es aussehen, als probiere er, ob der Barolo Zapfen habe, und stelle sich auf einen gemütlichen Abend ein. Aber Andrina konnte er nicht täuschen. Für sie war seine innere Anspannung unübersehbar.

Auch heute war er später heimgekehrt, und wie gestern hatte das nichts mit viel Arbeit bei JuraMed zu tun. Er hatte Rebecca kurz auf den Arm genommen und ihr gute Nacht gewünscht, bevor er in der Küche verschwunden war. Das war untypisch für ihn. Normalerweise herzte er seine Tochter und liess sich Zeit.

Enrico füllte die beiden Weingläser und griff nach Brot und Käse. Sein Kiefer mahlte, als er kaute.

«Was gibt es Neues?», fragte Andrina, als sie das Schweigen nicht mehr aushielt.

«Es war definitiv Brandstiftung.»

«Wie bitte?»

«Die Ermittler haben entsprechende Hinweise in Fadrinas Auto gefunden.»

«*In* Fadrinas Auto?»

«Fadrina hatte das Fahrer- und Beifahrerfenster ein Stück offen, damit sich der Wagen nicht so stark aufheizt. Der Brandstifter hat den Brandsatz durch eins der Fenster geworfen. Auf der Überwachungskamera neben dem Eingang ist ersichtlich, wie sich eine vermummte Person dem Wagen genähert hat.»

«War niemand in der Nähe, der das beobachten konnte?»

«Nein. Du warst die letzte Person, die vor dem Anschlag das Gebäude betreten hat. Das war eine Viertelstunde davor.» Die unausgesprochene Frage war deutlich.

«Ich habe niemanden gesehen.» Andrina überlegte, wie oft sie diesen Satz bereits gesagt hatte.

«Man hat mir das Video gezeigt. Darauf huscht er – es muss gemäss Herrn Caretti ein Mann gewesen sein – zum Auto und wirft den Brandsatz hinein. Kurz kann man sein Gesicht vom Profil her erkennen. Leider sind die Aufnahmen nicht gut genug. Auch nach der Bearbeitung durch die Polizei nicht.»

«Das heisst, du hast ihn nicht erkannt?»

«So ist es. Die Ermittler vermuten, er habe in einem Wagen gewartet, der ausserhalb des Bereichs stand, den die Kamera erfasst.»

«Wird der restliche Parkplatz nicht videoüberwacht?»

Enrico verneinte. «Wenn ich die Beamten richtig verstanden habe, haben wir Glück gehabt, dass nicht mehr passiert ist.»

«Meinst du damit, das Feuer hätte auf das Gebäude übergreifen können?»

«Das nicht gerade, aber jemand wollte offenbar sichergehen, dass von dem Auto nichts mehr übrig bleibt. Die beiden Wagen daneben wurden ordentlich in Mitleidenschaft gezogen.»

«Wieso ausgerechnet Fadrinas Wagen?»

Enrico trank einen grossen Schluck Wein. «Frage mich etwas Einfacheres.»

«Was sagt Fadrina dazu?»

«Ich habe seit gestern nicht mehr mit ihr gesprochen. Heute ist ihr freier Tag.» Er starrte den Barolo einige Sekunden an, bevor er das Glas abstellte.

Schweigen dehnte sich aus, das nur von dem Gezwitscher einzelner Vögel unterbrochen wurde. Andrina fror und zog die Jacke fester um ihre Schultern.

«Könnte es ein Zufall sein, dass der Brandsatz in Fadrinas Auto deponiert wurde? Wenn ich mich richtig erinnere, stand das Auto in der Mitte.»

«Du meinst, damit die anderen Wagen gleich mit brannten? Ein ungezielter Anschlag?»

«So in der Art. Oder eine Verwechslung. Die offenen Fenster waren wie eine Einladung.»

Enrico lehnte sich nach hinten und starrte in den Garten. «Ich weiss nicht. Auf dem Video sieht man, wie die Person zielgerichtet auf Fadrinas Auto zuging.»

«Was genau kann man von ihm auf dem Video erkennen?», fragte Andrina.

«Die Aufnahmen sind schwarz-weiss, der Typ trug dunkle Kleidung, hatte eine Schirmmütze auf dem Kopf und das Gesicht mit einem dunklen Tuch abgedeckt. Kurz war es im Profil erkennbar, als er das Tuch gerichtet hat. Er hat die durchschnittliche Grösse eines Mannes und ist weder übermässig dick noch dünn.»

Es konnte also jeder gewesen sein. Auch Enrico.

Neues Schweigen stellte sich ein, das Andrina erneut brach.

«Könnte es ein Mitarbeiter von JuraMed sein? Ich meine, waren alle beim Apéro anwesend?»

«Nein, nicht alle, aber die meisten. Diejenigen, die nicht dabei waren, sind in den Ferien. Ob jemand von den Daheimgebliebenen abwesend war, kann ich nicht sagen.»

Mit dem Finger strich Andrina über den Rand ihres Glases. «Es war mitten am Nachmittag», sagte sie. «Ich kann mir nicht vorstellen, dass keiner was gesehen hat. Es muss doch einen Zeugen geben.»

«Das Parkareal ist von Hecken und Bäumen umgeben. Von aussen hat man also nicht unbedingt freie Sicht auf das Gelände. Ausserdem betreten es nur Leute, die bei JuraMed arbeiten, oder Besucher. Wie es aussieht, hat keiner etwas gesehen. Du warst, wie gesagt, die Letzte, die das Gebäude betreten hat.»

Andrina bekam einen Schreck, als ihr bewusst wurde, was das bedeuten konnte. Hiess das, man würde sie als potenzielle Tatverdächtige ins Auge fassen, dem Brandstifter geholfen zu haben? Ihm ein Zeichen gegeben zu haben, dass die Bahn frei war? Das war absurd.

«Die beiden ITler haben den Brand bemerkt, als sie zum Rauchen vor die Tür gegangen sind.»

«Der Anschlag ging also gezielt gegen Fadrina?»

«Das vermuten die Ermittler. Was Fadrina dazu aussagt, weiss ich nicht.» Enrico stand auf und nahm sein Glas und die Weinflasche. «Lass uns ins Haus gehen. Es hat Mücken.»

«Hat sie sich verändert, seit sie im Juli angefangen hat? War sie schreckhaft oder unwirsch? Hat sie Fehler bei der Arbeit gemacht, oder war sie nicht ganz bei der Sache?», fragte Andrina und folgte ihm in die Küche.

«In der letzten Zeit? Nein.» Er stellte die Weinflasche auf die Anrichte neben dem Kühlschrank und wusch die Gläser aus.

Andrina lehnte sich neben ihn gegen die Anrichte. «Keine Veränderung gegenüber früher?»

«Fadrina arbeitet erst zwei Monate bei JuraMed. Von ihrem Vorleben weiss ich nichts.»

«Warum hat sie die Stelle gewechselt?»

«Sie hat bei einem Kosmetikunternehmen gearbeitet, das rote Zahlen schrieb. Daher wurden Spar- und Umstrukturierungsmassnahmen beschlossen, denen Fadrina zum Opfer fiel.»

«Könnte jemand einen Groll gegen sie gehabt haben?» Andrina ging mit Enrico ins Wohnzimmer.

Er liess sich auf das Sofa fallen und streckte die Beine von sich. «Beim Vorstellungsgespräch hat sie gesagt, sie bedaure, gehen zu müssen, denn es sei eine angenehme Firma gewesen.»

Andrina setzte sich, zog ihre Beine an und lehnte sich gegen Enrico. Er legte seinen Arm um sie.

«Es könnte nicht sie betreffen, sondern ihre Familie», sagte Andrina.

«Du meinst, ihren Mann oder ihre Eltern? Fadrina ist alleinstehend, aber ich weiss nicht, ob sie geschieden ist. In den Bewerbungsunterlagen stand nur: ‹ledig›. Und so gut kenne ich sie nicht, dass sie mir familiäre Probleme anvertrauen würde. Soweit ich weiss, ist sie in Ftan aufgewachsen …»

«In Ftan?», fragte Andrina.

«Ja, im selben Ort wie deine Nonna. Sie ist nach der Schule nach Zürich gekommen und hat dort die KV-Ausbildung in einer grossen Chemiefirma gemacht. Bevor sie zu JuraMed kam, hat sie in diesem Kosmetikunternehmen in Basel gearbeitet. Kinder hat sie keine. Das ist alles, was ich weiss.»

VIER

Trotz des Brandes bei JuraMed hatte Enrico ihr verlängertes Wochenende im Bündnerland nicht absagen wollen. Er bezeichnete es als ihre vorgezogenen, verkürzten Flitterwochen. Im November wollten sie dem grauen und kalten Wetter entfliehen und drei bis vier Wochen auf den Seychellen verbringen. Andrina war zunächst skeptisch gewesen, ob eine so weite Reise mit Rebecca machbar war. Mit einem kleinen Kind sei das kein Problem, hatte ihr die Frau im Reisebüro versichert.

Damit sie einige Tage für sich sein und das Wochenende geniessen konnten, hatte Seraina angeboten, Rebecca in dieser Zeit zu hüten.

Enrico hatte den Wunsch geäussert, die Tage im Bündnerland zu verbringen. Andrina wusste nicht, wann sie das letzte Mal in Ftan gewesen war. Jedenfalls musste es mehrere Jahre zurückliegen. Trotzdem hatte es sich vertraut angefühlt, als sie die Ortseinfahrt von Ftan passiert hatten. Einzelne Erinnerungen an die Besuche bei ihrer Grossmutter waren aufgeblitzt.

Andrina und Enrico hatten das Postauto von Scuol, wo sie in einem Hotel wohnten, nach Ftan genommen und waren mit dem Sessellift nach Prui gefahren. Anschliessend spazierten sie den Flurinaweg, der unweit an der Bergstation startete, entlang zur Gondelbahn Motta Naluns. Dort nahmen sie die Trottinetts entgegen und fuhren zurück. Eine wackelige Angelegenheit. Eine zusätzliche Erschwernis waren die vielen Familien, die mit ihren Kindern die zehn Streckenposten des Flurinaweges abschritten. Nach zwei Beinahezusammenstössen stieg Andrina ab und schob das Trottinett. Die Kinder waren ihr zu unberechenbar, wenn sie unvorhergesehen losrannten, um als Erste am nächsten Posten zu sein.

Sie hatten beschlossen, einen Stopp im Bergrestaurant Prümaran Prui zu machen und einen Kaffee zu trinken, bevor sie mit den Trottinetts weiter ins Tal fahren wollten. Zu ihrem Erstaunen hatten sie Raoul Schneider, den Verkaufsleiter von JuraMed, auf der Terrasse angetroffen. Er und seine Familie machten eine Woche Ferien in Scuol, hatte Enrico Andrina erklärt. Die Männer hatten sich über den Zufall amüsiert, sich ausgerechnet hier zu treffen.

«Huch», sagte Andrina, nachdem sie einen Schluck von dem Prui-Kaffee getrunken hatte, den sie gemäss Raoul unbedingt probieren mussten. «Der ist stark. Hoffentlich schaffe ich es, nachher geradeaus zu fahren.»

«Ich habe euch vorgewarnt. Im Prui-Kaffee hat es genügend Alkohol», sagte Raoul. «Oder soll ich sagen, es hat wenig Kaffee im Alkohol?» Er lachte schallend. Seine Aussprache war schleppend, und er lispelte ein wenig. Offenbar hatte er mehr als einen dieser Spezialkaffees getrunken.

Andrina nippte an dem Getränk und hatte das Gefühl, ihr steige der Alkohol direkt in den Kopf. Sie musterte die Frau, die neben Raoul sass. Er hatte sie als seine Tochter Valérie vorgestellt. Bis jetzt hatte sie kaum ein Wort gesprochen.

Raoul machte dem Kellner mit der Hand ein Zeichen und deutete auf sein leeres Glas. «Bitte mit einem Extraschuss.»

«Gerne.» Der Kellner nahm das leere Kaffeeglas und ein Weinglas mit.

«Meinst du nicht, du hast genug getrunken?», fragte Valérie.

«Davon kann man nicht genug haben.» Er legte den Arm um ihre Schulter, und Valérie rutschte ein Stück von ihm weg.

«Wir sollten die Trottinetts stehen lassen und mit der Gondel ins Tal fahren», sagte sie.

«Kommt nicht in Frage», rief Raoul. «Ich bin voll fahrtauglich. Das gibt den Extraschwung.»

Er beugte sich vor und erzählte von der Abfahrt, die er plante. Andrina konnte den Alkohol in seinem Atem auf die Distanz über den Tisch deutlich riechen. Offenbar hatte er die gleiche Idee wie sie mit den Trottinetts gehabt. Seine Frau sei lieber im Tal geblieben und erwarte sie an der Talstation in Scuol.

«Wo ist eure Tochter?», fragte Raoul und trank einen grossen Schluck vom Kaffee, den der Kellner vor ihm auf den Tisch gestellt hatte.

«Meine Schwester und ihr Mann haben angeboten, auf sie aufzupassen, damit wir das Wochenende ungestört verbringen können», sagte Andrina.

«Das müsst ihr geniessen.» Raoul lachte dröhnend.

Die beiden Frauen am Nebentisch blickten kurz in ihre Richtung. Eine verdrehte die Augen. Andrina war die Situation peinlich. Raouls Verhalten machte ihn nicht sympathisch.

Er gab dem Kellner ein Zeichen, zahlen zu wollen. Seine Tochter atmete sichtlich auf. Erneut fragte Andrina sich, wie viel Alkohol und wie viele der Schnapskaffees er getrunken hatte und ob Valérie die Ferien nicht genoss. Die junge Frau, die Ende zwanzig oder Anfang dreissig sein musste, war blass und machte einen verhärmten Eindruck. Wenn sie es richtig verstanden hatte, hatte Raoul seine Tochter für diese Woche eingeladen, weil sie eine schwere Zeit durchmache. Präzisiert hatte er dies nicht. Valérie schien es unangenehm zu sein, dass ihr Vater es überhaupt zur Sprache gebracht hatte. Ihre Erleichterung war spürbar, als Raoul das Thema gewechselt und Andrina und Enrico aufgezählt hatte, was sie unbedingt unternehmen sollten.

Andrina war froh, als er zahlte und aufstand. Er trank den Kaffee aus und verabschiedete sich. Sie blickte den beiden nach, wie sie die zwei Trottinetts zum Weg stiessen. Raoul schien Probleme zu haben, geradeaus zu laufen, und klammerte sich am Lenker des Trottinetts fest.

«Meinst du, das kommt gut?», fragte sie.

«Ich weiss nicht», erwiderte Enrico. «Zu versuchen, ihn davon abzuhalten, würde nichts bringen.»

«Trinkt er immer so viel?»

«Ich weiss nicht. Obwohl – wenn ich es richtig überlege,

verträgt er einiges. Ich denke da an unser letztes Geschäftsleitungsessen und die beiden Apéros, die wir hatten, weil wir zwei Grosskunden gewinnen konnten. Ich muss sagen, er hat ordentlich zugelangt und war danach angeheitert. Ausserdem könnte es sein, dass er vor zwei Wochen nach einem Geschäftsmittagessen mit einem Kunden nicht mehr ganz nüchtern war.»

«Hast du ihn darauf angesprochen?»

«Nein. Damals habe ich sein Verhalten anders interpretiert – als Freude über neue Bestellungen.»

Das Wort «Alkoholiker» stand unausgesprochen zwischen ihnen. Andrina überlegte, ob Raoul die geeignete Person als Verkaufsleiter war und ob er in dieser Position zu viel Stress bei der Arbeit hatte, um diesen mit Alkohol zu kompensieren.

«Es hat genügend Arbeit, aber nicht mehr als vor einem Jahr, als er bei JuraMed angefangen hat», sagte Enrico, als ahne er, was in ihrem Kopf vor sich ging. «Zu diesem Zeitpunkt ist mir nichts aufgefallen. Wenn ich es rückblickend betrachte, fing er vor einigen Wochen an, sich zu verändern. Er wurde ungeduldig mit seinem Team und war leicht reizbar. Ich werde mit ihm sprechen müssen.»

Sie beobachteten, wie Raoul und Valérie abfuhren. Raoul raste in Schlangenlinien den Hang hinab, während Valérie ihm langsam folgte.

Andrina lehnte sich nach hinten und betrachtete das Bergpanorama, nachdem Valérie aus ihrem Blickfeld verschwunden war. Sie wusste nicht, wie die Berge hiessen, die Richtung Italien lagen. Irgendwo dort musste das Val d'Uina sein. Dort hatten sie eine der wenigen Wanderungen gemacht, an die sie sich erinnern konnte. Sie war acht oder neun Jahre alt gewesen, und es musste kurz vor dem Tod ihrer Grossmutter gewesen sein. Die Wanderung war zunächst langweilig gewesen. Später waren sie auf den Schmugglerweg gekommen. Sie erinnerte sich an die spektakuläre Aussicht und wie Seraina Angst gehabt hatte, weiterzulaufen, da der Weg schmal war und der Felsen steil abfiel.

Der Kellner trat an ihren Tisch und fragte, ob sie einen weiteren Wunsch hätten. Enrico verneinte und bat um die Rechnung.

«Bist du parat für die Abfahrt?», fragte Enrico, nachdem er gezahlt hatte.

«Ja», sagte Andrina, obwohl sie sich dem nicht sicher war. Der Weg würde steiler werden. Sie fand es herausfordernd, das Gleichgewicht zu halten. Vermutlich lag es an den schweren Rückenverletzungen, die sie sich vor vier Jahren zugezogen hatte. Inzwischen hatte sie sich weitestgehend erholt, aber nicht alles funktionierte einwandfrei, und gewisse Einschränkungen würden bleiben, wie zum Beispiel beim Gleichgewichtssinn.

Sie gingen zu ihren Trottinetts. Andrina fuhr langsam hinter Enrico her. Nach und nach musste sie einräumen, es in den Griff zu bekommen. Das Ganze machte sogar Spass. Trotzdem blieb sie angespannt. Zwischendurch wurde sie auf dem Kiesweg stark durchgeschüttelt, und Andrina war um die breiten Reifen des Trottis froh. Sie folgten dem Verlauf des Weges und gelangten nach Ftan. Der Weg führte ein Stück durch den Ort. Andrina betrachtete die gelben und rosa Fassaden der Häuser mit den Sgraffiti. Ihre Grossmutter hatte in so einem im Ortskern gelebt. Andrina bedauerte es, weil ihre Mutter es nach deren Tod verkauft hatte. Rückblickend war es für sie der Verlust eines Stücks ihrer Vergangenheit. Andrina musterte die Häuser und überlegte, ob sie jenes ihrer Grossmutter erkennen würde. Vermutlich nicht. Sie war damals neun Jahre alt gewesen, und danach waren sie nicht mehr hergekommen.

Sie verliessen das Dorf, folgten weiter dem Verlauf des Weges Richtung Scuol und fuhren um eine enge Kurve, als Enrico vor ihr unerwartet anhielt. Knapp gelang es Andrina, ihm auszuweichen und neben ihm anzuhalten.

Enrico sprang von seinem Trottinett, das umkippte, und eilte zu einem Mann, der am Boden neben einer Frau kniete, die auf der Seite, mit dem Rücken zu ihnen gewandt, lag. Es dauerte einige Sekunden, bis Andrina Raoul erkannte.

«Was ist passiert?», fragte Enrico.

«Ich weiss es nicht.» Raoul sah aus, als müsse er sich gleich übergeben. Er wirkte ausserstande, sich um die verletzte Frau zu kümmern. Seine Hände zitterten, und er schwankte, als er sich erhob.

Andrina realisierte, dass es sich bei der Frau um seine Tochter handelte.

«Wir haben eine Pause gemacht und wollten gerade weiterfahren, als Valérie aufgeschrien hat und umgefallen ist.»

Enrico beugte sich über Valérie. Sie hatte das Gesicht abgewandt. Enrico tastete nach dem Puls.

«Hatte sie den Helm nicht auf?», fragte er.

Raoul torkelte einen Schritt nach hinten. Er war blass, und Andrina befürchtete, er würde jeden Augenblick umfallen. Ob das am Schock oder am Alkohol lag, konnte sie nicht sagen.

«Sie hatte ihn abgenommen, als wir angehalten haben. Er drücke, hat sie sich beschwert.»

Andrina stellte sich hinter Enrico und erblickte die Wunde an Valéries Hinterkopf. Die blonden Haare waren mit Blut durchtränkt. Andrina stutzte. Ein oder zwei Meter neben Valérie lag ein blutverschmierter Stein. Er musste einen Durchmesser von circa fünf Zentimetern haben. Andrina machte einen Schritt zur Seite und bemerkte eine zweite blutende Wunde auf Valéries Stirn. Ihr Blick huschte zurück zu dem Stein, während sie versuchte, das, was sie sah, zu verstehen.

«Andrina, ruf die Ambulanz», sagte Enrico, bevor sie ihn auf den Stein aufmerksam machen konnte.

***

Andrina und Enrico sassen unter der gelben Store auf der Terrasse der «Pizzaria Da Taki» in Scuol. Andrina betrachtete die Pizza Chatchader vor sich auf dem Teller. Die mit Tomaten, Mozzarella, Steinpilzen, Hirschfleisch und Trauben belegte Pizza verbreitete einen würzigen Duft. Das Gleiche galt für die Capuns auf Enricos Teller. Er hatte diese Engadiner Spezialität aus einem Spätzleteig mit Rauchfleisch in Mangoldwickeln noch nie gegessen und hatte das ändern wollen.

Obwohl das Essen wunderbar schmeckte, konnte sie es nicht richtig geniessen. Ihre Gedanken drifteten zu Valérie, und sie fragte sich, wie es ihr ging. Wenn sie den Notarzt richtig verstanden hatte, war ihr Zustand kritisch. Sie war mit der Rega ins Kantonsspital Chur geflogen worden.

Enrico stocherte in seinem Essen und schien keinen Appetit zu haben. «Ich frage mich, ob Raoul den Unfall verursacht hat», sagte er.

Andrina liess die Gabel sinken. «Wie kommst du darauf?»

«Ich mache mir Vorwürfe. Ich hätte verhindern müssen, dass er in diesem Zustand mit dem Trottinett abfuhr», sagte er, anstatt zu antworten. «So übertrieben und aufgekratzt habe ich ihn vorher nie erlebt.»

«Er hatte offenbar einiges intus.»

«Daher wäre es meine Aufgabe gewesen, ihn von der Fahrt abzuhalten.»

«Wenn ich die Situation richtig einschätze, hätte er nicht auf dich gehört. Wie soll er aber den Unfall verursacht haben?»

«Er könnte Valérie aus Versehen gerammt haben.»

Wirklich aus Versehen? Andrina erschrak. Was dachte sie da? Der Gedanke blieb hartnäckig.

«Was weisst du über die Familie?»

«Wie meinst du das?»

«Ich weiss nicht, wie ich das Verhältnis von Valérie zu ihrem Vater einschätzen soll.»

Enrico schaute sie fragend an.

«Sie war nicht begeistert, mit ihm unterwegs zu sein, und machte einen verschlossenen Eindruck ihm gegenüber. Gut, das könnte daran gelegen haben, dass ihr Vater zu tief ins Glas geschaut hatte. Aber ich werde das Gefühl nicht los, auch ohne seinen Alkoholkonsum hätte Valérie sich an jeden anderen Ort gewünscht.»

«Raoul spricht selten über seine Familie. Ich weiss nur, dass

Valérie im Telliquartier wohnt. Wie das Verhältnis zu ihren Eltern ist, kann ich nicht sagen.»

«Wie ist es mit seiner Frau? Ich finde es seltsam, dass sie nicht mitgekommen ist.»

«Louise ist extrem ängstlich, hat Raoul einmal erzählt. Sie sieht alles als gefährlich an. Manchmal findet er es ein Wunder, dass sie sich überhaupt aus dem Haus traut.»

Ein dunkler Wagen hielt vor dem Restaurant. Raoul stieg aus und eilte auf den Eingang des Restaurants zu. Wieso war er hier? Sollte er nicht bei seiner Tochter im Spital in Chur sein?

Eine hagere Frau stieg auf der Beifahrerseite aus. Sie hatte kurz geschnittene graue Haare und trug eine Brille mit schwarzem Rahmen. Sie zündete sich eine Zigarette an, an der sie gierig zog. Innert kürzester Zeit hatte sie sie aufgeraucht und steckte sich gleich eine neue an.

Enrico machte Anstalten, aufzustehen, als Raoul mit einer Pizzaschachtel aus dem Restaurant geeilt kam.

Er erblickte Andrina und Enrico und kam auf sie zu.

«Wie geht es deiner Tochter?», fragte Enrico.

«Kritisch.» Er stiess die Luft aus, und Andrina konnte den Alkohol in seinem Atem riechen. «Wir fahren gleich zu ihr nach Chur.» Er deutete auf die Pizza. «Für unterwegs.» Er senkte den Kopf und machte den Eindruck, mit sich zu ringen. Als er aufschaute, hatte Andrina das Gefühl, Tränen in seinen Augen zu erkennen. Aber nicht nur das. Warum waren die Pupillen so gross? «Der Arzt meinte, die Verletzung sehe aus, als habe jemand ihr mit einem Gegenstand auf den Kopf geschlagen.»

«Das würde passen. Für mich sah es so aus, als sei sie mit dem Hinterkopf auf den Stein gefallen.»

«Nicht der Hinterkopf.» Er tippte gegen die Stirn. «Von vorne. Sie hat zwei Verletzungen: eine hinten und eine vorne.»

«Mit welchem Gegenstand soll das passiert sein?»

«Ich weiss nicht. Knüppel … Stein … Wer sollte Valérie da draussen zusammenschlagen? Das hätte ich sehen müssen. Ich war schliesslich dabei. Ich muss los. Vielen Dank für das, was ihr für uns getan habt.» Raoul eilte auf den Wagen zu.

«Mach den Glimmstängel aus», herrschte er seine Frau an.

Sie reckte das Kinn und stiess eine Rauchwolke in seine Richtung aus, bevor sie einstieg. Mit Zigarette.

Andrina schaute ihm nach, wie er in den Wagen stieg und davonfuhr. Es wäre besser, seine Frau würde hinter dem Steuer sitzen.

«Zusammengeschlagen», murmelte Enrico.

Mit einem Stein ... Daran hatte Andrina nicht mehr gedacht, nachdem der Notarzt eingetroffen war.

«Neben Valérie lag ein blutverschmierter Stein», sagte sie.

«Den habe ich gesehen. Darauf hat sie gelegen.»

«Nicht der, ein anderer.»

«Was?» Enrico verschluckte sich und trank vom Wasser. «Ein anderer Stein?», fragte er krächzend, nachdem der Hustenanfall abgeebbt war. «Du meinst nicht den Stein, auf den sie mit dem Hinterkopf gestürzt sein muss?»

«Nein. Ein kleiner, der neben dem Weg lag. Er befand sich einen oder zwei Meter neben ihr. Wie weggeworfen.» Wie, wenn jemand sie zusammengeschlagen hat und die Tatwaffe im Anschluss fallen liess, dachte Andrina. Konnte man aber mit einem so kleinen Stein jemanden zusammenschlagen? Wohl kaum. Zwei Wunden ... Eine vorne und eine hinten. Hatte jemand zugeschlagen, und sie war gestrauchelt und schliesslich gestürzt? Wer sollte das getan haben? Es passte nicht zusammen.

Der Zwischenfall musste wenige Sekunden vor ihrem Eintreffen geschehen sein. War es bei dem Stopp der beiden zu einem Streit gekommen, und hatte Raoul sich aufgrund des angetrunkenen Zustandes nicht unter Kontrolle gehabt?

Enrico starrte sie an. In seinem Kopf arbeitete es eindeutig ähnlich stark wie in ihrem. Wie konnte man jemanden mit einem so kleinen Stein erschlagen? Oder hatte Raoul den Stein nach Valérie geworfen und sie an der Stirn getroffen, wonach sie das Gleichgewicht verloren hatte und unglücklich gestürzt war?

«Wer sollte mit dem Stein Valérie verletzen wollen und die Tatwaffe danach achtlos fortschmeissen?», fragte Enrico ungläubig. «Ausser Raoul war niemand da, als wir dort ankamen – abgesehen von anderen Trottinettfahrern und Wanderern.»

Eben, dachte Andrina. Wenn sie die Szene vorhin richtig gedeutet hatte, war auch das Verhältnis zu seiner Frau nicht das beste. Allgemein musste einiges in der Familie im Argen liegen.

«Hast du jemanden gesehen?», fragte Enrico weiter.

«Nein.» Sie hatte nicht darauf geachtet, da sie auf Valérie fixiert gewesen war. Konnte jemand an der Stelle gewartet und die beiden abgepasst haben? Hatten sie deswegen angehalten? War es zum Streit gekommen, der ausgeufert war, und hatte diese Person nach dem Stein gegriffen? Das hätte Raoul bestimmt gesagt.

«Wieso sollte Raoul oder jemand anders ausgerechnet Valérie etwas antun wollen? Mitten am Tag an einem Ort, an dem laufend Leute vorbeikommen?» Enricos Entrüstung prallte gegen Andrina. «Wie gross war der Stein überhaupt? Ich habe den nämlich nicht gesehen.»

«So.» Andrina formte mit dem Daumen und dem Zeigefinger einen Kreis.

Verdutzt starrte Enrico Andrina an. «So klein? Damit kann man keinen erschlagen. Wieso hast du diesen Stein bemerkt, wenn der so klein war?»

«Ich bin fast auf ihn getreten.»

«Der Stein war blutverschmiert?»

«Er war mit etwas rotem Klebrigen verschmiert», sagte sie, obwohl sie inzwischen Zweifel hatte, ob das wirklich so gewesen war.

FÜNF

Nach dem Frühstück im Hotel waren sie aufgebrochen und nach Ftan gefahren.

«Meinst du, du könntest den Stein finden?», hatte Enrico sich gestern Abend erkundigt, nachdem er Andrina gefragt hatte, ob sie die Polizei verständigen wolle. Sie hatte abgelehnt, da sie sich inzwischen nicht mehr sicher war, ob ihre Erinnerungen stimmten oder alles Einbildung aufgrund des Schocks gewesen war.

«Vielleicht», war Andrinas Antwort gewesen. «Versprechen kann ich es nicht.»

Sie hatten beschlossen, am nächsten Tag nachzuschauen, ob Andrina sich getäuscht hatte oder ob es diesen blutverschmierten Stein tatsächlich gab.

Enrico hatte den Wagen auf dem Parkplatz beim Volg in Ftan abgestellt. Sie spazierten nach Ftan Pitschen und weiter Richtung Munt Clü. Andrina erkannte den Weg sofort wieder, den sie gestern mit den Trottinetts genommen hatten. Mit einem mulmigen Gefühl näherten sie sich der Kurve. Ihre Finger umschlossen Enricos Hand fester. Trottinetts und Velofahrer brausten an ihnen vorbei. Einige Wanderer kamen ihnen entgegen. Alle schienen das angenehm warme Wetter zu geniessen. Die Sonne strahlte von einem wolkenlosen Himmel, und ein leichter kühler Wind wehte.

Sie folgten der Linkskurve, und Andrina blieb stehen. Hier sah alles normal aus: Ein Wanderweg, an dessen Rand Kräuter und Gras wuchsen. Die Blätter der Bäume raschelten im Wind. Nichts deutete mehr auf den Unfall von gestern Nachmittag hin.

Zögernd folgte sie Enrico, der weitergegangen war. An der Stelle, an der Valérie gelegen war, war das Gras platt auf den Boden gedrückt. Am Rande des Weges konnte Andrina einen grösseren Stein erkennen, auf dem Blut zu sehen war. Das war der, auf den Valérie mit dem Hinterkopf aufgeschlagen war. Andrina bückte sich und betrachtete ihn genauer. Stein stimmte nicht. Es musste sich um ein Stück Fels handeln, der aus dem Boden ragte. Ihn aufzuheben ging nicht.

«Und?», fragte Enrico.

Andrina machte zwei Schritte zurück und ging in die Hocke. Zentimeter für Zentimeter suchte sie den Boden ab. «Hier muss der Stein gelegen haben.» Sie deutete auf den Boden, eine Handbreit des Wegrandes entfernt.

Enrico stellte sich neben sie.

«Wie gestern Abend erwähnt, könnte ich eine Sinnestäuschung gehabt haben, weil ich geschockt war», sagte sie und schaute auf.

«Entweder das, oder er ist inzwischen weggespickt.»

«Wie meinst du das?»

«So klein, wie du ihn beschrieben hast, könnte das leicht passiert sein. Ein Trottinett oder Velo könnte dicht an seinem Rand vorbeigefahren sein.»

Andrina teilte mit den Händen das Gras.

Enrico ging neben ihr in die Hocke. «Ich fürchte, es wäre ein grosser Zufall, wenn du ihn da drin entdeckst.»

Gemeinsam suchten sie den Rand ab, fanden aber nichts. Andrina stand auf und suchte den Weg und den gegenüberliegenden Grasstreifen ab. Zweimal musste sie Trottinettfahrern ausweichen.

«Haben Sie etwas verloren?», fragte ein Mann, der mit seiner Frau den Weg entlangwanderte.

«Nichts Wichtiges», war Enricos ausweichende Antwort, und die beiden entfernten sich.

Schliesslich gaben sie auf und machten sich auf den Rückweg.

«Ich denke, der Stein ist ein Produkt meiner Phantasie», sagte Andrina.

«Ich bin mir dessen inzwischen nicht sicher. Wenn ich länger über Valéries Verletzungen nachdenke, wundere ich mich, wie es zu den Wunden am Hinterkopf und gleichzeitig an der Stirn kommen konnte.»

«Könnte das nicht einfach beim Sturz passiert sein? Erst schlägt sie mit dem Hinterkopf auf, rollt auf die Seite und verletzt sich die Stirn.»

«Denkbar», sagte er, aber Andrina sah ihm an, dass er das nicht glaubte.

Sie nahmen denselben Weg zurück, gingen an ihrem Wagen vorbei und spazierten weiter Richtung Dorfzentrum. Nebeneinander setzten sie sich an einen der runden Tische, die vor dem Café La Cromarina aufgestellt waren, und Enrico legte seinen Arm um Andrina. Die Kellnerin brachte einen Espresso für Enrico und einen Cappuccino für Andrina. Auf der Untertasse lag je ein Schokoladenbiskuit.

Enrico streute Zucker in seinen Espresso und rührte. Er legte seine andere Hand auf Andrinas, aber er war mit den Gedanken weit weg.

Andrina schaute sich um. Bisher war bei keinem der Engadiner Häuser, an denen sie vorbeigegangen waren, eine Erinnerung aufgeblitzt. Sie wusste nur noch, wie sie und Seraina durch die Strassen gelaufen waren und mit anderen Kindern aus dem Dorf gespielt hatten. Zwei ältere Männer gingen an ihnen vorbei. Sie sprachen Rätoromanisch miteinander. Einige wenige Worte konnte Andrina verstehen. Wehmut keimte auf. Noch etwas, was mit dem Tod ihrer Grossmutter verloren gegangen war. Seither hatte sie diese Sprache nicht mehr gehört, und sie fragte sich, warum ihre Mutter nicht mit ihnen Rätoromanisch gesprochen hatte.

«Fassen wir alles zusammen», sagte Enrico und holte Andrinas Gedanken in die Gegenwart zurück. «Valérie liegt am Boden. Es sieht so aus, als sei sie mit dem Hinterkopf auf einen Stein aufgeschlagen. Die Wunde an der Stirn passt nicht zu der Schilderung des Unfallhergangs von Raoul. Der Gegenstand, der gegen ihre Stirn geprallt ist, hat sie nicht frontal erwischt, wie Raoul mir gesagt hatte.»

Bevor sie losgezogen waren, hatte Enrico mit Raoul telefoniert und sich erkundigt, wie es Valérie ging. Diese Vermutung hatten die Ärzte angestellt. Andrina wunderte sich, wie man das nachträglich feststellen konnte.

«Der Steinbrocken ist da, aber der kleine Stein, den du gesehen hast, nicht», fuhr Enrico fort. «Wenn ich dich richtig verstehe, lag er lose auf dem Boden. Der Fels ist dagegen fest auf dem Boden und kann nicht weggenommen werden.»

«Der kleine Stein könnte weggespickt sein, wie du vorhin gesagt hast.»

«Oder es hat ihn jemand mitgenommen.»

Diese Vermutung hatte Andrina bewusst versucht auszuklammern.

«Um ein Beweismittel verschwinden zu lassen», fuhr Enrico fort.

«Wer sollte einen Grund haben, Valérie mit dem Stein zu verletzen? Noch dazu mit einem so kleinen? Er war noch nicht einmal spitz.»

«Es könnte ein unglücklicher Zufall gewesen sein, und er ist vom Hang heruntergefallen, als zum Beispiel dort jemand herumgeklettert ist und er sich gelöst hat.»

«Der Hang ist bewachsen», sagte Andrina. «Es hat Büsche und Bäume dort. Wer sollte dort herumklettern? Raoul?»

«Er hatte viel getrunken.»

«Er klettert den Hang alkoholisiert nach oben?», fragte Andrina.

«Vielleicht musste er mal», erwiderte Enrico.

«Dazu klettert er den Hang nach oben? Da hätte er es einfacher haben können. Zu einer Kletteraktion war er in seinem Zustand nicht in der Lage. Es grenzt an ein Wunder, dass er auf dem Trottinett das Gleichgewicht halten konnte.»

«In dem Fall muss es eine andere Person gewesen sein.»

«Wenn dort jemand herumgeklettert ist, hätte er sich bestimmt bemerkbar gemacht.» Sobald Andrina das gesagt hatte, regten sich Zweifel. Selbst wenn der Verursacher nicht absichtlich gehandelt hätte, könnte er aufgrund des Schreckens das Weite gesucht haben.

«Die Stelle ist keine wenig bewachsene Geröllhalde», sagte Enrico. «Du hast recht. Ich glaube auch nicht, dass der Stein vom Hang heruntergespickt ist.»

«Und was ist zwischen Valérie und ihren Eltern vorgefallen? Da muss was sein.»

«Valérie ist erwachsen und wird selber entschieden haben, mitzukommen. Aber es stimmt, gesprächig war sie gestern nicht.» Enrico schaute sich um und machte der Kellnerin ein Zeichen, zahlen zu wollen.

Enrico steckte das Portemonnaie ein und stand auf. «Da wir den Stein nicht gefunden haben, können wir nichts machen, ausser zu hoffen, dass Valérie es schafft.»

Andrina musste ihm recht geben. Die Polizei würde mit dieser Aussage nichts anfangen können. Sie brauchte Beweise. Ob jemand den Stein Valérie an den Kopf geworfen hatte, war nicht erwiesen.

Arm in Arm schlenderten sie durch das Dorf zurück zum Auto.

SECHS

Andrina stand mit Rebecca auf dem Arm in ihrem Büro im Cleve-Verlag, das sich in einem Block an der Entfelderstrasse in Aarau befand, und war von ihren Kollegen umringt.

«Ist die herzig!», rief Tatjana Rickli und strich Rebecca über den Kopf. Das «herzig» klang seltsam aus ihrem Mund. Tatjana war die Tochter eines Russen und einer Deutschen. Sie war in Sankt Petersburg aufgewachsen. Bei einem Sprachaustausch hatte sie ihren Mann, einen Schweizer, kennengelernt und lebte seit sieben Jahren in der Schweiz. Sie sprach perfekt Hochdeutsch mit einem leichten slawischen Akzent und mischte Schweizer Ausdrücke hinein, was dem Ganzen einen sympathischen Eindruck verlieh.

Tatjana war Elisabeths Sekretärin und organisierte alles, was mit Lesungen zu tun hatte. Stefanie Dubach und Dana Brunner waren neue Lektorinnen, da Gabi und Andrina nach dem Mutterschaftsurlaub nur Teilzeit arbeiteten. An den zwei Tagen, an denen Andrina im Büro war, kümmerte sich ihre Schwester Seraina um Rebecca. Momentan funktionierte das gut.

Lukas Sandmeier rückte seine Brille zurecht und schnitt Grimassen in Rebeccas Richtung. Rebecca beugte sich ein Stück vor und lachte.

Lukas war für den Vertrieb zuständig. Kilian Gerber war der Verantwortliche für die Gestaltung der Cover, fürs Marketing und die Presse.

Es hatte Andrina in Erstaunen versetzt, als Elisabeth vor einem Jahr sie über die Umstrukturierung und Neueinstellungen informiert hatte. Besonders erstaunt hatte Andrina, dass Elisabeth Tatjana die Finanzen übertragen hatte. Nie hätte sie das für möglich gehalten. Doch es hatte sich bewährt. So geordnet war der Arbeitsalltag des Verlags nie gewesen. Elisabeth hatte aus der Situation von vor eineinhalb Jahren gelernt, als beinahe alles aufgrund ihrer unorganisierten Führung und ihrer Weigerung, zusätzliche Mitarbeiter einzustellen, im Chaos versunken war.

«Hast du sie noch nie gesehen?», fragte Lukas.

«*Njet.*»

«Sie war an der Hochzeit.»

«Ich konnte doch nicht, und Andrina hat sie bisher nie in den Verlag mitgebracht.» Tatjana strich ihre langen hellblonden Haare zurück und zupfte an ihrem engen Oberteil, das sich über der üppigen Brust spannte. Ihre grellrot geschminkten Lippen verzogen sich zu einem Lächeln.

«So eine Tussi», hatte Gabi gesagt, als Elisabeth Tatjana als neue Mitarbeiterin vorgestellt hatte.

Tatjana hatte nicht dem ersten Eindruck entsprochen, sondern sich als wunderbare Kollegin entpuppt. Sie war freundlich und hilfsbereit.

«Wolltet ihr nicht verreisen?», fragte Dana. Sie ähnelte vom Typ her Enrico. Schwarze Locken umrahmten ihren Kopf, und ihre Haut hatte einen leichten Olivton. «Ich habe Verwandte in Sizilien», hatte sie erklärt, als Lukas sie darauf angesprochen hatte.

«Nur ein verlängertes Wochenende», sagte Andrina. «Wir sind gestern zurückgekommen. Als ich mich heute Morgen an die Arbeit machen wollte, habe ich festgestellt, meinen Laptop im Verlag vergessen zu haben. So kann ich nicht mit dem Lektorat eines neuen Krimis anfangen.»

Offenbar übertrieb Lukas es, als er mit den Händen durch seine braunen Locken rubbelte, sodass sie wirr vom Kopf abstanden, und neue Grimassen schnitt. Rebecca schmiegte sich an Andrina und schaute verunsichert in die Runde.

«Was ist hier los?», fragte Elisabeth und wischte ihre grauen kurzen Haare, die strähnig in ihr Gesicht hingen, nach hinten. «Andrina? Heute ist doch Mittwoch.» Elisabeth schob die Brille ein Stück nach vorne und musterte Andrina über den Rand hinweg. Das tat sie immer, wenn sie etwas missbilligte.

«Sie hat ihren Laptop vergessen», sagte Kilian.

«Lasst sie ihren Laptop holen und geht an die Arbeit. Wir haben genug zu tun.» Was so viel hiess wie: Fürs Herumstehen werdet ihr nicht bezahlt.

Elisabeth verliess den Raum. Kilian blickte in die Runde und verdrehte die Augen. Stefanie kicherte. Die Übrigen blieben schweigend zurück, und jeder vermied es, den anderen anzuschauen. Von der vorhin gelösten Stimmung war nichts mehr zu spüren, und die Anspannung war greifbar.

Wiederholt hatte Andrina sich gefragt, warum Elisabeth sich so verändert hatte. An zu wenig Umsatz konnte es nicht liegen. Dem Verlag ging es gut, nicht unbedingt eine Selbstverständlichkeit in der heutigen Zeit, wie Andrina fand. Regelmässig waren die Bücher des Cleve-Verlags in der Schweizer Bestsellerliste zu finden.

Früher war Elisabeth herzlicher gewesen. Heute gab es selten Lob und Anerkennung für geleistete Arbeit. Andrina war erstaunt gewesen, weil sie der Teilzeitlösung ebenfalls zugestimmt hatte. Lange hatte sich Elisabeth dagegen gewehrt, und das Thema war wie die Aufstockung des Teams ein Reizthema gewesen.

Nach wie vor herrschte Schweigen. Dana warf Andrina einen verstohlenen Blick zu, und Andrina hoffte, Elisabeth werde die neuen Kolleginnen mit ihrer Art nicht gleich wieder vergraulen.

«Twoj laptop», sagte Tatjana und hielt Andrina den Laptop hin.

«Danke.»

Andrina stellte Rebecca auf den Boden. Das Mädchen umklammerte ihre Beine, während Andrina den Computer in den Rucksack schob. Von der Offenheit, die Rebecca normalerweise zeigte, war heute nichts zu merken. Vermutlich lag es daran, dass Andrina und Enrico weg gewesen waren. Andrina versuchte das schlechte Gewissen Rebecca gegenüber nicht an die Oberfläche drängen zu lassen.

«Wir haben es gut miteinander», hatte Seraina erklärt, als Andrina Bedenken gegenüber ihrer Idee, alleine zu verreisen, geäussert hatte. «Es schadet ihr nichts, einige Tage beim Gotti und ihrer Familie zu sein. Rebecca liebt Mike, und Regina freut sich, wenn sie jemanden zum Spielen hat.»

Andrina plauderte einige Minuten mit Lukas und Killian, bevor sie aufbrach.

Andrina fuhr die Jurastrasse entlang und bog in die Gotthelf- und danach in die Bachstrasse ein.

Sie umrundete eine Frau mit Kinderwagen. Als sie sich einer Velofahrerin näherte und sie überholen wollte, bog diese unverhofft links ab. Andrina schlingerte und konnte es knapp verhindern, zu stürzen.

«Passen Sie doch auf», presste Andrina hervor.

«Oh, mein Gott», sagte die dunkelhaarige Frau. «Das wollte ich nicht. Und das ausgerechnet bei der Frau vom Chef.»

Chef? Andrina brauchte einige Sekunden, bis sie Enricos Sekretärin erkannte.

«Es ist nichts passiert.»

«Ich war in Gedanken», fuhr Fadrina fort, «und habe nicht aufgepasst. Wie kann ich das gutmachen?»

«Es ist nichts passiert», wiederholte Andrina. Langsam beruhigte sich ihr Puls.

«Ich kann dir wenigstens einen Kaffee anbieten.»

«Du brauchst nicht extra –»

«Ich wohne gleich hier.» Sie deutete in die Seitenstrasse.

Obwohl Andrina keine Zeit hatte und sich an das Lektorat machen sollte, willigte sie ein.

Einige Minuten später sass sie in der Sonne auf der Terrasse eines älteren Einfamilienhauses und blickte in einen verwilderten Garten. Das Durcheinander in den Beeten blühte in verschiedenen Farben. Direkt an der Terrasse hatte es ein Kräuterbeet. Andrina erkannte Rosmarin, Ysop, Thymian und Oregano. Eine Vielzahl an Schmetterlingen, Bienen und Hummeln flog herum. Zu Andrinas Erleichterung hatte es keine Wespen. Dieses Jahr war es extrem mühsam. Egal, ob Herzhaftes oder Süsses, die Plagegeister waren sofort da, sobald man sich an den Tisch gesetzt hatte. Rebecca war in diesem Jahr mehr als einmal fast gestochen worden.

Fadrina kam mit einem Tablett aus dem Haus und stellte drei Teller, eine Bündner Nusstorte, zwei Tassen mit Cappuccino und ein Wasserglas auf den Tisch. Nach wie vor keine Wespe in Sicht.

Andrina lehnte sich entspannt nach hinten. «So war das nicht gemeint», sagte sie.

«Becca das», sagte Rebecca und streckte den Arm Richtung Kuchen aus.

«Das ist das Mindeste, was ich tun kann. Ich war in Gedanken und habe nicht aufgepasst. Das hätte ein böses Ende nehmen können», sagte Fadrina.

«Hätte, hat es aber nicht», sagte Andrina.

Fadrina legte ein Stück Kuchen auf einen Teller und reichte ihn Rebecca.

«Aber nur ein kleines Stück, sonst isst sie später zu Mittag nichts mehr», sagte Andrina.

Rebeccas Augen begannen zu glänzen.

Fadrina sah verzückt aus. Offenbar hatte Rebecca sie um den Finger gewickelt, etwas, das sie gut konnte.

«Die Nusstorte ist fein», sagte Andrina. «Hast du die selber gemacht?»

«Ja, es ist ein Familienrezept. Ich wollte sie mit meiner Mutter essen. Sie liebt die Nusstorte, aber sie hatte heute eine miese Laune und wollte nichts.»

«Deine Mutter? Wohnt sie nicht in Ftan?»

«Nach dem Tod meines Vaters ist sie in meine Nähe gezogen und konnte die obere Wohnung in einem Zweifamilienhaus mieten. Ich war gerade bei ihr. Sie ist da oben tipptopp in Schuss.» Fadrina deutete auf ihren Kopf. «Aber die Beine wollen nicht mehr so, wie sie sollten. Langsam wird es mit den ganzen Treppen im Haus richtig beschwerlich. Es wäre besser, sie würde in eine Alterswohnung ziehen, aber das möchte sie nicht. Sie hat die Spitex, die am Morgen und am Abend vorbeischaut. Ich finde das nicht ausreichend. Aber meine Argumente können sie nicht überzeugen. Mehr als regelmässig bei ihr vorbeischauen kann ich nicht.»

«Musst du nicht arbeiten?», rutschte es Andrina heraus.

«Heute nicht. Ich arbeite nur achtzig Prozent, und heute ist mein freier Tag.»

Stimmt, das hatte Enrico erwähnt, als er Fadrina eingestellt hatte. Andrina hatte sich gewundert, ob er seine Sekretärin nicht jeden Tag brauche. Enrico hatte abgewunken. «Ihr Profil entsprach am besten den Anforderungen. Ich habe mich entschlossen, es auf einen Versuch ankommen zu lassen. Sie hat angeboten, von zu Hause aus zu arbeiten, wenn Not am Mann ist.»

«Das heisst, der Tag ist für meine Mutter reserviert», fuhr Fadrina fort. «Einkaufen, im Haushalt helfen und so. Dinge, die sie von der Spitex nicht machen lassen möchte. Aber sie wollte mich heute nicht sehen. Sie könnte wegen unseres Telefongesprächs von gestern Abend beleidigt sein, als ich einen neuen Vorstoss gewagt habe und ihr sagte, das sei so kein Zustand.» Fadrina schnitt eine Grimasse, die vermutlich ein Lächeln sein sollte. «Aber bitte, nimm ein zweites Stück.» Sie deutete auf den Teller.

«Becca das», kam es prompt.

«Nichts da», sagte Andrina.

Rebecca setzte zu einem Protestgeheul an.

«Ein kleines Stück geht bestimmt noch», sagte Fadrina. Bevor Andrina einschreiten konnte, hatte sie eins abgeschnitten und auf Rebeccas Teller gelegt. Rebecca griff sofort nach dem Stück und biss ab. Während sie kaute, schaute sie unverwandt Andrina an.

Wunderbar, dachte Andrina, eins zu null für dich. Zu Mittag würde Rebecca nichts mehr essen.

«Wohnst du alleine hier?», fragte Andrina. Das Haus erschien ihr für eine Person recht gross.

«Nein. Das Haus gehört einer Bekannten. Vor drei Jahren ist ihr Mann jung verstorben, und sie wurde mit Mitte vierzig Witwe. Das Haus war für sie zu gross, aber sie wollte hierbleiben. Als sie erfuhr, dass ich nach meiner Scheidung auf Wohnungssuche war, fragte sie mich, ob ich hier einziehen wollte. Ihr zehn Jahre jüngerer Cousin wohnt ebenfalls hier. Diese Dreier-WG hat sich bewährt.»

Auf einmal fühlte Andrina sich in die Zeit zurückversetzt, als sie in einer WG gewohnt hatte. Nachdem sie damals zu Marco Feller gezogen war, hatten sie eine Weile mit Lisa Kraus und Barbara Bühler in Kontakt gestanden. Irgendwann war der Kontakt jedoch abgebrochen. Gerne hätte Andrina gewusst, was aus den beiden geworden war. Sie waren ein oder zwei Jahre später weggezogen, und das Haus war verkauft worden. Inzwischen lebte eine Familie darin.

«Du bist geschieden?», fragte Andrina.

Als Fadrina das Wort «Scheidung» ausgesprochen hatte, sah sie so aus, als habe sie etwas gesagt, das sie nicht hatte ansprechen wollen. «Ich bin froh, dass ich nach Aarau ziehen konnte. Mein Ex hat mir die Hölle heissgemacht.»

Fadrina senkte den Kopf und biss sich auf die Lippen.

***

«Valéries Zustand hat sich weiter verschlechtert.» Enrico liess sich auf das Sofa fallen und lehnte den Kopf nach hinten. Er war erstaunlich früh heimgekommen, und sie hatten gleich darauf zu Nacht gegessen.

«Die Ärzte bezweifeln, dass sie diese Nacht überlebt.»

Andrina konnte nicht anders, als ihn fassungslos anzustarren. Ihre Gedanken kehrten nach Ftan zurück. Eben hatte die Frau mit ihnen Kaffee getrunken, und keine halbe Stunde später hatte sie den – was eigentlich? Unfall? – und rang einige Tage später mit dem Tod. Hatte Raoul seiner Tochter wirklich etwas angetan, als sich die Gelegenheit dazu bot? Warum liess sie diese Frage nicht los?

«Raoul war total verzweifelt, als er mich anrief, bevor ich heimfuhr. Der Urlaub sollte die Beziehung von Valérie zu ihren Eltern kitten.»

«Beziehung kitten?», wiederholte Andrina. Der Versuch war offenbar auf dem besten Weg gewesen, zu scheitern. Valéries und Raouls Verhalten waren der eindeutige Beweis. Das Gleiche galt für das Auftreten seiner Frau.

«Wenn ich wüsste, was bei ihnen im Argen war ... Valérie ist ihre einzige Tochter.»

«Das Familienproblem oder wie man es nennen möchte, könnte erst vor Kurzem aufgetreten sein.»

«Hm», war alles, was Enrico sagte.

«Gab es andere Veränderungen als die, die du mir gesagt hast?»

«Nicht wirklich. Mir ist das alles auch erst rückblickend aufgefallen. Zu seiner Verteidigung muss ich zugeben, in den letzten Wochen hatte er einiges um die Ohren. Im Verkaufsteam in der Romandie lief es nicht so, wie es sollte. Das ist nichts Ungewöhnliches. Die Probleme hat er jeweils in der Vergangenheit souverän gelöst. Familiäre Probleme hätte ich nicht vermutet.»

«Bist du seiner Frau früher einmal begegnet?»

«Ja, zwei- oder dreimal. Du hast sie auch schon gesehen. Beim letzten Weihnachtsessen der Geschäftsleitung. Mehr als ein wenig Small Talk hatte ich mit ihr nicht.»

Vage konnte Andrina sich daran erinnern. Sie hatten nur einige Begrüssungsfloskeln gewechselt. Raoul und seine Frau hatten am anderen Ende des Tisches gesessen. Andrina überlegte, ob die beiden damals so auf sie gewirkt hatten, wie sie es in Ftan getan hatten. Keine Chance. Ihre Erinnerung gab nur ein verschwommenes Bild von einem Ehepaar preis, das sich mit den Personen ihnen gegenüber unterhalten hatte.

«Hast du ihm das mit dem Stein erzählt?»

«Er hat gesagt, ich solle mit solchen Mutmassungen aufhören.»

Rebecca, die bisher am Boden gesessen und Klötzchen gestapelt hatte, richtete sich an einem Esszimmerstuhl auf und kam zum Sofa. Enrico beugte sich vor und breitete die Arme aus. Rebecca strahlte und liess sich mit einem freudigen Quietschen von Enrico hochheben.

Die einzige Tochter, dachte Andrina. Sie wollte sich nicht ausmalen, was wäre, wenn Rebecca etwas passieren würde, und konnte sich gut vorstellen, wie sich Valéries Eltern fühlten.

«Lass uns einen Abendspaziergang machen», sagte Enrico. «Ich brauche eine Ablenkung, und Rebecca kann ausnahmsweise später ins Bett.»

Nach fünf Minuten bogen sie bei der KEBA, der Kunsteisbahn Aarau, in den Wald ab. Die Sonne verschwand hinter dem Horizont, und es wurde merklich kühler. Andrina schloss den Reissverschluss ihrer Jacke. Sie hätte die dickere anziehen sollen. Einzelne Jogger kamen ihnen entgegen, und Andrina verspürte den vertrauten Stich im Inneren. Wann würde sie sich damit abfinden, nicht mehr joggen zu können?

«Was habt ihr heute gemacht?», fragte Enrico und unterbrach das Schweigen, das sich eingestellt hatte, seitdem sie das Haus verlassen hatten.

Andrina schilderte ihren Ausflug zum Verlag und wie sie auf dem Rückweg Fadrina getroffen hatten.

«Fadrina», sagte Enrico und steuerte den Buggy, in dem Rebecca vor sich hin plapperte, um einen grossen Stein, der mitten auf dem Weg lag. «Das ist auch so ein Mysterium.»

«Was meinst du damit?»

«Ich meine nicht Fadrina, sondern den Brand, dem ihr Auto zum Opfer gefallen ist. Es war eindeutig Brandstiftung. Die Ermittler sind keinen Schritt weiter, was die möglichen Gründe betrifft.»

Als Andrina am Morgen bei Fadrina gewesen war, hatte sie

sich erkundigt, ob es Neues dazu gebe. «Nein», hatte Fadrina gesagt und rasch das Thema gewechselt.

«Galt der Anschlag überhaupt ihrem Wagen?»

«Das Gleiche habe ich mich auch gefragt. Normalerweise stellt sie ihren Polo nicht dort ab. Da aber im hinteren Teil des Firmenparkplatzes der Belag erneuert wird, herrscht zurzeit Parkplatzknappheit. Weil Raoul nicht da war, habe ich ihr gesagt, sie könne dort parkieren.»

«Raouls Parkfeld?», hakte Andrina nach. Das hatte Enrico bereits früher einmal erwähnt, aber sie hatte es vergessen.

Für einige Sekunden schaute Enrico Andrina verwirrt an. «Du meinst, das Unglück mit seiner Tochter steht im Zusammenhang mit dem Brand? Sofern es bei Valérie mehr als nur ein Zusammenwirken von unglücklichen Umständen war.»

Anstatt zu antworten, zuckte Andrina mit den Schultern.

«Das glaube ich nicht. Der Brandstifter hätte in dem Fall schlecht recherchiert. Ihm müsste klar sein, dass Raoul keinen Polo fährt und zu diesem Zeitpunkt nicht da war.»

Das klang logisch. «Es könnte eins der anderen Autos betroffen haben, die dort abgestellt waren.»

«Du meinst, er wollte eine falsche Fährte legen? Klingt für mich unlogisch. Ich als Brandstifter würde sicher sein wollen, dass das richtige Auto abbrennt.» Enrico strich über Rebeccas Haare.

«Egal, wie man es versucht zu erklären. Alles macht keinen Sinn.»

«Fadrina ist geschieden. Wusstest du das?»

Offenbar brauchte Enrico einige Sekunden, bis er mit dem Themenwechsel klarkam.

«Sie hat es mir nicht direkt gesagt, aber ich habe gehört, wie sie jemanden davon erzählt hat. Was hat das mit brennenden Autos zu tun?»

Andrina dachte an Fadrinas Reaktion, als es ihr herausgerutscht war, geschieden zu sein. «Könnte die Scheidung unschön gewesen sein?»

«Keine Ahnung. Wie kommst du darauf?»

«Ich weiss nicht. Ihre Art und Weise, wie sie reagiert hat, als wir auf das Thema kamen.»

«Es könnte ihr einfach unangenehm gewesen sein. Für mich wäre das auch nicht ein bevorzugtes Thema.»

Dem musste Andrina zustimmen. «Der Autobrand könnte die Rache von ihrem Ex gewesen sein», spann sie den Faden weiter.

Enrico blieb stehen. Andrina konnte ihm ansehen, wie er versuchte, sein Schmunzeln zu unterdrücken. «Es ist lange her, seitdem Sie das letzte Mal ermittelt haben, Frau Kriminalkommissarin. Und ich hatte gehofft, es werde keine neuen Fälle geben, die Sie zu übernehmen gedenken.»

Andrinas Gesicht begann zu glühen.

«Wenn ich das richtig im Kopf habe, ist es über ein Jahr her, dass du zur Lösung eines Falls beigetragen hast.» Er wurde ernst. «Für mich war die Zeit seitdem ohne Kriminalfälle deutlich entspannter, und ich hoffe, du entwickelst keine neuen kriminalistischen Ambitionen.»

«Nein, das werde ich nicht.»

«Das beruhigt mich.»

«Dennoch mache ich mir meine Gedanken.»

«Das beruhigt mich weniger.»

«Ich mache mir Sorgen. Du hast ja ebenfalls gewisse Überlegungen angestellt.»

«Ertappt.» Enrico lachte, was allerdings nicht fröhlich klang. Sie setzten ihren Weg fort.

«Du möchtest damit andeuten, Fadrinas Ex könnte ein Motiv haben, ihr Auto anzuzünden.» Keine Frage, sondern eine Feststellung.

«Jetzt hast du damit angefangen», sagte Andrina.

«Ich sehe, es lässt dir keine Ruhe. Und zugegeben, mir auch nicht. Allerdings nehme ich an, die Polizei wird Fadrinas Umfeld – dazu gehört ihr Ex – überprüft haben.»

Enrico steuerte den Kinderwagen bergauf – vorbei an

den Barren, die zu den Geräten des Vitaparcours gehörten. Zwei Frauen in Andrinas Alter beendeten ihre Übungen und folgten dem Weg bergab. Andrina widerstand dem Drang, anzuhalten, um die Übungen zu absolvieren, wie sie es sonst machte, wenn sie diesen Weg wählten. Da sie aufgrund ihrer Rückenverletzung nicht mehr joggen konnte, hatte sie beschlossen, sich anders sportlich zu betätigen. Damit hatte sie einige Monate nach Rebeccas Geburt angefangen. Sie hatte gemerkt, wie gut ihr die Übungen des Vitaparcours taten. Inzwischen schaffte sie bei einigen Posten das Doppelte der aufgeführten Anzahl.

Als sie die Hälfte der Strecke zum Posten mit den Ringen zurückgelegt hatten, kam ihnen ein Jogger entgegen. Seine Bewegungen sahen unkoordiniert und schleppend aus. Als er sich ihnen bis auf wenige Meter genähert hatte, blieb Enrico stehen.

«Raoul?», rief er erstaunt.

Hätte der Mann nicht angehalten, hätte Andrina ihn nicht erkannt.

«Du bist in Aarau?», fragte Enrico.

«Ja. Heute Morgen hat die Rega Valérie ins Kantonsspital Aarau überführt», sagte er. «Louise ist im Spital. Ich musste einfach mal raus.»

«Wie konnte Valérie in dem Zustand überführt werden, wenn es kritisch war, wie du am Telefon angedeutet hast?»

«Der Flug war heute Morgen. Es hat sich erst nach der Ankunft verschlimmert.»

«Wir drücken die Daumen und hoffen mit euch», sagte Enrico.

«Danke.» Raoul senkte den Kopf, und Andrina spürte seine Rastlosigkeit. Seine Bewegungen waren weiterhin unkoordiniert, und er machte den Eindruck, als habe er Mühe, sich auf den Beinen zu halten. Die Ausdünstungen von Alkohol waberten wie eine Wolke um ihn, und Andrina fragte sich, wie er in der Lage sein konnte, Sport zu treiben.

«Wenn ich was für dich tun kann, lass es mich bitte wissen.»

Das klang nach einer hohlen Phrase, aber Andrina war klar, dass Enrico es meinte, wie er es sagte.

«Danke, das ist lieb von dir. Aber ich fürchte, du wirst nicht viel tun können. Die nächsten Tage werde ich nicht zur Arbeit kommen, wenn …»

«Mach dir deswegen keine Gedanken.»

Raoul verabschiedete sich. Andrina blickte ihm nach. Wie schlimm musste es sein, wenn das eigene Kind mit dem Tod rang und man nicht wusste, ob es am nächsten Tag noch lebte.

«Ich bin mir nicht sicher, ob Joggen eine gute Idee ist.»

«Wie meinst du das?», fragte Enrico.

«Ich habe das Gefühl, er war nicht nüchtern.»

Enrico setzte sich in Bewegung. Als Andrina ihm folgen wollte, schrie Raoul auf. Er fasste sich an die Seite des Kopfes, torkelte und machte eine halbe Drehung, bevor er auf den Boden sank.

Enrico liess den Wagen stehen und rannte los. Als Andrina ihn mit dem Kinderwagen erreichte, beugte Enrico sich über ihn.

«Hat er einen Herzinfarkt?»

«Oder einen Hirnschlag», sagte Enrico und drehte ihn vorsichtig auf die Seite.

«Merda!», stiess Enrico hervor. Aus einer Wunde an der Schläfe strömte Blut. Raouls Augen waren aufgerissen, und sein Mund war wie zu einem Schrei geöffnet.

«Vielen Dank, dass ich Rebecca zuerst ins Bett bringen konnte.»

«Das ist selbstverständlich», sagte Max Wagner. Er stand vor dem Schwedenofen, den er eingehend betrachtet hatte, als Andrina das Wohnzimmer betreten hatte. Der Rahmen seiner silbrigen Brille wirkte auf die Haarfarbe abgestimmt. Seine drahtigen Haare, die er normalerweise als kurze Stoppeln trug, waren ungewöhnlich lang.

Susanna Marioni, die beim Sofa an der Terrassentür gestanden war und in den Garten geschaut hatte, drehte sich um. Ihre blonden Locken, die die Farbe eines Weizenfeldes hatten, sahen in dem Licht der Stehlampe goldener aus als sonst.

«Ich hoffe, Rebecca hat keinen Schock bekommen, als sie Raoul Schneider gesehen hat», sagte sie.

«Ich glaube – hoffe zumindest –, sie hat nicht verstanden, was passiert ist.»

Das stimmte nicht ganz. Rebecca musste gespürt haben, dass etwas Schlimmes geschehen war. Andrina hatte den Wagen so hingestellt, dass Rebecca Raoul nicht auf dem Boden liegen sah, und hatte versucht, das Mädchen abzulenken, während Enrico sich um den Verletzten gekümmert hatte. Rebecca war auf ihre Versuche nicht eingegangen und hatte sie nur angestarrt. Kurz nach dem Eintreffen der Sanitäter war Raoul gestorben.

Andrina hatte eine Weile gebraucht, bis sie diese Aussage des Sanitäters verstanden hatte. Wenn sie daran dachte, wurden ihre Knie weich.

Irgendwann war die Polizei eingetroffen. Nach einigen kurzen Fragen hatten sie ihr zugestanden, mit Rebecca nach Hause gehen zu können, wofür sie dankbar gewesen war. Es werde später jemand vorbeikommen, um sie zu befragen, hatte man ihr erklärt. Enrico hingegen war vor Ort geblieben.

Kurz nachdem sie zu Hause angekommen war, waren Max Wagner und Susanna Marioni eingetroffen.

«Entschuldigt, ich habe euch nicht gefragt, ob ihr etwas trinken möchtet.»

«Kein Problem», sagte Wagner. «Ich möchte nichts.» Er schaute Susanna an.

Sie schüttelte den Kopf und setzte sich auf einen der beiden Sessel. Wagner nahm auf dem zweiten Platz und deutete auf das Sofa.

Andrina stellte das Babyfon auf das Glastischchen und setzte sich mit durchgestrecktem Rücken. «Ist er erschossen worden?», fragte sie und sah die stark blutende Wunde vor sich.

«Hast du einen Schuss gehört?», fragte Susanna, ohne auf Andrinas Frage einzugehen.

«Nein, das heisst, ich weiss nicht. Könnte der Täter einen Schalldämpfer benutzt haben?» Was war an dieser Verletzung seltsam und stimmte nicht?

«Hast du jemanden gesehen?», fragte Wagner.

«Mehrere Personen. Im Wald waren einige Leute unterwegs.»

«Das meine ich nicht. War jemand in der Nähe, als Raoul Schneider zu Boden stürzte?»

«Ich habe niemand gesehen.» Wirklich nicht? Andrina überlegte. Sie waren dem Kurvenverlauf des Weges gefolgt, an den Barren vorbei. Nachdem die beiden Frauen ihre Übungen beendet hatten, war keine andere Person dort gewesen. Als sie beinahe bei den Ringen angekommen waren, war Raoul erschienen. Während ihres kurzen Wortwechsels war keiner an ihnen vorbeigegangen. Oder Andrina hatte keinen bemerkt. Sie war auf Raoul fixiert gewesen. Danach war er weitergelaufen.

«Kannst du die Personen nennen, denen ihr beim Spaziergang begegnet seid?»

«Ich fange zu dem Zeitpunkt an, nachdem wir den Wald bei der KEBA betreten haben: Zwei Frauen mit einem Pudel, drei Männer, und ich glaube, es waren zwei Frauen, die gejoggt sind, und die beiden Frauen am Posten mit den Barren.» Andrina blickte Richtung Esszimmertisch und versuchte sich in Erinnerung zu rufen, wen sie sonst getroffen hatten. «Zwei ältere Paare, die spazieren gegangen sind. Sie hatten zwei Golden Retriever dabei. Eine Frau und ein Mann mit ihren Kindern. Ich glaube, das waren alle. Bitte betrachtet meine Angaben ohne Gewähr.»

«Kanntest du jemanden von ihnen?»

«Nein.»

«Enrico?»

«Das musst du ihn selber fragen. So wie er sich den Leuten gegenüber verhalten und sie gegrüsst hat, nicht.»

«Hattest du das Gefühl, eine der Personen verhielt sich auffällig?»

«Nein.» Auch hier hatte sie nicht darauf geachtet. Das liess sie jedoch unausgesprochen.

Susanna und Max schauten einander einige Sekunden an. Es war, als würden sie sich gegenseitig fragen, ob sie weitere Punkte hätten, die sie Andrina fragen wollten.

«Wenn ich dich richtig verstehe, waren viele Leute im Wald unterwegs», sagte Susanna.

«Ja. Aber das ist kein Wunder an einem solch schönen, warmen Abend im September», erwiderte Andrina.

In der nächsten Sekunde wurde ihr bewusst, was Susanna damit andeuten wollte. Es war ein riskantes Unterfangen, jemanden töten zu wollen, wenn es viele potenzielle Zeugen hatte. Hiess das, es handelte sich um eine spontane Tat? Oder legte der Täter es darauf an, Publikum zu haben?

Andrina schaute Wagner und Susanna nach, wie sie in Wagners Mazda stiegen und abfuhren. Sie wollte gerade die Haustür schliessen, als Enrico in die Einfahrt bog. Er sah erschöpft aus. Enrico umarmte Andrina, und es war, als suche er Halt. Nach mehreren Sekunden löste er sich von ihr und streifte die Schuhe von den Füssen. Dabei sprach er kein Wort. Andrina folgte ihm in die Küche. Er setzte sich an den Tisch, stützte seine Ellenbogen darauf und legte den Kopf auf die Handflächen. Andrina stellte sich hinter ihn und legte ihre Arme um ihn. Nur das leise Brummen des Kühlschranks war zu hören.

«Möchtest du einen Tee?», fragte Andrina. Sie schaute auf die Uhr und erschrak. Es war kurz vor elf Uhr.

«Gerne.»

Andrina war froh, etwas tun zu können, und setzte Teewasser auf.

«Ich kann es immer noch nicht fassen», sagte Enrico.

«Hast du jemanden gesehen, bevor Raoul zusammenbrach?»

«Nein. Aber der Täter könnte sich im Buschwerk oder hinter einem Baum versteckt haben. Ehrlich gesagt, ich habe nicht darauf geachtet, ob dort jemand war.»

Wieso wusste der Täter, dass Raoul joggen wollte?, fragte Andrina sich und lieferte sich die Erklärung gleich selbst. Er musste Raoul beobachtet haben und ihm gefolgt sein. Hatte er vorgetäuscht, selbst zu joggen, und hatte er Raoul überholt, nachdem er geahnt hatte, welche Route er nahm? Jedenfalls musste er vor Andrina und Enrico an diesem Ort gewesen sein. Womöglich hatten die Frauen am Barren ihn gesehen. Andrina hoffte, Wagner konnte sie ausfindig machen und befragen.

«Es waren viele Leute unterwegs. Ich kann nicht glauben, dass jemand in so einer Situation einen Mord plant und eine Person erschiesst», sagte Andrina.

«Er ist nicht erschossen worden», sagte Enrico.

«Wer sagt das? Die Polizei?», fragte Andrina ungläubig. «Und wo kam diese Wunde an seinem Kopf her?»

«Wenn er erschossen worden wäre, hätte es – bitte entschuldige meine Ausdrucksweise – eine grössere Sauerei gegeben.»

Perplex starrte Andrina ihn an.

«Zumindest habe ich das Gefühl.»

Nun wurde Andrina klar, was er meinte. «Muss es das automatisch? Oder ist das nicht nur in Filmen und Büchern so? Wo sollte er diese Wunde sonst herhaben?»

«Indem er mit dem Kopf auf dem Boden aufgeschlagen ist. Auf dem Kiesweg hat es genügend spitze Steine.»

«Ist er nicht. Er ist gestrauchelt und in sich zusammengesackt. Und er landete mehr auf dem Rücken.»

«Das weisst du so genau?», rief Enrico erstaunt.

«Es war wie im Film und lief für mich wie in Zeitlupentempo ab. Er muss erschossen worden sein. Die Kugel könnte im Kopf stecken geblieben sein.» Andrina stellte den Tee auf den Tisch.

Enrico legte seine Hände um seine Tasse. «Ich bin kein Fachmann.»

«Was sagt die Polizei dazu?»

«Herr Brogli hat sich nicht dazu geäussert.»

Andrina stöhnte innerlich auf. Brogli. Ausgerechnet er aus Max Wagners Team musste Enrico befragen.

«Er war recht umgänglich», sagte Enrico, als ahne er, was in ihrem Kopf vor sich ging.

Umgänglich und Brogli passten definitiv nicht zusammen.

Erneut sah Andrina Raoul Schneider auf dem Weg liegen. Über das Bild der Wunde an seinem Kopf schob sich ein anderes, und Valérie tauchte vor Andrinas innerem Auge auf.

«Wie seine Tochter», sagte sie.

Enrico stellte die Tasse ab, die er angehoben hatte. «Wie seine Tochter?», wiederholte er.

«Sie hatte wie ihr Vater so eine Wunde am Kopf. Hast du das Brogli gesagt?»

«Daran habe ich nicht mehr gedacht.» Enrico blickte an Andrina vorbei und fixierte einen Punkt hinter ihr. «Ich fürchte, das wird nichts bringen.»

Andrina war klar, worauf er hinauswollte. Sie hätten in Scuol die Polizei informieren und auf den Stein hinweisen sollen. Der nicht mehr da war, was erschwerend für die Ermittlungen war. Fazit: Man würde ihnen nicht glauben.

«Lag bei Raoul Schneider auch so ein Stein?»

«Der mit Blut beschmiert war? Ich habe keinen gesehen», antwortete Enrico. «Ich kann mir nicht vorstellen, jemand habe einen Stein auf Raoul geworfen, da der Täter extrem treffsicher gewesen sein müsste.»

Treffsicherheit hatte er bereits bei Valérie benötigt. Oder war das ein Zufallstreffer gewesen? Doch zweimal hintereinander traute Andrina keinem eine solche Fähigkeit zu.

«Er könnte Glück gehabt haben.»

«Wenn ich jemanden verletzen möchte, würde ich mich nicht auf Glück, sprich auf den Zufall, verlassen. Ich würde nach einer Alternative suchen, die erfolgversprechender wäre.»

SIEBEN

«Unglaublich», sagte Kilian, «du steckst mitten in einem Kriminalfall. Das wurde langsam mal wieder Zeit.»

«Was heisst hier ‹mitten›?», sagte Andrina. «Und warum ‹das wurde langsam Zeit›? Ich reisse mich nicht darum.»

Sie hatte mit gemischten Gefühlen ihrem Bürotag entgegengesehen, weil sie befürchtet hatte, ihre Anwesenheit bei der Ermordung von Raoul Schneider würde schnell die Runde machen.

Sie sassen in der Verlagsküche und machten ihre Znünipause. Kilian stellte Andrina und sich je einen Cappuccino hin und machte eine fragende Geste zu Tatjana, Dana und Stefanie, die gleichzeitig nickten.

Stefanie stellte eine Dose mit Brownies auf den Tisch. «Bedient euch.»

«Selber gemacht?», fragte Kilian mit leuchtenden Augen.

«Was meinst du mit ‹wurde langsam Zeit›?», wollte Stefanie wissen. Ihre roten Locken machten einen widerspenstigen Eindruck und standen wirr vom Kopf ab. *«Bad hair day»*, hatte sie gebrummt, als Dana sie darauf angesprochen hatte.

«Andrinas Nebenbeschäftigung ist, die Kriminalfälle aufzuklären, bei denen sich die Polizei die Zähne ausbeisst.»

«Hör mit dem Blödsinn auf», rief Andrina.

«Seit Marco weg ist, sitzen wir leider nicht mehr an der Quelle», fügte er an, nachdem er einen zweiten Brownie genommen hatte.

«Wer ist Marco?», fragte Tatjana. Sie beugte sich vor und nahm den Cappuccino entgegen, den ihr Kilian reichte, dessen Augen kurz auf Tatjanas Ausschnitt ruhten. Ihr heutiges Outfit übertraf farblich bisher alle anderen. Ein eng anliegendes, knappes, pinkfarbenes Top stand im Wettstreit mit einer leuchtend türkisfarbenen Hose. Tatjana anzuschauen tat heute definitiv in den Augen weh. Lippenstift und Lidschatten passten farblich zur Kleidung.

«Das ist eine lange Geschichte, die längst Vergangenheit ist. Sie ist es nicht würdig, erzählt zu werden.» Andrina blickte zu Gabi, die gerade die Küche betreten hatte. Das leichte Nicken deutete Andrina als Zustimmung.

«Hast du nichts mehr von ihm gehört?», fragte Lukas, der mit Gabi in den Raum gekommen war.

«Nein.»

«Du?», fragte er Andrina.

«Nein.»

«Keine Karte? An keine von euch?»

«Nein», wiederholte Gabi scharf.

«Ist Marco dein Ex?», mischte sich Dana in das Gespräch ein.

Gabi verschränkte die Arme vor der Brust.

«Erst war er mit Andrina zusammen», erklärte Lukas. «Nach der Trennung hat er sein Glück bei Gabi versucht, mit dem gleichen Erfolg.»

«Ich verstehe gar nichts mehr. Ich denke, du bist mit Enrico verheiratet?», fragte Stefanie, bevor Andrina eine scharfe Erwiderung machen konnte.

«Enrico ist Marcos Halbbruder – sie haben denselben Vater, nicht wahr?» Lukas schaute Andrina an. Bevor sie zu einer heftigen Erwiderung ansetzen konnte, sprach er weiter: «Enrico hat Marco Andrina ausgespannt, nachdem Marco sich mehr als danebenbenommen hatte.»

«Es reicht!», donnerte Andrina. «Du bist schlimmer als eine Klatschtante von nebenan oder die Boulevardpresse.»

«Entschuldige», murmelte Lukas.

«Er arbeitet bei der Polizei, wenn ich das richtig verstehe», fuhr Stefanie fort.

«Hat gearbeitet», sagte Gabi.

«Warum Vergangenheit?», fragte Stefanie.

«Er hat gekündigt, bevor er sich aus dem Staub gemacht

hat. Was er heute treibt, ist mir egal.» Gabis Stimme war lauter geworden. Es war deutlich, dass sie wie Andrina Lukas verwünschte, detailliert auf das Thema eingegangen zu sein.

Verlegenes Schweigen stellte sich ein.

«Ich stelle es mir schrecklich vor, dabei zuzusehen, wenn jemand erschossen wird», wandte Stefanie sich nach einer Weile an Andrina.

«Wer ist erschossen worden?», fragte Lukas.

«Ein Mitarbeiter von Andrinas Mann», sagte Kilian. «Gestern Abend auf dem Vitaparcours.»

«Raoul Schneider ist nicht erschossen worden», sagte Andrina und ärgerte sich sogleich, nicht den Mund gehalten zu haben.

Stefanie beugte sich vor. «Nicht?»

«Woran ist er gestorben?», fragte Tatjana.

«Herzinfarkt», sagte Lukas.

«Wo hast du das her?», fragte Kilian.

«Aus den Medien. Das habe ich gerade im Newsticker gelesen. Er hat einen Stein an den Kopf bekommen und hat vor Schreck einen Herzinfarkt erlitten.»

Einen Stein? Andrina war froh, zu sitzen.

«In dem Fall ist es kein Mord?» Kilian sah enttäuscht aus.

«Nun», antwortete Lukas gedehnt, «wie und warum der Stein an seinen Kopf flog, muss abgeklärt werden, denke ich.»

«Ihr seid immer noch hier?», kam es vorwurfsvoll von der Tür. Elisabeth lehnte mit vor der Brust verschränkten Armen gegen den Türrahmen. «Mal abgesehen davon, dass unsere Sitzung seit fünf Minuten angefangen hat oder angefangen haben sollte, habt ihr genug zu tun, statt ein ausgedehntes Kaffeekränzchen zu machen.»

Nacheinander erhoben sie sich und gingen aus dem Raum. Bevor Kilian die Küche verlassen hatte, kehrte er an der Tür um und nahm sich zwei von den Brownies.

Als Andrina aus dem Raum schlüpfen wollte, hielt Elisabeth sie am Arm fest. «Ich bin tolerant, was dein Arbeitspensum und die Möglichkeit vom Homeoffice betrifft. Bedenke das bitte. Im Gegenzug erwarte ich, dass du die anderen nicht von der Arbeit abhältst und deine eigenen Aufgaben zügig erledigst. Ich habe das Gefühl, deine Arbeitsleistung und Motivation lassen zu wünschen übrig.»

«Das stimmt nicht», rief Andrina.

«Im Korrektorat von ‹Flammen über Zürich› hatte es drei Fehler drin, wie aufmerksame Leser bemerkt haben.»

Stefanie und Gabi haben die Fehler auch nicht bemerkt, hätte Andrina am liebsten gesagt. Aber nichts lag ihr ferner, als ihre Kolleginnen in die Pfanne zu hauen. Sie ärgerte sich immer noch, die drei Tippfehler nicht gesehen zu haben.

«Hinzu kommt der Kommafehler im Klappentext.»

Den hatte Dana und nicht sie formuliert. Aber Andrina schwieg.

«Der Cleve-Verlag steht für Qualität», fuhr Elisabeth fort. «In Zukunft werde ich nicht so kulant über schludrige Arbeit hinwegsehen. Besonders, wenn ich merke, wie du die anderen von der Arbeit abhältst.» Andrina setzte zu einer Erwiderung an, aber Elisabeth hob die Hand. «Solche Kaffeekränzchen gibt es interessanterweise nur an den Tagen, an denen du da bist.»

Bevor Andrina antworten konnte, rauschte Elisabeth davon.

Du musst dir das nicht bieten lassen, dachte sie. Du kannst jederzeit aufhören. Genau das hatte sie nicht vor. Ganz aus dem Berufsleben aussteigen wollte sie nämlich nicht.

***

«Ich kann dich und Rebecca gerne nach Hause bringen», wiederholte Seraina zum dritten Mal. Sie hatte mit Rebecca und ihrer Tochter Regina einen Spaziergang gemacht und war heimgekehrt, als Andrina vor ihrem Haus in Erlinsbach vom Velo gestiegen war.

Regina drückte Andrina eine Zeichnung in die Hand. «Gotti, das bist du», sagte sie und deutete auf die Frau. «Das sind Becca und ich auf der Schaukel. Das habe ich im Kindergarten gemalt.»

«So schön, vielen Dank», erwiderte Andrina.

Regina wurde Seraina mit den dunkelbraunen Haaren und den dunklen Augen immer ähnlicher.

Andrina steckte das Blatt zurück in das Couvert und schaute in den Himmel, der inzwischen grau geworden war.

«Einige Regentropfen werden uns nicht schaden», sagte sie.

Die Aussicht, von Seraina heimgefahren zu werden, war verlockend, musste sie zugeben. Dagegen sprach, sie hätte ihr Velo bei Seraina lassen müssen. Trotzdem hätte sie gerne nach diesem unerfreulichen Tag darauf verzichtet, auf dem Heimweg nass zu werden. Elisabeth hatten die Entwürfe der Buchklappentexte von zwei neuen Krimis, die in zwei Monaten erscheinen sollten, nicht gefallen. Sie hatte darauf bestanden, Andrina könne erst gehen, wenn diese zu ihrer Zufriedenheit waren. Ein Ding der Unmöglichkeit. Immerhin hatte sie Andrina gehen lassen, als sie nach dem dritten Versuch gesagt hatte, Seraina habe mit Regina einen Arzttermin und sie müsse Rebecca vorher abgeholt haben. Dass das nicht stimmte, brauchte Elisabeth nicht zu wissen.

Einige Tropfen fielen auf den Boden, und der Wind frischte auf. «Es macht mir wirklich nichts aus, euch zu fahren», sagte Seraina.

«Ich bin nicht aus Zuckerwatte. Schau, es hört auf.»

Einige Sonnenstrahlen kämpften sich durch die Wolken. Die radial angeordneten Lichtstrahlen vor den grauen Wolken sahen wunderschön aus. Sogar einzelne Flecken blauen Himmels waren erkennbar.

Seraina blieb skeptisch. «Sie haben weiteren Regen angekündigt.»

«Ich werde schneller in die Pedale treten müssen.»

Um fit zu bleiben, verzichtete Andrina nach Möglichkeit auf das Auto und fuhr mit dem Velo, obwohl Enrico einen Zweitwagen gekauft hatte. Und mit dem Velo fand man leichter einen Parkplatz.

Andrina umarmte ihre Schwester und Regina. «Es sind nur einige Regentropfen vorausgesagt und keine schweren Gewitter.» Sie hob Rebecca in den Kindersitz.

Sie überquerte die Aarauerstrasse und folgte dem Weg hangabwärts zum Aarekanal. Sie fuhr den geraden Weg entlang an der Pferdepension Trottenhof vorbei. Zwei Rappen wurden auf die Weide gebracht. Als der Mann sie losliess, galoppierten sie los. Die drei Pferde auf der Nachbarweide liessen sich von dem Tatendrang anstecken und buckelten, bevor sie mit aufgestelltem Schweif über ihre Weidefläche stoben. So gut müsste man es haben, dachte Andrina.

Kurz darauf erreichte sie den Spielplatz «Alte Badi». Unverhofft trat sie ins Leere.

«Mist!», murmelte Andrina, als sie die Kette erblickte, die aus der Gangschaltung gesprungen war. Sie hob Rebecca aus dem Sitz und legte das Velo hin. Zum Glück hatte sie inzwischen Übung darin.

Sie steckte das ölverschmierte Papiertaschentuch in ihre Tasche und hob Rebecca hoch.

«Becca Platz.» Rebecca wand sich hin und her und zeigte auf den Spielplatz.

«Heute nicht.»

«Mami.» Gegen Ende des Wortes wurde die Stimme eine Nuance höher. Rebecca zappelte stärker. Andrina stellte sie auf den Boden und ging vor ihr in die Hocke.

«Ein anderes Mal. Ich bin müde und möchte nach Hause.»

«Becca Platz!» Sie stampfte mit dem Fuss auf und zog an Andrinas Hand.

«Schau, es sind keine anderen Kinder da.»

«Becca Platz!» Die Stimme wurde schriller.

«Nein.»

Rebecca heulte los und zog fester an Andrinas Hand.

Andrina gab sich geschlagen und verwünschte sich gleichzeitig dafür. So viel zu «konsequent sein». Sie stellte das Velo vor den Picknickbänken ab.

«Nein!»

Erstaunt schaute Andrina sich um. Wo war dieser Schrei hergekommen? Kein Mensch war weit und breit zu sehen.

«Vergiss es!»

Das kam von der anderen Seite der Hecke, wo sich der Spielturm mit Rutschbahn und die Schaukeln befanden. Die Frauenstimme klang fast panisch. Andrina spähte durch die Hecke, konnte aber nichts erkennen. Sie trat dichter an die Hecke heran. Nach wie vor war nichts zu sehen. Das Laub der Bäume und Büsche raschelte im Wind. Andrina fragte sich, ob sie es sich eingebildet hatte. Sie hob Rebecca hoch und umrundete die Hecke.

«Nein!»

Andrina bemerkte eine Frau und einen Mann, der die Frau am Arm gepackt hatte.

«Ich habe kein Geld», sagte die Frau.

«Du hast einen Job», erwiderte der Mann. Er machte einen südländischen Eindruck, was durch die schwarzen Bartstoppeln und die Sonnenbrille verstärkt wurde.

«Aber …»

«Du hast mir zu helfen.»

«Nein.»

Der Mann schaute in Andrinas Richtung und liess den Arm der Frau los.

«Ich werde mich bei dir melden.» Mit weit ausgreifenden Schritten ging er an Andrina vorbei. Ein Hauch von Aftershave wehte über Andrina weg. Der Mann eilte an ihrem Velo vorbei zum Eingang des Spielplatzes zur Aare und entfernte sich. Einige Sekunden später hörte Andrina das Zuschlagen einer Autotür. Der Motor heulte auf, und ein schwarzes Auto fuhr vorbei auf die Erlinsbacherstrasse Richtung Aarau.

Die Frau sackte auf die Bank, die unter dem Ahornbaum am Rand der mit weinroten Fallschutzmatten ausgelegten Fläche stand. Andrina eilte zu ihr.

«Ist alles in … Fadrina?»

Fadrinas Augen weiteten sich. Sie machte Anstalten, aufzustehen.

Andrina berührte Fadrinas Arm. «Wer war das?», fragte sie. Sie setzte sich auf die Bank und platzierte Rebecca auf ihren Schoss. Rebecca zappelte, aber Andrinas Griff blieb eisern. Quengeln war die Antwort. Andrina drehte Rebecca so, dass sie Fadrina ansehen konnte. Das Quengeln hörte auf.

«Niemand», sagte Fadrina nach einer Weile und starrte geradeaus.

«So sah das nicht aus. Der Mann hat dir gedroht.»

«Lass das meine Sorge sein», fauchte Fadrina und machte Anstalten, aufzustehen, aber Andrina hielt sie erneut zurück.

«Dein Auto wurde angezündet und nun das.»

Fadrina senkte den Kopf und schwieg. Zu ihrem Schrecken sah Andrina, wie Tränen auf Fadrinas Hände tropften.

«War das dein Ex?»

«Nein, mein Cousin.»

Rebecca wand sich von Neuem hin und her. Eigentlich wollte Andrina sie nicht auf den Boden stellen, tat es aber doch. Rebecca lief ein Stück von ihnen weg und setzte sich danach auf den Boden. Sie nahm einige Steine und Blätter und untersuchte sie. Anschliessend krabbelte sie weiter. «Becca … das!» Sie deutete auf die Schaukeln.

Andrina war hin- und hergerissen. Sie befürchtete, wenn sie zu ihrer Tochter ging, würde Fadrina die Gelegenheit nutzen, zu gehen. Andererseits würde es bald zu einem neuen Protestgeheul kommen, wenn sie Rebecca nicht in die Schaukel setzte, und eine Unterhaltung würde undenkbar sein.

Sie stand auf. Zu ihrer Erleichterung folgte Fadrina ihr und stellte sich neben sie. Andrina setzte Rebecca in die Schaukel und stiess sie sachte an. Rebecca hielt sich am Aufsatz fest und quietschte vor Vergnügen.

«Warum bedroht dich dein Cousin?»

«Er hat mich nicht bedroht. Wir haben uns unterhalten.»

«Eine seltsame Art, sich zu unterhalten. Wie er sagte: ‹Ich

werde mich bei dir melden›, klang für mich nicht freundschaftlich. Und wenn ich sehe, wie aufgelöst du bist …»

«Ich bin nicht aufgelöst, sondern entspannt.» Fadrina senkte den Kopf und wischte mit der Schuhspitze über eine Fuge zwischen den Matten.

«Ich an deiner Stelle –», setzte Andrina an.

«Bitte sag Enrico nichts», flüsterte Fadrina.

«Enrico? Warum?»

«Sonst bin ich morgen meinen Job los.»

«Wieso?»

«Ich bin in der Probezeit.»

«Warum sollte Enrico dich entlassen? Wegen deines Cousins?»

«Du hast ja keine Ahnung. Wenn es die Runde macht, dass ausgerechnet die Sekretärin des Inhabers eine kriminelle Familie hat …»

Andrina legte die Hand auf Fadrinas Arm. Sie holte zitternd Luft und begann, zu Andrinas Erleichterung, zu erzählen.

«Mein Cousin war mehrere Male wegen Drogendelikten im Gefängnis. Er hat für meinen Ex die Drogen beschafft.»

«Dein Ex ist drogenabhängig?»

«Nein. Er brauchte es für … als Nebenverdienst. Hasch, Kokain, Heroin, Pillen – die ganze Palette. Davon habe ich nichts gewusst, ehrlich. Ich lernte ihn vor fünf Jahren kennen. Seinen lukrativen Nebenjob hatte er mir verschwiegen. Wir … Ich wurde bald darauf schwanger, und wir haben geheiratet. Blitzhochzeit, bevor man mir den Bauch ansah. Unverheiratet ein Kind zu haben war in den Augen meiner Eltern ein No-Go. Sie waren sowieso nicht begeistert von Renato. Das Kind habe ich im fünften Monat verloren. Mein Mann war häufig unterwegs. Geschäftlich sagte er. Er arbeitete bei einem Anlagenbauer in Baden. Kunden hatte es weltweit. Von seinem Nebenverdienst habe ich erst vor zwei Jahren durch Zufall erfahren.» Fadrina sprach immer schneller, und Andrina hatte Mühe, der wirr anmutenden Erzählung zu folgen. «Im Laufe der Zeit wurde er gewalttätig. Und er hat mich mehrmals geschlagen, ohne einen für mich ersichtlichen Grund.»

«Es gibt überhaupt keinen Grund, seine Frau oder sonst jemanden zu schlagen», unterbrach Andrina sie.

«Es kam regelmässig zu Geldknappheit. Er behauptete, es sei meine Schuld, weil ich zu viele unnütze Dinge gekauft habe. Was der wahre Grund war, habe ich nie erfahren. Ich vermute, er spielt. Mehr als eine Vermutung ist es nicht. Ich habe es nie beweisen können.» Sie wischte mit dem Handrücken die Tränen fort, die ungehindert über ihre Wangen liefen. «Als ich durch Zufall erfuhr, dass er in einem Bordell ... Er hat dort seine Drogen verkauft und sich gleichzeitig vergnügt ... Da habe ich den Schlussstrich gezogen und mich getrennt.» Fadrina brach ab.

Nur mit Mühe konnte Andrina das Entsetzen zurückhalten. «Weiss dein Cousin, wo du wohnst?»

«Nein. Ich bin quasi untergetaucht und habe alle Kontakte abgebrochen.»

«Warum kreuzt dein Cousin hier auf?»

«Sie wissen, dass ich im Raum Aarau wohne, aber nicht genau, wo. Ich stehe in keinem Telefonbuch.» Glaubte Fadrina das wirklich?

«Was ist mit deiner Mutter?»

«Sie kennt meine Adresse nicht und hat nur meine Handynummer.»

Fadrinas Mutter war ein Leck in ihrer Strategie. Davon war Andrina überzeugt, und sie ging davon aus, Fadrinas Ex wusste durchaus, wo sie wohnte.

«Warum ist er hier?», wiederholte Andrina.

«Wir sind uns in Aarau begegnet und ... Ach, ist eh egal.»

Das war es für Andrina nicht. Aber sie beliess es dabei.

«Warum will er Geld?»

«Mein Cousin ist gerade aus einer Haftstrafe entlassen worden und blank.»

«Dann soll er sich an deinen Ex wenden.»

«Der ist nicht gut auf ihn zu sprechen.»

«Mami!» Entrüstung pur. Andrina realisierte, aufgehört zu haben, Rebecca anzustossen.

«Du musst zur Polizei gehen.»

«Bitte sage Enrico nichts», wiederholte Fadrina, anstatt auf Andrinas Forderung einzugehen. «Aarau sollte für mich ein Neuanfang sein.»

«Du sagtest, dein Cousin und dein Ex wissen nicht, wo du wohnst. Aber warum zünden sie dein Auto an?»

«Das können sie nicht gewesen sein.»

Dessen war Andrina sich nicht sicher. In solchen Kreisen war man es gewohnt, Leute aufzustöbern und einzuschüchtern.

«Ich bin weder mit Namen noch mit Foto auf der Website von JuraMed vertreten. Dein Mann ist ein wunderbarer Chef. So ein tolles Arbeitsklima ist nicht selbstverständlich. Ich fühle mich dort geborgen und sicher.»

***

Kaum hatte Andrina sich mit der Post auf das Sofa gesetzt, klingelte ihr Handy.

«Es tut mir leid, dass ich mich nicht eher gemeldet habe», sagte Enrico. «Diese Messe ist richtig stressig.»

Das hatte er im Vorfeld angedeutet und Andrina seine Agenda gezeigt. Enrico hatte beschlossen, eine internationale pharmazeutische Fachmesse in Düsseldorf zu besuchen. JuraMed hatte einen kleinen Stand, und für Enrico war es klar, als Eigentümer an mindestens zwei Tagen präsent zu sein. Heute Morgen war er abgefahren.

«Wie läuft es?», fragte Andrina.

«Gut. Besser als bisher erhofft. Gleich bin ich zu einem Abendessen eingeladen, und morgen haben wir den Apéro bei uns am Stand. Wie sieht es bei dir aus?»

Andrina berichtete von ihrem Tag im Verlag und von Elisabeths Vorwürfen. «Sag nichts», sagte Andrina, als sie hörte, wie Enrico Luft holte. Das Thema hatten sie bereits zu Genüge diskutiert.

«Du kannst dich bei einem anderen Verlag bewerben», sagte Enrico. «Die würden dich mit Kusshand nehmen.»

«Aber keine, die gerne Teilzeit arbeiten möchte, spezielle Ansprüche auf die Arbeitszeiten hat, nicht gerne weit pendelt und zusätzlich die Option für Homeoffice haben möchte.»

«Du kannst dich als Lektorin selbstständig machen.»

Das hatte Andrina mehrmals in Erwägung gezogen. Sie war sich jedoch unschlüssig, ob sie das wollte.

«Wie geht es Seraina?», fragte Enrico, und Andrina war froh, dass er das Thema wechselte.

«Gut, ihr gefällt es einfach nicht, dass ich dabei war, als das mit Raoul passiert ist.»

«Wie gesagt, ich bin mir nicht sicher, ob er erschossen worden ist. Susanna meinte, der Anschlag sei womöglich mit einer Steinschleuder ausgeführt worden.»

«Womit?», rief Andrina. «Wann hat sie dir das gesagt?»

«Heute Morgen. Sie hatte zusätzliche Fragen. Da ich nach Düsseldorf unterwegs war, hat sie die Befragung am Telefon durchgeführt.»

«Das mit der Steinschleuder hat sie dir einfach so gesagt?» Andrina konnte sich nicht erinnern, eine entsprechende Mitteilung in den Medien gelesen zu haben. Das musste also inoffiziell sein.

«Das war ein Versehen. Sie hat mich zu Stillschweigen verdonnert, und ich bitte dich, wirklich niemandem davon zu erzählen.»

«Wie kommt sie auf eine Steinschleuder?»

«Ich denke, der Rechtsmediziner wird aufgrund der Erkenntnisse bei der Obduktion entsprechende Überlegungen angestellt haben, oder sie haben bei der Untersuchung entsprechende Hinweise gefunden.»

«Du meinst, eine Tatwaffe?»

«Zum Beispiel.»

Andrinas Gedanken drifteten zu Valérie und dem blutigen Stein. «Ich habe bei Raoul keinen blutigen Stein gesehen.»

«Es muss kein Stein sein. Für Steinschleudern gibt es entsprechende Munition.»

Woher wusste er das? Bevor Andrina ihn das fragen konnte, sprach Enrico weiter: «Valérie fährt wie Fadrina einen silberfarbenen Polo.»

«Woher weisst du das?»

«Mir ist eingefallen, dass Raoul es einmal erwähnt hat. Und ich erinnere mich, wie Raoul einige Tage mit einem Polo gekommen ist, da sein Wagen kaputt war und seine Tochter ihn nicht brauchte.»

«Wann war das?»

«Vor zwei oder drei Monaten.»

«Du meinst, es könnte eine Verwechslung gegeben haben, und der Täter hatte das falsche Auto angezündet?»

«Ja.»

«Hast du das Susanna gesagt?»

«Nein, es ist mir erst später in den Sinn gekommen. Ich habe keine Zeit zum Telefonieren. Wenn du mit Susanna Kontakt hast, kannst du ihr das bitte sagen?»

«Sie sehen bestimmt selber die Verbindung mit dem Auto.»

«Es muss für sie nicht offensichtlich sein. Es sind zwei verschiedene Fälle. Beim Brand handelt es sich um andere Ermittler. Sicher ist sicher.»

«Wo wir bei Fadrina sind», sagte Andrina.

«Warte», unterbrach Enrico sie. Andrina hörte, wie er mit jemandem sprach.

«Es tut mir leid, aber ich muss Schluss machen. Gib Rebecca einen Kuss von mir. Ich melde mich morgen bei dir.»

Andrina blieb mit dem Telefon in der Hand auf dem Sofa sitzen und starrte zum Esstisch. Vielleicht war es besser so, wenn Enrico keine Zeit hatte. Fadrina hatte sie gebeten, ihm nichts von dem zu sagen, was sie Andrina anvertraut hatte. Ihr war aber klar, dass er darüber Bescheid wissen musste. Es war besser, es ihm von Angesicht zu Angesicht zu erzählen.

Andrina stellte das Mobilteil auf die Festnetzstation und ging in die Küche. Sie setzte Rebecca in den Kinderstuhl und drückte ihr zwei Löffel in die Hand. Mit Begeisterung trommelte Rebecca auf den Tisch.

Während Andrina den Tisch deckte, kreisten die Gedanken um Valérie und Fadrina. Beide fuhren den gleichen Wagentyp. Handelte es sich hierbei um eine Verwechslung, wie Enrico vermutete, und hatten Fadrinas krimineller Cousin und ihr Ex nichts damit zu tun? Andrina war sich unschlüssig, was sie davon halten sollte. Eins war jedoch klar: Fadrina brauchte Hilfe.

ACHT

Andrina unterdrückte ein Gähnen und lauschte dem Freizeichen. Susanna müsste um diese Uhrzeit im Polizeikommando sein. Immerhin war vor fünf Minuten besetzt gewesen. Als Andrina auflegen wollte, wurde das Gespräch entgegengenommen.

«Brogli.» Ausgerechnet er. Das war die letzte Person, mit der Andrina sprechen wollte.

«Ich möchte gerne mit Susanna Marioni sprechen», sagte Andrina bemüht freundlich.

«Offenbar ist sie nicht am Platz.»

«Können Sie ihr bitte ausrichten, mich zurückzurufen?»

«Sie wird heute keine Zeit für ein privates Telefongespräch haben.»

«Es ist nicht privat. Mir oder besser meinem Mann ist etwas in den Sinn gekommen.»

«Warum ruft er nicht selber an?»

«Er ist auf Geschäftsreise und eilt heute von Meeting zu Meeting.»

«Das ist nicht mein Problem.»

Himmel, dachte Andrina. Du solltest froh sein, dass ich mich melde, damit ihr die Information so schnell wie möglich habt. Brogli war ihr bei jedem Aufeinandertreffen unfreundlich begegnet, aber das übertraf ihre Erinnerungen.

«Es ist wichtig», sagte sie.

«Hat es mit einem der Fälle zu tun, die wir gerade bearbeiten?», schnitt Brogli ihr das Wort ab, bevor Andrina weitersprechen konnte. Wie häufig in der Vergangenheit fragte sie sich, warum eine derartig ungehobelte Person eine solche Position innehatte. Oder war Brogli nur zu ihr so? Sie sah ihn vor sich. Rundliche Figur, graue, strähnige Haare, die sich bei jeder Begegnung mehr gelichtet zu haben schienen, und einen überdrüssigen, verkniffenen Gesichtsausdruck. Dem Mann war es wahrscheinlich unmöglich, überhaupt freundlich zu sein.

«Das hat es», beantwortete sie seine Frage.

«In dem Fall können Sie mir den Hinweis nennen, Frau Kaufmann.»

«Bianchi», unterbrach Andrina ihn.

«Was?»

«Mein Name ist Andrina Bianchi.» Das klang nach wie vor ungewohnt in ihren Ohren.

«Würden Sie mir bitte Ihr Anliegen sagen und nicht weiter meine Zeit verschwenden, Frau Kaufmann?»

Andrina verkniff es sich, ihn ein zweites Mal zu korrigieren. Bestimmt machte er es extra, und es machte ihm Spass, sie damit ärgern zu können.

«Fadrina Jäger und Valérie Schneider fahren beide einen silberfarbenen VW Polo.»

«Ja und?»

«Der Anschlag bei JuraMed könnte nicht Fadrina Jäger gegolten haben, sondern Valérie Schneider.»

Schweigen am anderen Ende.

«Der Brandstifter könnte daher angenommen haben –»

«Frau Kaufmann, lassen Sie uns unseren Job tun und mischen Sie sich nicht ein. Sie sollten aus der Vergangenheit gelernt haben.» Ein Klicken. Brogli hatte aufgelegt.

Fassungslos starrte Andrina das Mobilteil in ihrer Hand an. «Du elender Idiot!», rief sie.

Rebecca, die vor ihren Füssen am Boden mit Klötzchen gespielt hatte, schaute erschrocken auf.

«Du bist nicht damit gemeint», sagte Andrina und strich ihr über den Kopf.

So viel zu «Bitte melden Sie sich, wenn Ihnen noch etwas einfällt».

Andrina überlegte, ob sie Susanna eine WhatsApp mit Enricos Hinweis schicken sollte. Dazu war ihr aber die Lust vergangen. Sie stellte das Mobilteil auf die Festnetzstation. «Ich heisse Andrina Bianchi und nicht mehr Kaufmann», knurrte Andrina das Telefon an. Sollte Brogli selber schauen, wo er blieb. Ihre Schuld war es jedenfalls nicht, wenn die Ermittlungen nicht vom Fleck kamen.

***

Andrina trat aus der Stadtbibliothek. Sie hatte neue Bilderbücher für Rebecca ausgeliehen. Auf der Terrasse des Café littéraire sassen mehrere Leute und genossen das milde Frühherbstwetter. Andrina überlegte, ob sie sich einen Cappuccino gönnen sollte. Die Nacht war mühsam gewesen. Mehrere Male hatte Rebecca sie geweckt, und sie konnte danach schlecht wieder einschlafen. Bereits mit wenigen Monaten hatte Rebecca durchgeschlafen und keine Probleme gehabt, den Schlaf zu finden. Andrina wusste, wie glücklich sie sich schätzen durfte. Sie musste nur an André denken und hatte Gleiches von anderen Müttern gehört. Wenn es aber eine schlechte Nacht gab, hatte diese es in sich.

«Die Zähne», hatte Enrico heute Morgen gesagt, als sie miteinander telefoniert hatten. «Es passiert immer, wenn ich nicht da bin», hatte er angefügt. «So hätte ich dich ablösen können.»

Die Zähne konnten durchaus ein Grund sein. Die Zahnleisten auf Rebeccas Unterkiefer waren im Bereich der Eckzähne rot und geschwollen.

Eine Mittagspause war Andrina nicht vergönnt gewesen. Rebecca hatte sich hartnäckig geweigert, zu schlafen, und damit Andrinas Hoffnung zunichtegemacht, sich eine Stunde hinlegen zu können.

Andrina betrachtete ihre Tochter im Buggy. Sie lächelte im Schlaf. Manchmal war das Leben unfair. Nur wenige Minuten nachdem sie das Haus verlassen hatten und die Bachstrasse Richtung Aarau spaziert waren, war Rebecca eingeschlafen.

Andrina entdeckte einen freien Tisch am Rand und setzte sich. Sie bestellte einen Cappuccino und einen Schokoladenmuffin. Der Zuckerschub würde hoffentlich Energie geben, um wenigstens einen Teil des restlichen Tages zu überstehen.

Ein Schatten fiel auf ihren Tisch. «*Strastwui*, Andrina», erklang es, bevor Andrina aufgeschaut hatte. Tatjana setzte sich auf den Stuhl gegenüber. Dana und Stefanie zogen sich die Stühle vom Nachbartisch heran.

«Was macht ihr denn hier?»

«Eine verspätete Mittagspause», sagte Dana.

«Hat Elisabeth das genehmigt?» Andrina wackelte mit dem erhobenen Zeigefinger hin und her und presste den Mund zusammen, wie es Elisabeth tat.

«Sie kann viel, aber wir lassen nicht zu, dass sie uns die wohlverdiente Pause vermiest», rief Stefanie. «Sie soll froh sein, was für ein gut funktionierendes Team wir sind und wie speditiv wir arbeiten.»

Erstaunt schaute Andrina die Rothaarige an. Das mit Sommersprossen übersäte Gesicht war verkniffen. So hatte Andrina ihre Kollegin noch nie gesehen. Normalerweise hatte man das Gefühl, Stefanie würde die ganze Zeit schmunzeln. Es musste was passiert sein. Hatte Elisabeth ihr die gleichen Vorwürfe wegen der Tippfehler gemacht, wie sie es bei ihr getan hatte?

Die Kellnerin brachte Andrinas Cappuccino und den Muffin.

«Für mich das Gleiche», sagten die drei Frauen gleichzeitig.

«Was machst du hier? Solltest du nicht zu Hause sitzen und arbeiten?», sagte Stefanie und ahmte mit dem Tonfall Elisabeth nach.

«Mein Pensum habe ich für heute erledigt», erwiderte Andrina.

«Das sieht man. Du siehst aus, als wärst du durch den Fleischwolf gedreht worden», sagte Dana.

«Vielen Dank für das Kompliment. Aber nicht Elisabeth ist schuld, sondern Rebeccas Zähne.»

Geschrei zog Andrinas Aufmerksamkeit auf sich. Zwischen dem Starbucks und den Spielgeräten lag ein Mann auf dem

Boden. Eine Menschentraube versammelte sich um ihn, sodass er sogleich verdeckt wurde.

«Er blutet am Kopf», kreischte eine Frau.

«Ambulanz!», schrie ein Mann.

***

Heute Abend würde Andrina ein Gericht kochen, das man schnell zubereitet hatte. Sie war zu müde, um Aufwendiges zu kochen. Andrina setzte Nudelwasser auf. Zweifelsohne war Rebecca die Nutzniesserin. Teigwaren liebte sie über alles. Andrina schob die Cinque-Pi-Sauce vom Herd und schaute auf die Uhr. Sechs Uhr. Sie schaltete das Radio ein.

«... Hintergründe zu dem Vorfall gibt es keine. Stadtrat Leo Mettler erlitt nach ersten Angaben schwere Kopfverletzungen und schwebt in Lebensgefahr. Das Geschoss muss aus einiger Entfernung abgefeuert worden sein. Genaue Angaben zum Tathergang können nicht gemacht werden. Es gibt keine Zeugen, obwohl der Kasinopark gut besucht war.»

Andrina starrte das Radiogerät an. Einen Anschlag auf Leo Mettler? Sprach der Moderator etwa von dem Vorfall am frühen Nachmittag? Sie dachte an den Menschenauflauf, der sich innert Sekunden gebildet hatte, nachdem die Person zusammengebrochen war, und an die mühsam unterdrückte Panikstimmung, die auf einmal geherrscht hatte. Wenige Minuten später war die Ambulanz vorgefahren. Von ihrem Standpunkt aus hatte Andrina nicht erkennen können, um wen es sich beim Opfer handelte. Die Menschenmenge hatte sich langsam aufgelöst, nachdem der Ambulanzwagen mit Blaulicht davongefahren war.

Andrina, Stefanie, Dana und Tatjana waren nicht mehr lange geblieben, da ihre Kolleginnen zum Verlag zurückmussten und Andrina heimwollte.

Die Penne köchelten vor sich hin. Andrina holte ihr Handy. Sie rief online die Aargauer Zeitung auf.

«Anschlag auf Aarauer Stadtrat», stand zuoberst in grossen Buchstaben. Andrina las den Artikel durch. Beim Opfer handelte es sich um Leo Mettler, der für das Ressort Soziales, Gesundheit und Alter zuständig war. Bei den vergangenen Wahlen war er mit einem Glanzresultat gewählt worden, erinnerte sich Andrina. Er war in der Öffentlichkeit beliebt.

Offenbar war er von einem Geschoss am Kopf getroffen worden. Welche Waffe der Täter benutzt hat, wurde nicht geschrieben. Es wurde nur erwähnt, es handle sich nicht um eine Schusswaffe. Genauere Angaben zum Tathergang und Täter gebe es keine, und man suche Zeugen.

Andrina setzte sich. Sie hatte nichts gesehen und ging davon aus, das Gleiche gelte für Stefanie, Dana und Tatjana. Sie versuchte, die Szene vor ihrem inneren Auge erscheinen zu lassen. Sie überlegte, ob sich nachträglich jemand verdächtig verhalten hatte. Auf der Terrasse mussten zehn oder fünfzehn Personen gewesen sein – Frauen und Männer unterschiedlichen Alters. Alle hatten geplaudert und ihren Kaffee oder Tee getrunken. Andrina überlegte, ob sie etwas bemerkt hatte, als sie gegangen war. Gleichzeitig mit ihr hatte ein blonder Mann, der Ende dreissig sein musste, die Terrasse über die Rampe verlassen. Er hatte ihr den Vortritt gelassen und sie gefragt, ob sie mit dem Buggy Hilfe benötige, als sie ihn zwischen den Tischen hindurchdirigiert hatte.

Sie musste zugeben, nicht weiter auf die anwesenden Leute im Park geachtet zu haben. Falls sie von einer der Personen, die dort anwesend gewesen waren, eine Personenbeschreibung liefern müsste, würde sie das nicht bewerkstelligen können.

Das Handy klingelte, und Andrina hätte es vor Schreck beinahe fallen gelassen.

«Hast du das gehört?», kam Danas Stimme aus dem Hörer.

«Ja, gerade eben.»

«Hast du was gesehen?» Stefanie. Offenbar hatte Dana ihr Telefon auf Lautsprecher gestellt. Hatten sie noch nicht Feierabend gemacht?

«Nein. Ihr?»

«Auch nicht. In was für einer Stadt leben wir?», rief Stefanie. «Kaum geht man gemütlich Kaffee trinken, wird ein Anschlag verübt.»

«Nun, so häufig kommt das zum Glück bei uns nicht vor.»

«Trotzdem.» Das war Tatjana.

«Er ist tot», rief Dana. «Da steht es im Newsticker, der gerade upgedatet worden ist.»

Gemurmel war zu hören. Offenbar überflogen die drei Frauen den Text.

«Wenn man davon in den Nachrichten liest, ist es immer woanders», flüsterte Stefanie nach einigen Sekunden. «Nun geschieht es direkt nebenan.»

«Da hast du recht», sagte Andrina und dachte an Valérie und deren Vater. Am Kopf getroffen. Das konnte kein Zufall sein.

Am liebsten wäre Andrina zu Hause geblieben. Aber sie hatte sich mit ihrer Schwester zum Bachfischet-Umzug verabredet, der heute Abend stattfand. Der Bachfischet ging auf einen mittelalterlichen Brauch zurück. Der Stadtbach wurde mit einer Sperre oberhalb von Suhr stillgelegt und gereinigt. Wenn das Wasser wieder floss, schickten die Suhrer Kinder Schiffchen mit Kerzen Richtung Aarau, und in der Aarauer Altstadt gab es einen Umzug mit selbst gebastelten Laternen, die an Haselzweigen mit Blättern hingen. Andrina schaute sich gerne den Umzug an, der startete, wenn es eindunkelte.

Dieses Jahr hatte Andrina zusätzlich mit Rebecca ein Boot aus Holz gebastelt. Rebecca beobachtete genau, wie Andrina die Kerze anzündete und das Boot auf das Wasser setzte. Es trieb mit denen anderer Kinder auf dem Stadtbach Richtung Aarau.

Rebecca klatschte in die Hände. Sie machte Anstalten, zum Boot hinunterzuklettern. Andrina hielt sie zurück. Gemeinsam liefen sie neben dem Boot her.

«Mami», rief Rebecca und gestikulierte zum Holzschiffchen, das sich in herabhängenden Ästen verfangen hatte.

«Du bleibst hier», sagte Andrina. Sie setzte sich an das Ufer und schaffte es, mit einem Tritt das Boot flottzubekommen.

Andrina stand auf und bemerkte auf der anderen Seite des Baches einen dunkelhaarigen Mann, der sie beobachtete. Rasch wandte er sich ab und lief in die entgegengesetzte Richtung davon. Er bog in die nächste Strasse rechts ab, blieb stehen und schaute zu Andrina zurück. Andrina versuchte das schlechte Gefühl, das sich in ihr ausbreitete, abzuschütteln. Der Mann war zu weit weg gewesen, und es war bereits zu dunkel, um ihn genauer erkennen zu können.

«Mami! Boot», rief Rebecca und zog an Andrinas Hand.

Andrina eilte hinter ihrer Tochter her. Kurz vor der Kreuzung Herzogstrasse fischte Andrina unter lautem Protest von Rebecca das Boot aus dem Wasser. «Es kann nicht weiterschwimmen und bleibt sonst im Gitter da vorne hängen. Aber du kannst es tragen.» Sie reichte Rebecca das Boot und war froh, weil sie sich damit zufriedengab. «Wir müssen uns beeilen, damit wir rechtzeitig in der Stadt beim Gotti sind», sagte Andrina. Sie hob Rebecca mit dem Holzschiffchen in den Buggy.

Zehn Minuten später erreichte sie die Rathausgasse und fand zu ihrem Erstaunen sofort Seraina, Michael und Regina in der Menschenansammlung.

«Ich wollte gerade anrufen, wo ihr bleibt», sagte Seraina und umarmte Andrina. «Es geht gleich los.»

Andrina stellte sich neben ihre Schwester. Auf der gegenüberliegenden Seite erkannte sie einen dunkelhaarigen Mann, der sie anstarrte. Das war derselbe, den sie in der Bachstrasse gesehen hatte. Jeans und dunkle Jacke stimmten. Das Gleiche galt für die Schirmmütze. Folgte er ihr? Das Unbehagen war zurück. Er trug einen Vollbart. Das restliche Gesicht lag im Schatten, und es war ihr unmöglich, zu erkennen, ob sie ihn kannte.

Bevor sie Seraina fragen konnte, ob er ihr bekannt war, ging das Licht aus, und das Trommeln von Tambourenspielern ertönte.

NEUN

Andrina richtete sich auf. Unkraut jäten war nicht die Arbeit, die ihrem Rücken guttat. Aber sie musste gemacht werden. Pause, beschloss sie.

Sie setzte sich auf den Rand des Sandkastens, auf dem Rebecca mit Förmchen seit einer halben Stunde Sandfiguren erschuf, um sie gleich darauf wieder zu zerstören. Heute war einer dieser Tage, an denen sie sich wunderbar alleine beschäftigte. Das bot für Andrina die Gelegenheit, Dinge zu erledigen, die sie lange aufgeschoben hatte. So wie das Unkrautjäten.

«Hier seid ihr», rief jemand von der Terrasse.

«Papà.» Rebecca sprang auf und lief auf Enrico zu, der ihr entgegenkam.

«Ciao piccola!» Er hob Rebecca hoch, und sie schlang ihre Arme um ihn. Enrico hielt sie mit einem Arm und umarmte Andrina mit dem anderen. Er gab ihr einen langen Kuss. «Wie geht es meinen Frauen? War die letzte Nacht besser?»

«Halbwegs. Ich habe immerhin mehr schlafen können als in der Nacht davor. Offenbar gab es dieses Mal keine Zugverspätungen und Ausfälle, wenn du schon da bist.»

«Im Gegensatz zur mühsamen Hinreise waren die Züge pünktlich.» Enrico wandte den Kopf zum Haus. «Ich glaube, das Telefon klingelt.»

«Ich übernehme das.» Andrina eilte ins Haus. Als sie die Schuhe von den Füssen streifte, schaltete sich der Anrufbeantworter ein. Ein Klicken verriet, dass der Anrufer keine Nachricht hinterliess. Andrina wollte in den Garten zurückkehren, als das Telefon ein zweites Mal zu klingeln begann. Seufzend nahm sie das Gespräch entgegen.

«Du bist doch da», sagte Susanna als Begrüssung.

«Ich war im Garten.»

«Du hast um einen Rückruf gebeten.»

«Ich … Wann?», fragte Andrina erstaunt.

«Gestern. Silvan hat gesagt, du habest angerufen.»

Das hatte er wirklich weitergeleitet, dachte Andrina erstaunt. Es geschehen noch Zeichen und Wunder.

«Na ja, so ganz stimmt das nicht», fuhr Susanna fort. «Es ist ihm eher herausgerutscht. Aber das ist zu kompliziert, um es am Telefon zu erklären. Worum ging es?»

Andrina berichtete von Enricos Vermutung. «Herr Brogli war alles andere als angetan von dieser Idee.»

«Das kann ich mir gut vorstellen. Aber ich finde es einen interessanten Aspekt. Vielen Dank für den Hinweis. Was anderes: Wollen wir nächste Woche einen Frauenausflug machen? Zum Beispiel zum Bielersee? Ich habe überzählige Ferientage, die ich vor Jahresende abbauen sollte.»

«Du mit mir? Was ist mit Sämi?» Susannas Freund Samuel Häusermann gehörte zum Team Leib und Leben.

«Sämi muss arbeiten. Alleine ist es nicht lustig, aber ein gemeinsamer Ausflug hätte was. Wir haben das so lange geplant, und immer ist was dazwischengekommen.» Susanna klang auf einmal angespannt. «Ich könnte gleichzeitig die Gelegenheit nutzen, um was abzuklären.»

«Wegen eurer laufenden Ermittlungen?» Andrina bekam ein schales Gefühl im Mund. Sie wollte nicht in polizeiliche Arbeiten hineingezogen werden. Das würde nicht gut kommen. Erfahrungen darin hatte sie zur Genüge.

«Nein, was anderes, was liegen geblieben ist und was ich endlich abschliessen könnte. Ich habe gedacht, das könnte ich gut mit einem Ausflug kombinieren. Aber wenn du nicht mitkommen möchtest, ist es kein Problem.» Täuschte Andrina sich, oder mischte sich ein beleidigter Unterton in Susannas Stimme? «Es wäre nur schade, da wir lange nichts mehr gemeinsam unternommen haben.» Andrina musste Susanna zustimmen, es war überfällig, etwas zusammen zu machen.

«An welchen Tag hast du gedacht?», fragte Andrina zurückhaltend.

«Wann bist du im Verlag?»

«In der Regel am Dienstag und Donnerstag.»

«Was hältst du von Mittwoch? Ich hole dich ab.»

«Ich muss schauen, ob Seraina Rebecca hüten kann. Ich denke allerdings, das wird nicht gehen, da sie an dem Tag in ihrer Physiopraxis ist.»

«Rebecca kann selbstverständlich mitkommen.»

Andrina starrte das Telefon an, nachdem sie das Gespräch beendet hatten. Wenn sie wüsste, was sie davon halten sollte ... Susannas Verhalten war irritierend.

ZEHN

Andrina folgte Enrico zur Haustür des Einfamilienhauses, das sich unweit der Neuen Kantonsschule Aarau befand. In dem schmalen Beet neben dem Plattenweg überwucherten Disteln, Brennnesseln und Wicken die einzelnen dürren Stauden. Aus den Fugen wuchsen Löwenzahn und Gras. Der Rasen war längere Zeit nicht gemäht worden. Andrina überlegte, ob Enrico sich in der Adresse getäuscht hatte. Sie verstand ihn zwar, Louise persönlich kondolieren zu wollen, aber sie fragte sich, ob die Idee gut war.

Sie kamen an der Haustür an. Enrico wechselte Rebecca, die er auf dem Arm trug, von der rechten auf die linke Seite und klingelte. Nichts rührte sich. Andrina nutzte die Gelegenheit und schaute sich weiter um. Der Eingangsbereich war gepflegter als der Garten. Ein gusseiserner Schirmständer stand neben der Tür. Auf der anderen Seite befand sich eine gusseiserne Skulptur, die vom Stil zum Schirmständer passte. Andrina fragte sich, was dieses abstrakte längliche Gebilde darstellen sollte.

«Seltsam», sagte Enrico. «Ich hatte uns angekündigt.»

Davon hatte Andrina nichts mitbekommen, bevor sie nach Rebeccas Mittagsschlaf losgezogen waren.

«Sie könnte ihre Ruhe haben wollen.»

«Am Telefon hat sie anders geklungen.»

«Sie könnte es sich anders überlegt haben, oder sie wollte dich nicht direkt abwimmeln.»

Enrico sah unschlüssig aus, ob er ein zweites Mal klingeln sollte. Nach einer Weile tat er es doch. Wie nach dem ersten Mal verstrichen die Sekunden. Andrina wollte ihn bitten, es darauf beruhen zu lassen, als die Tür geöffnet wurde und Louise vor ihnen stand. Sie starrte Enrico und Andrina an. Ihre Haare hingen strähnig ins Gesicht. Sie war ungeschminkt und die

Haut von Falten durchzogen. Sie trug eine schwarze Jeans und eine schwarze Bluse. In der Hand hielt sie eine Zigarette.

«Ich habe vergessen, dass ihr kommen wolltet.»

Das klang, als sei ihr Besuch ungebeten. Andrina rechnete damit, Louise würde sie bitten, zu gehen. Stattdessen nahm sie einen tiefen Zug von der Zigarette, trat zur Seite und machte eine Handbewegung in Richtung Gang. Sie führte sie durch das Wohnzimmer auf die Terrasse.

Das Haus machte einen düsteren Eindruck, was an den anthrazitfarbenen Schieferplatten und den Wänden aus Sichtbeton liegen konnte. Wie in einem Bunker, ging es Andrina durch den Kopf. Kein einziger Farbtupfer war zu sehen. Im Wohnzimmer standen weitere gusseiserne Figuren, die den Raum eher an ein Museum für abstrakte Kunst erinnern liessen. Kalter Rauch hing in der Luft und passte nicht in diese steril wirkende Einrichtung.

Auf der Terrasse machte Louise eine Geste zu dem grauen Tisch, auf dem ein Aschenbecher stand, der beinahe mit Kippen überquoll. Der Stuhl war unbequem, und Andrina rutschte auf die vordere Kante. Sie blickte in den ungepflegten Garten. Offenbar gehörte Gärtnern nicht zu den Hobbys von Raoul und Louise.

«Es ist lieb von euch, dass ihr persönlich vorbeikommt», sagte Louise und zog an der Zigarette.

«Das ist das Mindeste, was wir tun können.»

Louise senkte den Kopf. «Weisst du, was das Schlimmste ist? Wir haben uns gestritten, bevor Raoul losgezogen ist.» Sie drückte die Zigarette im Aschenbecher aus und holte eine neue aus dem Päckchen, das auf dem Tisch lag. Offenbar entschied sie sich um und steckte die Zigarette zurück.

«Frau Schneider, wir sind zurück», riefen zwei Mädchen im Teenageralter über den Gartenzaun.

«Vielen Dank», rief Louise zurück.

Das Mädchen mit den kurzen Haaren hob einen hellbraunen Hund mit schwarzen Knopfaugen, dessen Fell um die Nase dunkler war, über den Zaun und setzte ihn auf der andern

Seite ab. Der Hund war nicht mehr als zwanzig bis dreissig Zentimeter hoch und im hohen Gras fast nicht zu erkennen. Er rannte mit wehenden Ohren zu ihnen. Als er Enrico und Andrina erblickte, blieb er stehen und knurrte. Sein Versuch, bedrohlich zu wirken, schlug fehl. Nur mit Mühe konnte Andrina sich ein Grinsen verkneifen.

«Aus!», herrschte Louise ihn an.

Winselnd verkroch sich der Hund unter einen Stuhl.

«Sie ist ein Pekinese», sagte Louise, die offenbar Andrinas fragenden Blick bemerkt hatte.

Rebecca zeigte auf die Hündin und machte Anstalten, von Enricos Schoss zu rutschen.

«Sie tut nichts und ist kinderlieb.»

Enrico setzte Rebecca auf den Boden, und sie näherte sich der Hündin, die mit dem Schwanz zu wedeln begann.

«Seit einigen Wochen lief es nicht so gut zwischen uns», fuhr Louise fort. «Raoul war gereizt, und wir gerieten uns öfter in die Haare.»

Andrina war über die Offenheit erstaunt. Bisher hatte Enrico erzählt, keine freundschaftliche Beziehung zu Raoul und Louise zu haben. Oder stimmte das nicht? Sie hatte angenommen, ihr Kontakt beschränkte sich nur aufs Geschäftliche rund um JuraMed.

«Das tut mir leid», sagte Enrico. Rasch schaute er in Andrinas Richtung. Ihm war anscheinend ebenfalls bewusst, wie abgedroschen das klang.

«Wir haben uns wegen Nichtigkeiten gestritten. Er hat wieder angefangen zu trinken.» Sie senkte den Kopf. «Er hat immer viel getrunken. In der Zeit, bevor er zu JuraMed wechselte, war es ganz schlimm. Er hatte Stress in der alten Firma und …» Sie hielt inne. «Das änderte sich erst, als er gekündigt hatte und vor einem Jahr bei dir anfing. Er gab zu, es mit dem Alkohol übertrieben zu haben, und schwor, sich in Zukunft unter Kontrolle zu haben.» Der gequälte Gesichtsausdruck liess erahnen, wie schwer es ihr fiel, darüber zu sprechen. «Vor ein paar Monaten änderte sich das. Ich sprach ihn darauf an, warum er seinen Vorsatz fallen liess. Er meinte, ich solle mich um meine Angelegenheiten kümmern. Dem nicht genug. Ich habe ihn dabei erwischt, wie er …» Ihre Finger spielten mit der Zigarettenpackung.

«Was?», fragte Enrico.

«… gekokst hat.» Sie hatte es leise ausgesprochen, und Andrina war nicht sicher, ob Louise es tatsächlich gesagt hatte.

«Raoul hat was?», rief Enrico.

«Ich habe ihn dabei erwischt, wie er eine Linie gezogen hat. Danach war er total aufgedreht. Er hat mir mal erzählt, er habe Drogen genommen, als er Anfang zwanzig war. Irgendwann hatte er realisiert, wohin er steuerte, und hatte aufgehört. Das war, lange bevor ich ihn kennenlernte.»

Enricos Reaktion nach zu urteilen, hatte er davon nichts gewusst.

«Bitte frag mich nicht, was ihn dazu bewogen hat, wieder anzufangen. Seit ein, zwei Monaten ist es richtig schlimm. Er hat sich völlig verändert. Es könnte mit dieser …» Sie brach ab. «Valérie geht es besser», sagte sie ohne Übergang.

«Das sind gute Nachrichten», erwiderte Enrico. Seine Augen waren unverwandt auf Louise gerichtet.

Sie wich seinen aber aus. Kurz traf sich ihr Blick mit Andrinas, bevor sie in den Garten starrte. «Valérie schwebt nicht mehr in Lebensgefahr, sagen die Ärzte. Sie ist aber noch nicht bei Bewusstsein.»

Andrina setzte Rebecca in den Kindersitz und schob ihr Velo hinter Enrico zur Strasse.

Nachdem Louise über den gesundheitlichen Zustand ihrer Tochter berichtet hatte, hatte sie sich rasch verabschiedet. Sie wolle sich um die Beerdigung kümmern, hatte sie erklärt. «Raoul ist noch nicht von der Rechtsmedizin freigegeben, aber ich möchte alles parat haben.»

«Sie wollte uns loshaben», sagte Andrina, als sie nebeneinander am Friedhof Rosengarten vorbeifuhren.

«Ihr Verhalten ist durch und durch seltsam», sagte Enrico.

Im Turbinenkreisel nahmen sie die zweite Ausfahrt und folgten dem Strassenverlauf der Hinteren Bahnhofstrasse hangabwärts, bis sie beim Zebrastreifen die Abzweigung in die Bachstrasse erreichten.

«Ich glaube, nicht nur Raoul hat sich verändert, sondern auch Louise. Die ein oder zwei Mal, die ich sie getroffen habe, machte sie einen umgänglichen Eindruck. Sie war freundlich und nett.»

Nebeneinander fuhren sie die Bachstrasse entlang.

«Eine aufgestellte Person, wie ihr Schweizer sagt», fügte Enrico an. Schweizerdeutsche Ausdrücke aus Enricos Mund zu hören hatte nach wie vor einen Reiz, fand Andrina. Er verstand es zwar hundertprozentig, aber der italienische Akzent trat beim Gebrauch von Dialektworten um einiges deutlicher hervor als beim Schriftdeutsch, das er sprach, wenn sie nicht miteinander Italienisch redeten.

Louise und eine aufgestellte Person? Das konnte Andrina sich nicht vorstellen. Die Frau war ihr durch und durch unsympathisch.

«Meinst du, sie hat das, was sie uns gesagt hat, der Polizei erzählt?», fragte Andrina.

«Ich befürchte nicht. Immerhin hat sie beim Abschied gesagt, das alles soll unter uns bleiben. Ich würde gerne wissen, was sie uns verschwiegen hat.»

Andrina dachte an Louises abgebrochenen Satz: «Es könnte mit dieser …» Was hatte sie sagen wollen? «Meinte sie eine Person, einen Gegenstand oder eine – wie soll ich sagen – Angelegenheit?»

«Das ist eine gute Frage.»

«Kannst du dir vorstellen, was oder wen sie damit gemeint hat?»

Enrico verneinte.

«Hat Raoul in deiner Gegenwart nie etwas angedeutet, das rückblickend einen Hinweis auf den Anschlag auf ihn und seine Tochter geben könnte?»

«Nein.»

«Es muss in der letzten Zeit was vorgefallen sein, sonst wäre er nicht rückfällig geworden, was sowohl den Alkohol als auch die Drogen betrifft.»

«Ich zermartere mir den Kopf und bin tief betroffen, dass Raoul Kokain geschnupft hat und ich von alldem nichts gemerkt habe.» Sie bogen beim Brügglifeld-Stadion ab. «Wenn ich es rückblickend betrachte, gab es durchaus Anzeichen.»

«Für den Drogenkonsum?»

«Nicht direkt. Er hat sich verändert und war gereizter.» Das hatte er bereits im Engadin erwähnt. «Allerdings habe ich dem nicht viel beigemessen. Jeder hat einen guten Tag und einen schlechten. Jetzt weiss ich, warum er um die kurzfristigen Ferien bat.» Enrico hielt vor der Garage an und wandte sich Andrina zu. «Er hat so einen seltsamen Satz gesagt. Ferien seien eine gute Gelegenheit zum Aufräumen. Ich wusste zwar, dass er wegfährt, aber ich dachte damals in erster Linie, er wolle beispielsweise sein Haus ausmisten.»

Dinge aufräumen, dachte Andrina und stieg vom Velo. Sie hob Rebecca aus dem Sitz, die direkt in den Garten abbog, und Andrina folgte ihr zum Sandkasten. Einige Minuten später trat Enrico durch die Terrassentür und gesellte sich zu ihnen.

«Alles könnte mit Fadrina und ihrem Cousin zu tun haben», sagte Andrina und reichte Rebecca ein Sandförmchen, das die Form eines Herzens hatte.

Enrico liess Sand durch seine Finger rieseln. «Wovon sprichst du?»

«Das habe ich dir längst erzählen wollen, obwohl Fadrina mich gebeten hat, es nicht zu tun.»

«Du sprichst in Rätseln.»

«Ich bitte dich, Fadrina nicht wissen zu lassen, dass ich es dir erzählt habe. Sie hat Angst, du könntest sie entlassen.»

«So schlimm?»

«Schlimmer.»

Enrico nahm Andrinas Hand. «Schiess los.»

Andrina berichtete davon, wie sie Fadrina auf dem Heimweg auf dem Spielplatz beim Aarekanal getroffen hatte.

«Das klingt ernst», sagte Enrico, und Andrina war froh, dass er nicht aufbrauste. «Sie sollte sich bei der Polizei melden.»

«Das will sie nicht.»

«Ich werde mit ihr reden.»

«Genau das solltest du nicht tun, sonst weiss sie, dass ich mich nicht an das Versprechen gehalten habe.»

«Ich lasse mir etwas einfallen.» Enrico schichtete Sand zu einem Haufen zusammen. Andrina sah ihm aber an, nicht mit seinen Gedanken bei der Sandburg zu sein.

«Papà», rief Rebecca entzückt und begann einen Eingang zu graben.

«Du meinst, Raoul hat von Fadrinas Cousin das Kokain bezogen?»

«Ich weiss, es gibt mehr als einen Dealer, aber es wäre eine Möglichkeit.»

«Das wäre ein grosser Zufall.»

Rebecca gab einen Protestlaut von sich, als der Sandhaufen in sich zusammenbrach.

«Du darfst kein so grosses Loch graben, *piccola*», sagte Enrico.

«*Papà*, Burg.»

Enrico schob den Sand zu einem neuen grossen Haufen zusammen. «Warum sollte Fadrinas Cousin Raoul töten? Weil er ihm Geld für das Kokain schuldete?»

Andrina musste zugeben, wie unplausibel das klang. Raoul hatte bestimmt genügend Geld, um die Drogen zu bezahlen. Falls er im Rückstand war, würde der Dealer ihn nicht gleich umbringen. Und warum sollte er ausgerechnet Fadrinas Wagen anzünden? Stopp, dachte sie. Fadrina hatte das gleiche Auto wie Valérie.

«Hatte Valérie eventuell Schulden? Ist sie vielleicht auch drogenabhängig?»

ELF

Das Telefon klingelte. Andrina lehnte rasch die Tür zu Rebeccas Zimmer an und eilte ins Wohnzimmer.

«Wie geht es euch an der Heimfront?», fragte Enrico. Er war früh dran. Sie telefonierten immer am frühen Nachmittag miteinander. Nur kurz, um zu wissen, wie es dem anderen ging.

«Gut. Heute war alles entspannt. Ich habe Rebecca gerade für den Mittagsschlaf ins Bett gebracht. Und bei dir?»

«Keine wichtigen Ereignisse.» Enrico berichtete von ersten Bestellungen von Einkäufern deutscher Firmen, die er an der Messe getroffen hatte. Sie plauderten fünf Minuten, bevor sie sich verabschiedeten.

Andrina nahm ihren Laptop und betrat die Terrasse. An der Sonne war es ihr zu heiss, aber bei dem schönen Frühherbsttag musste sie einfach draussen sein. Andrina stellte den Laptop und das Babyfon auf den Terrassentisch und kurbelte die Store so weit nach vorne, dass der Bildschirm knapp im Schatten lag und das Licht sich nicht auf der Bildschirmoberfläche spiegelte.

Sie setzte sich an den Tisch und blickte in den Garten. Zum Arbeiten hatte sie keine Lust. Motivation gleich null. Würde es auffallen, wenn sie sich heute nicht dazu aufraffen konnte, an dem Lektorat weiterzuarbeiten? Eigentlich nicht, da sie weit war und mindestens eine weitere Woche Zeit hatte, bis sie den Krimi an die Autorin schicken musste. Die letzten Wochen hatte sie zudem insgesamt mehr gearbeitet als die notwendigen fünfzig Prozent und genügend Überstunden angehäuft. Sie könnte ohne schlechtes Gewissen heute faulenzen. Keine gute Idee, beschloss sie. Besonders im Augenblick, da sie auf Elisabeths schwarzer Liste stand. Sie hatte sich wiederholt gefragt, warum sich Elisabeth auf sie eingeschossen hatte. An den übersehenen Tippfehlern alleine konnte es nicht liegen. Elisabeths Beweggründe waren nicht unbedingt nachvollziehbar, musste sie einräumen. Es traf nicht immer sie. Aber es war nicht das erste Mal, dass sie ihre Launen an Andrina ausliess.

«Wechseljahre», war Enricos Kommentar heute Morgen darauf gewesen, als sie das Thema angeschnitten hatten. «Wenn du meine Meinung wissen möchtest, Elisabeth gehört zu der Spezies der chronisch unzufriedenen Menschen, denen man es nie recht machen kann, und sie braucht immer einen Sündenbock.»

Ich habe keine Lust, wiederholte Andrina wie ein Mantra und starrte den Laptop an. Ich würde lieber im Garten arbeiten. Reiss dich zusammen. Elisabeth würde Andrina morgen bestimmt fragen, was sie heute gemacht hatte. Sie konnte lügen, aber sie war eine schlechte Lügnerin, und Elisabeth würde es ihr ansehen. Ausserdem war das nicht Andrinas Art.

Sie klappte ihren Laptop auf und loggte sich ein. Zuerst öffnete sie Outlook. Die einzige Nachricht war eine Einladung zu einer Teamsitzung morgen Vormittag. Das Thema war die Vertretertagung, die am kommenden Donnerstag stattfinden sollte. Andrina klickte auf «Bestätigen». Nun würde Elisabeth sehen, dass sie sich eingeloggt hatte. In der letzten Zeit sendete Elisabeth vermehrt E-Mails an Andrina an den Tagen, an denen sie nicht im Verlag war. Andrina hatte Gabi gefragt, ob das bei ihr ebenfalls so war. Gabi hatte verneint, und der Verdacht, Elisabeth kontrolliere sie, ob sie arbeitete, hatte sich verstärkt.

Das Babyfon gab ein Knistern von sich. Heute hätte Andrina ausnahmsweise nichts dagegen, wenn Rebecca keinen Mittagsschlaf machen wollte. Lieber würde sie mit ihr auf den Spielplatz oder in den Wald gehen und sich um das Lektorat drücken. Das Babyfon gab keine weiteren Geräusche von sich.

Andrina öffnete das Dokument. Zu ihrem Erstaunen fand sie sich schnell in ihren Arbeitsrhythmus ein und kam gut voran. Nach eineinhalb Stunden war sie mit dem Rest des Dokuments durch. Sollte sie nun den Begleitbrief an die Autorin verfassen? Das konnte sie gut morgen im Verlag machen. Allerdings wäre es erledigt, da sie nicht sicher war, was Elisabeth als zusätzliche Arbeiten einfiel. Andrina legte die Hände in den Nacken und schaute auf das Babyfon. Rebecca schlief immer noch. Wach auf, beschwor sie das Gerät. Es blieb still. Mit einem Seufzen öffnete Andrina ein neues Word-Dokument.

Ein markerschütternder Schrei liess Andrina zusammenfahren, und sie brauchte einige Sekunden, bis sie verstand, dass das nicht aus dem Babyfon, sondern vom Nachbargrundstück gekommen war.

Andrina sprang auf und rannte durch den Garten zum Zaun. Anna Schaufelberger stand auf dem Rasen und stiess einen neuen Schrei aus, als sie Andrina erblickte.

«Anna? Was ist passiert?», rief Andrina.

Erkennen blitzte im Gesicht der rüstigen Fünfundsechzigjährigen auf. «Da war ein Mann im Garten», stammelte sie und wankte auf Andrina zu.

Andrina kletterte über den niedrigen Zaun. «Wo?»

«Da.» Sie deutete auf die Büsche, die ihr Grundstück zur Strasse abgrenzten. «Als ich geschrien habe, ist er auf die Strasse gerannt und in diese Richtung verschwunden.» Sie deutete nach links. «Genau dort ist er gestanden.» Sie wies erneut auf die Büsche. Einige Äste waren abgeknickt und lagen am Boden. Andrina bückte sich und erkannte Schuhabdrücke in der feuchten Erde.

«Hat dein Hund nicht reagiert?», fragte Andrina erstaunt. Sie blickte sich um, konnte aber den Mischling nicht sehen, den Annas Sohn seinen Eltern vor einem Jahr geschenkt hatte, damit Anna und Werner regelmässig rausgingen und nicht zu bequem wurden, wie er erklärt hatte.

«Snoopy ist mit Werner unterwegs.»

«Sie sind auf Ihre Terrasse getreten und haben den Mann entdeckt?», fragte der ältere der beiden Polizeibeamten, der sich mit Nico Meier vorgestellt hatte.

«Nicht ganz. Ich sah, wie sich ein Schatten in den Büschen

bewegte, und bin nachschauen gegangen», erklärte Anna. Sie hielt Andrinas Hand umklammert.

Glücklicherweise hatte sie sich ein wenig beruhigt, war aber immer noch aufgelöst. Andrina hatte bei ihr bleiben müssen. «Ausgerechnet heute Nachmittag ist Werner mit seinen Freunden unterwegs», hatte sie gestammelt.

Anna hatte nur zugelassen, dass Andrina das Babyfon holte.

Die beiden Beamten der Regionalpolizei waren in weniger als zehn Minuten da gewesen und nahmen Annas Aussage zu Protokoll.

Andrina musterte das Babyfon. Jetzt war sie froh, dass Rebecca heute so lange schlief.

«Wie hat er reagiert, als er Sie gesehen hat?», fragte Meier.

«Er hat das Weite gesucht. Nein, vorher hat er geflucht.»

«Geflucht? In welcher Sprache?»

«Schweizerdeutsch. Aargauer Dialekt. Im Anschluss ist er weggerannt.»

«Können Sie ihn beschreiben?»

«Gross, schlank, muskulös, blond. Fünfundzwanzig oder jünger. Er hatte einen leichten Bauchansatz und braune Haare.»

Hä?, dachte Andrina. Die Polizisten waren ähnlich verwirrt.

Anna blickte an Andrina vorbei zu den Büschen. «Um die fünfzig muss er sein. Dünn war er. Nein, eher dürr. Er hatte einen Bart.» Sie schaute Meier an, der nach wie vor irritiert aussah. «Er trug Jeans, und seine Haare waren schwarz. Ich glaube, er war rasiert und hatte eine schwarze Hose an.»

Die beiden Beamten warfen einander einen Blick zu. Tolle Personenbeschreibung, dachte Andrina und konnte das unausgesprochene Seufzen der Männer förmlich hören.

«Ist Ihnen in der letzten Zeit eine Person im Quartier aufgefallen, die sich seltsam verhalten hat?»

«Heutzutage verhalten sich viele seltsam.»

«Herumgelungert ist?», präzisierte Meier. Dieses Mal war der Seufzer nicht zu überhören.

«Nein. Du?», wandte sie sich an Andrina.

«Nein.»

«Haben Sie den Mann gesehen?», wandte Meier sich an Andrina.

«Nein, ich war zu dem Zeitpunkt auf meiner Terrasse.» Andrina deutete in ihren Garten.

«Sie sind die Nachbarin?»

«Ja.»

Meier steckte sein Notizbuch ein und stand auf. «Wir schauen uns die Stelle an», sagte er.

Anna und Andrina folgten den beiden Beamten.

«Mami!», schallte es aus dem Babyfon durch den Garten, als sie Latexhandschuhe überstreiften.

«Meine Tochter», sagte Andrina. «Ich muss rüber.»

«In Ordnung», erwiderte Meier. «Ich bitte Sie, die Augen offen zu halten und sich zu melden, falls Sie Auffälligkeiten bemerken.»

ZWÖLF

Andrina schob das Velo auf die Strasse und blickte auf ihre Armbanduhr. Langsam wurde es Zeit. Heute Morgen war sie nicht in die Gänge gekommen. Sie war Enrico dankbar, weil er es übernommen hatte, Rebecca zu Seraina zu bringen.

«Hallo, Andrina.» Werner Schaufelberger öffnete die Gartentür. Snoopy schoss heraus und rannte auf Andrina zu. Wedelnd sprang der schwarz-weiss gefleckte Mischling um Andrina herum.

«Sitz!»

Snoopy kümmerte sich nicht darum. Er richtete sich auf und stützte die Vorderpfoten auf Andrinas Oberschenkel ab. Andrina kraulte ihn hinter dem Ohr.

«Snoopy, sitz!», rief Werner ein zweites Mal und eilte auf sie zu. «Dieser verflixte Hund sollte endlich einmal meine Anweisungen befolgen. Anna lässt ihm viel zu viel durchgehen.»

«Alles gut.»

Snoopy legte sich auf den Boden und platzierte seinen Kopf zwischen den Pfoten. Wie er Andrina anschaute, war deutlich, was mit einem sogenannten Hundeblick gemeint war.

«Ich möchte mich bei dir bedanken, weil du dich gestern um Anna gekümmert hast.»

«Das ist doch selbstverständlich. Viel konnte ich jedoch nicht machen.»

«Deine Anwesenheit hat gereicht. Wenn ich Anna richtig verstehe, war sie gestern unfähig, einen klaren Gedanken zu fassen. Danke, dass du die Initiative ergriffen hast.»

«Weiss die Polizei inzwischen mehr?»

«Nein. Sie haben Fotos von den Schuhabdrücken gemacht und mit meinen Schuhen verglichen. Der, der da dringestanden ist, hat eindeutig grössere Füsse als ich. Ansonsten hat man nichts gefunden. Soviel ich weiss, werden die Nachbarn befragt, ob ihnen in der letzten Zeit eine Person aufgefallen ist.» Prüfend schaute er Andrina an.

«Mir ist nichts aufgefallen», wiederholte sie das, was sie den Beamten gestern gesagt hatte.

«Das ist es keinem, soweit ich gehört habe», sagte Werner. «Es könnte ein Jugendlicher gewesen sein, der sich versteckt hat – keine Ahnung, aus welchem Grund. Man weiss ja nie, was in den Köpfen der jungen Leute vor sich geht.»

Snoopy stand auf und wedelte. Ruth Bischofsberger, Andrinas andere Nachbarin, kam mit ihrer Appenzellerhündin Fara aus der entgegengesetzten Richtung. Sie wurde von ihrem Sohn Sebastian begleitet, was Andrina erstaunte. Seit dem tödlichen Unfall seiner Frau vor vier Jahren war er nicht mehr nach Aarau gekommen. Zumindest hatte Ruth ihr das erzählt. Damals hatte es gefrierenden Regen auf der Strasse gehabt. Sebastians Frau hatte die Kontrolle über ihr Fahrzeug verloren und war mit dem Wagen von Stadtrat Leo Mettler kollidiert. Sie war auf der Stelle tot gewesen, Mettler dagegen hatte mehr Glück gehabt und nur leichte Schürfungen davongetragen. Sebastian war einige Monate später nach Bern gezogen, da er es in Aarau nicht mehr aushielt. Ruth zufolge hatte er eine neue Frau kennengelernt, mit der er im Sommer zusammengezogen war.

Fara rannte auf Snoopy zu, und die beiden Hunde tollten über die Strasse. Sebastian hob grüssend die Hand und verabschiedete sich von seiner Mutter.

«Die Polizei sagt, wir sollen die Augen offen halten», sagte Werner. «Da keiner zu Schaden kam und nichts gestohlen worden ist, wird das alles sein, was unternommen wird.» Sein Frust war überdeutlich, und Andrina vermutete, er könne damit recht haben. Alternativen hatte die Polizei wahrscheinlich nicht, wenn Andrina an Annas unbrauchbare Personenbeschreibung dachte.

«Gibt es was Neues?», fragte Ruth, die sich zu ihnen gesellte, nachdem ihr Sohn abgefahren war.

«Ich sollte langsam los», sagte Andrina.

«Richtig, heute ist Dienstag, und du hast deinen Verlagstag», sagte Werner. «Kommst du auf einen Kaffee zu uns?», wandte er sich an Ruth.

Andrina trat in die Pedale und hoffte, es rechtzeitig zu der Sitzung zu schaffen, die Elisabeth gestern Abend auf acht Uhr vorverlegt hatte.

***

Der Tag war anstrengend gewesen und Andrina hundemüde. Immerhin war sie nicht die Letzte, die den Verlag verliess. Lukas und Dana hatten sich bereit erklärt, die Präsentation für die Vertreterveranstaltung alleine fertig zu machen. Eigentlich war es Kilians Job, aber er hatte sich krankgemeldet.

Andrina fuhr die Jurastrasse entlang, bog in die Gotthelfstrasse und anschliessend in die Bachstrasse ein. Enrico wollte Rebecca abholen, worüber Andrina froh war. Als sie nach dem Mittag miteinander telefoniert hatten, hatte Andrina gesagt, es könnte knapp werden. Andrina hielt an. Telefoniert? Sie öffnete ihre Handtasche und unterdrückte einen Fluch. Wo war ihr Handy? Sie überlegte, wann sie es zum letzten Mal gehabt hatte. Richtig. Nach Enricos Anruf hatte sie es auf den Tisch gelegt. Neben ihr Portemonnaie, das offensichtlich ebenfalls nicht in ihrer Handtasche war. Mist. Morgen stand der Ausflug mit Susanna an. Dafür sollte sie ihr Portemonnaie und das Handy dabeihaben. Es half alles nichts. Sie musste wohl oder übel zum Verlag zurückkehren.

Andrina schloss das Velo ab und ging auf das Gebäude zu, in dem sich die Büroräume des Verlages befanden. Als sie die Tür aufstossen wollte, wurde diese von innen aufgerissen.

«Chantal?» Erstaunt schaute Andrina die hochgewachsene Brünette an, die an ihr vorbeieilte. «Du hier?» Nach Andrinas letztem Stand hatte Lukas sich von ihr endgültig getrennt. Allerdings hatte er es mehrmals «endgültig» versucht. Hatte sie ihn ein weiteres Mal um den Finger gewickelt? Lukas hatte

Chantal an Silvester letzten Jahres in den Skiferien kennengelernt und sich über beide Ohren verliebt. Nach einigen Wochen hatte er herausgefunden, dass sie es mit der Treue nicht so genau nahm und regelmässig Ausflüge in die Betten anderer Männer unternahm. Jedes Mal war Lukas am Boden zerstört und hatte sich getrennt. Nach einigen Wochen war Chantal reumütig zu ihm zurückgekommen. Und was tat der verliebte Trottel? Er gab ihr immer wieder eine neue Chance.

«Es ist endgültig aus», hatte Lukas Andrina vor zwei Wochen erklärt. Offenbar nicht.

«Lass mich in Ruhe», fauchte Chantal. «Der muss nie wieder angekrochen kommen.» Sie drehte sich um und rauschte davon.

Andrina schaute ihr verwirrt nach, bis sie aus ihrem Blickfeld verschwunden war.

Was immer das zu bedeuten hatte, würde Lukas ihr eventuell erklären, da er noch da sein musste.

Andrina erreichte den zweiten Stock und stiess die Tür auf.

«Lukas?», rief sie.

Ein Aufstöhnen war die Antwort. Erschrocken stiess Andrina die angelehnte Tür zu Lukas' Büro auf. Sie brauchte einen Moment, bis sie verstand, was sie sah.

Lukas sass auf seinem Stuhl, und auf seinem Schoss hatte Dana Platz genommen. Lukas streifte gerade ihre Bluse von den Schultern und umfasste Danas Brüste. Ein kehliger Laut drang über ihre Lippen. Sie presste ihren Mund auf Lukas' Lippen.

Rasch drehte Andrina sich um und eilte in ihr Büro. Sie schloss die Tür und lehnte sich dagegen. Dana und Lukas waren zusammen? Kein Wunder, hatten die beiden Andrina gedrängt, nach Hause zu gehen. Und kein Wunder, dass Chantal sauer war. Dieser Denkzettel reichte hoffentlich, um Lukas in Ruhe zu lassen. Andrina musste grinsen, obwohl ihr die Situation peinlich war. Immerhin hatten die beiden sie nicht bemerkt, was sicher eine grosse Portion peinlicher geworden wäre. Sie sollte so schnell wie möglich unauffällig verschwinden. Aber nicht ohne Handy und Portemonnaie.

Andrina trat an ihren Schreibtisch und fand ihr Portemonnaie neben der Tastatur. Vom Handy aber keine Spur. Sie suchte die Schubladen ab. Nichts. Sie ging zu den Schränken, in denen Ordner und Büromaterial untergebracht waren. Dabei versuchte sie die Geräusche auszublenden, die aus dem Nachbarraum zu ihr drangen und lauter wurden. Wo war dieses dämliche Handy? Sie liess sich auf ihren Stuhl fallen. Natürlich. Bevor sie vorhin gegangen war, war sie rasch in Tatjanas Büro gegangen, um den Locher und den Bostitch zurückzubringen. Dort hatte sie Enrico eine WhatsApp geschrieben, gleich auf dem Heimweg zu sein, und ihn gefragt, ob sie für das Nachtessen einkaufen solle.

«Nein», war die Antwort gewesen.

Und danach? Andrina huschte in Tatjanas Büro. Das Handy lag auf dem Schreibtisch ihrer Kollegin. Sie schnappte es sich.

«Wow», hörte Andrina Lukas sagen, als sie die Tür zu Tatjanas Büro schloss. «Das müssen wir unbedingt wiederholen.»

«Unbedingt.» Dana kicherte. «Du auch eine?»

«Eigentlich bin ich Nichtraucher.»

Schnell schlich Andrina zum Ausgang.

Das Klicken eines Feuerzeuges und das Geräusch, wie wenn jemand Rauch ausstiess.

«Wohin gehen wir?», fragte Dana. «Zu dir oder mir?» Ein Seufzen folgte.

Leise liess Andrina die Tür ins Schloss fallen und eilte im Treppenhaus nach unten.

Andrina holte ihr Velo und schob es zur Strasse. Sie blickte zu den Verlagsräumen hoch. Das Fenster von Lukas' Büro stand offen, aber weder Dana noch Lukas waren zu sehen. Hoffentlich erfuhr Elisabeth nichts von dem sexuellen Intermezzo und dem Rauchen in den Büroräumen. Sie würde toben. Zwar war sie selber Kettenraucherin, aber es herrschte striktes Rauchverbot für die Mitarbeiter im Verlag. Nur ihr als Chefin standen Zigarettenpausen am Fenster ihres Büros zu.

«He», rief eine Frauenstimme. «Können Sie nicht aufpassen?»

Fragend deutete Andrina auf sich. Sie war sich keiner Schuld bewusst, da sie zwei oder drei Meter von der Fahrbahn entfernt war.

Die Velofahrerin hielt an. «Ja, Sie!», schleuderte sie Andrina entgegen.

In diesem Moment erkannte Andrina die Frau. «Fadrina?»

«Da treffe ich genau die Richtige.» Fadrina kam auf sie zu und baute sich vor ihr auf. «Wie war das mit dem Vertrauen?»

«Was?»

«Dir verdanke ich, wenn es in der Firma die Runde macht, die Ex von einem Drogendealer zu sein, und ich daher entlassen werde.» Fadrina schaute sich um.

«Wovon sprichst du?»

«Davon, dass du deinen Mund nicht halten konntest.»

Langsam dämmerte es Andrina, worum es ging. «Enrico hat dir gekündigt?», rief sie entsetzt. Das konnte und wollte sie nicht glauben.

«Noch nicht. Aber spätestens morgen habe ich die Kündigung auf dem Tisch.»

«Wer sagt das?»

«Das ist logisch. So wie er sich mir gegenüber verhalten hat.»

Ein schwarzer Wagen näherte sich ihnen. Fadrina drehte sich um und brauste auf ihrem Velo davon. Andrina war zu perplex, um sofort zu reagieren.

«Warte.» Andrina beeilte sich, ihr zu folgen, aber nach wenigen Sekunden war Fadrina ausser Sichtweite. Andrina verlangsamte ihr Tempo. Der schwarze Wagen fuhr dicht an ihr vorbei. Zu dicht. Andrina riss den Lenker herum und wäre beinahe gegen die Mauer gefahren. «Idiot!», schimpfte sie dem Auto hinterher. Gleichzeitig bekam sie einen Schreck. War der Wagen Fadrina gefolgt? Sie hatte einen Mann erkannt. Ob der Fahrer Fadrinas Cousin war, hatte sie nicht sehen können.

Sie blickte auf die Stelle, an der der Wagen verschwunden

war. Wäre er Fadrina gefolgt, wäre er schneller gefahren, nachdem Fadrina aus dem Blickfeld gewesen war. Ein mulmiges Gefühl blieb. Andrina überlegte, ob sie einen Abstecher zu Fadrina machen sollte. Sie entschied sich dagegen. Vermutlich interpretierte sie zu viel in den schwarzen Wagen hinein. Zuerst wollte sie mit Enrico sprechen, was genau vorgefallen war.

Sie traf ihn auf der Strasse vor ihrem Haus an. Er hatte Rebecca auf ein Laufvelo gesetzt und gab Hilfestellung, während ihre Tochter mit unkoordinierten Bewegungen versuchte vom Fleck zu kommen.

«Wo hast du das her?»

«Seraina hat gefragt, ob wir es gebrauchen könnten», sagte er und gab Andrina einen Kuss.

«Mami. Becca. Velo.»

«Das machst du sehr gut», sagte Andrina.

«Alles erledigt?», fragte Enrico.

Andrina lief neben den beiden her. «Wir sind mehr oder weniger fertig geworden. Den Rest haben Dana und Lukas gemacht.» Andrina bezweifelte, dass die beiden mit der Präsentation fertig geworden waren, und musste lachen.

«Was ist?»

«Die beiden hatten wichtigere Dinge als die Präsentation im Kopf.» Sie berichtete, was geschehen war.

«Das klingt unbequem», sagte Enrico und grinste. «Meinst du, das wird etwas mit den beiden?»

«Für Lukas hoffe ich es. Dana ist um einiges sympathischer als Chantal. Ich bin schnell verschwunden, um Peinlichkeiten auf beiden Seiten zu vermeiden.» Andrina wurde ernst. «Unten bin ich Fadrina begegnet.» Enrico sagte nichts. «Sie sagte, du wolltest ihr kündigen.»

Enrico blieb stehen. «Das habe ich nie gesagt.»

«Sie hat mich verwünscht, nicht den Mund gehalten zu haben. Was hast du mit ihr besprochen?» Andrina konnte nicht vermeiden, dass sie Aggressivität in ihre Stimme mischte.

«Ich habe ihr nichts von unserem Gespräch gesagt», erwiderte Enrico. «Beim One-to-One-Meeting habe ich angedeutet, ich hätte den Eindruck, es bedrücke sie etwas. Ob es was gebe, das sie mit mir besprechen wolle.» Er setzte sich in Bewegung und half Rebecca beim Steuern, damit sie zurück zum Haus fuhr. «Sie hat es verneint. Als ich nachgehakt habe, war sie gereizt. Sie fragte, warum ich so hartnäckig nachbohrte, und machte Anspielungen auf dich, auf die ich nicht eingegangen bin. Wir begannen uns im Kreis zu drehen. Am Ende des Gesprächs habe ich ihr gesagt, in gewissen Dingen wäre es gut, wenn man um Hilfe bitten würde, und ich stände ihr jederzeit zur Verfügung.»

Andrina berichtete von dem dunklen Wagen, der Fadrina erschreckt haben musste.

«Der kann überallhin gefahren sein», sagte Enrico. «Im Grunde können wir nichts machen, wenn sie unsere Hilfe nicht annehmen möchte. Du könntest höchstens morgen mit Susanna darüber sprechen, was man unternehmen kann.»

DREIZEHN

Susannas Verhalten war seltsam.

Andrina war gerade mit Rebecca aus dem Haus gekommen, als sie vorgefahren war. Der mürrische Gesichtsausdruck passte nicht zu einem freien Tag, an dem man einen Ausflug plante. Nachdem Andrina Small Talk versucht hatte und nur einsilbige Antworten erhalten hatte, hatte sie auch den aufgegeben, als sie in Aarau-West auf die Autobahn gefahren waren. Andrina schielte zu Susanna, die starr geradeaus schaute, als müsse sie sich auf den Verkehr konzentrieren. Dabei war heute erstaunlich wenig los auf dem längsten Parkplatz des Mittellandes, wie Enrico die A 1 nannte.

Auf dem Rücksitz gab Rebecca zufriedene Laute von sich und murmelte Wörter. Einige davon konnte Andrina verstehen, andere waren eine willkürliche Zusammensetzung von Buchstaben. Seit sie mit dem Sprechen angefangen hatte, plapperte sie unaufhörlich und kommentierte alles, was sie sah. Dabei mischte sie Italienisch und Schweizerdeutsch. Andrina hörte häufig, für Kinder sei es ein Gewinn, zweisprachig aufzuwachsen. Wenn sie aber Rebeccas Durcheinander hörte, war sie sich dessen nicht so sicher.

«Ihr müsst es eindeutig definieren», hatte Seraina erklärt. «Du bist für Schweizerdeutsch zuständig und Enrico für Italienisch. Dann kommt es gut.» Wo auch immer ihre Schwester diese Weisheit herhatte …

Im Radio liefen die aktuellen Songs, die Andrina inzwischen nicht mehr hören konnte. Das Lied, das gerade gespielt wurde, hörte sie heute schon zum dritten Mal, und dabei war es erst halb zehn am Vormittag. Wenn sie das Radio einschaltete, kam entweder Werbung oder die gleiche Musik. Sie unterdrückte den Drang, das Radio abzustellen.

Beim Autobahnkreuz Härkingen folgte Susanna weiter

der A 1. Die Dichte des Verkehrs nahm zu, trotzdem kamen sie gut voran.

Im Radio rauschte es, und Susanna wechselte den Sender.

«Wohin fahren wir überhaupt?», fragte Andrina. Langsam fand sie dieses Schweigen mühsam und hatte das Gefühl, mit jedem Kilometer, den sie zurücklegten, wachse Susannas Anspannung.

«An den Bielersee.»

«Das sagtest du bereits. Dort hat es einige Ortschaften.»

«Nach La Neuveville.»

Erstaunt wandte Andrina sich Susanna zu. «Wohin?»

«Neuenstadt auf Deutsch.»

«Das weiss ich. Was willst du ausgerechnet im Berner Jura?»

«Meine Mutter besuchen.»

«Deine Mutter?», wiederholte Andrina ungläubig. «Wieso besuchst du sie nicht mit Sämi?» Bei einem Familienbesuch wäre Susannas Freund die logischere Begleitung gewesen.

Andrinas Verwirrung nahm weiter zu. Als Susanna sie gebeten hatte, sie an den Bielersee zu begleiten, hatte sie von einem Frauenausflug gesprochen. Das passte zu keinem Verwandtenbesuch, bei dem Andrina ihrer Meinung nach nichts zu suchen hatte, da sie Susannas Eltern nicht kannte.

«Sämi ist Polizist.» Als sie das sagte, ging ein Ruck durch Susannas Körper, und der Wagen machte einen leichten Schlenker.

«Ja und? Was hat das damit zu tun? Falls deine Mutter keine Polizisten mag, hätte sie mit dir ja auch ein Problem.»

«Das hat sie.»

Der Verlauf des Gespräches mutete Andrina immer seltsamer an.

«Ich habe nicht das beste Verhältnis zu meiner Familie. Das liegt aber nicht an meinem Beruf.»

«Weiss Sämi von dem Besuch bei deiner Mutter?»

«Nein.» Susanna bestätigte damit den Verdacht, der in Andrina aufkeimte.

Neues Schweigen setzte ein, das Andrina nicht brach. Mehr würde sie aus Susanna nicht herausbekommen. Sie fand die ganze Situation unfair ihr gegenüber. Sie hatte das Gefühl, Susanna habe sie hintergangen. Sie hatte angenommen, es handle sich um einen Ausflug, obwohl Susanna davon gesprochen hatte, etwas abklären zu müssen. Von familiären Problemen war nicht die Rede gewesen. Trotz des seltsam anmutenden Grundes hatte Andrina das Vorhaben nicht hinterfragt, da sie annahm, Susannas Beruf sei der Grund für diese Formulierung. Inzwischen wurde sie das Gefühl nicht los, sie sei eine Art Alibi für den Ausflug. Andrina hatte keine Lust, in Susannas familiäre Angelegenheiten hineingezogen zu werden. Ändern konnte sie es nun nicht mehr. Sie fragte sich, welche Begründung Susanna Samuel Häusermann für den Ausflug gegeben hatte. Warum sie ihn nicht dabeihaben wollte und was sie ihm verheimlichte. Oder gab es Spannungen in ihrer Beziehung?

Im Frühling hatten sie das letzte Mal zusammen etwas unternommen. Es war warm gewesen, und Enrico und Andrina waren bei Susanna und Häusermann zum Grillieren eingeladen gewesen. Damals hatte es keinen Anschein von Beziehungsproblemen gegeben.

Auf der Gegenfahrbahn stockte der Verkehr. Die Autos bildeten eine Gasse. Den Grund für den Stau hatte Andrina nicht mitbekommen, aber die Blechschlange war lang. Vermutlich hatte es einen Unfall gegeben. Als Bestätigung sah sie Blaulicht aufblitzen, und gleich darauf zwängten sich ein Polizeiwagen und eine Ambulanz zwischen den Autos durch.

Beim Autobahnkreuz Luterbach wechselte Susanna auf die A 5, auf der zum Glück weniger Verkehr herrschte. Sie verliessen die Autobahn und gelangten bei Nidau an den Bielersee. Danach führte die Strasse am Seeufer entlang. Zur rechten Seite befanden sich Weinberge. Auf der Bahnlinie zwischen der Strasse und dem See kam ihnen ein Personenzug entgegen. Auf dem See konnte Andrina einzelne Segelboote erkennen. Das Sonnenlicht reflektierte im See, und über den Himmel zogen vereinzelte Wolken. Das Ganze hätte Ferienstimmung vermitteln können, wenn nicht die Anspannung im Auto gewesen wäre. Sie fuhren durch mehrere Ortschaften und erreichten dann La Neuveville. Die Strasse wurde schmaler und führte durch die Altstadt. Andrina fand es schade, dass die stark befahrene Hauptstrasse direkt durch den Ortskern führte.

Susanna zwängte sich vor einem entgegenkommenden dunkelblauen Wagen durch die schmale Stelle zwischen zwei Häusern. Der Fahrer zeigte Susanna den Mittelfinger, als sie an ihm vorbeifuhr. Susanna bremste und löste den Sicherheitsgurt.

«Lass ihn», sagte Andrina.

«Den Stinkefinger zeigt man einer Polizistin nur einmal.»

«Das ist nicht dein Zuständigkeitsbereich», sagte Andrina und hoffte, das Argument reichte. Eskalation war das Letzte, was sie gebrauchen konnten. Andrina blickte nach hinten und sah den Wagen verschwinden.

Hinter ihnen hupte es. Susanna fluchte und fuhr an. Ihr Verhalten erschreckte Andrina. So kannte sie Susanna nicht.

«Wir sind zu früh», sagte Susanna und bog links ab, nachdem sie den Stadtkern verlassen hatten. Sie fuhren unter der Bahnlinie hindurch und gelangten zu einem Hotel. Susanna stellte den Wagen auf einem der Parkfelder ab.

«Zum Mittagessen ist es zu früh», sagte sie. «Lass uns einen Spaziergang machen.» Ihr Tonfall liess keinen Widerspruch zu.

Susanna hob den Kinderwagen aus dem Kofferraum. Vorsichtig setzte Andrina Rebecca hinein, die inzwischen eingeschlafen war. Schweigend wanderten sie die Promenade an dem Hafen entlang. Die Segelboote schaukelten im leichten Wind. Andrina war froh über die Abkühlung, die er brachte. Vom See wehte ein schwach fischiger und modriger Geruch. Leute flanierten die Promenade entlang – ältere Frauen mit Hunden, ältere Ehepaare und Mütter mit ihren Kindern. Die Bäume spendeten Schatten. Vom Spielplatz hörte Andrina Kinderlachen. Dicht hinter ihnen ertönte ein Schiffshorn, und Andrina zuckte zusammen. Ein Passagierschiff mit dem Namen «Berna» fuhr dicht an dem Segelboothafen vorbei und legte weiter vorne an. Leute stiegen aus. Andrinas Anspannung wich. Die Ruhe schien aber nicht auf Susanna überzugreifen. Ihre Schultern sahen verkrampft aus.

Susanna setzte sich auf eine Bank. Ein Velo fuhr vorbei, und von der anderen Seite kam ein wohlbeleibter Fischer mit einem langen grauen Bart. Er trug einen Eimer und mehrere Angelruten. Das Rauschen der Strasse und das eines Zuges drangen zu ihnen.

«Du kommst aus dem Berner Jura?», versuchte sich Andrina mit einem neuen Einstieg in ein Gespräch. Sie fand diesen Ausflug mühsam und bereute es, mitgegangen zu sein, obwohl es hier schön war.

«Ich komme nicht von hier», erwiderte Susanna und starrte weiter auf den See. «Ich bin in Baden aufgewachsen. Meine Mutter war alleinerziehend, da mein Vater sie sitzen gelassen hat. Vor einigen Jahren hat sie ihren heutigen Lebenspartner kennengelernt. Er besitzt eine kleine Konditorei in der Altstadt.» Mit dem Daumen deutete Susanna hinter sich. «Meine Mutter ist zu ihm gezogen.» Susanna richtete sich auf und blickte Andrina in die Augen. «Ich weiss, ich schulde dir einige Erklärungen für mein Verhalten. Normalerweise würde ich einen grossen Bogen um den Ort machen, in dem jemand von meiner Familie lebt. Doch ich muss was klären. Mit meiner Familie. Das ist wichtig. Für mich und meinen Job. Mehr kann ich dir nicht sagen.» Susannas flehender Blick erschreckte Andrina.

Sie hatten in dem Restaurant des Hotels am See zu Mittag gegessen. Rebecca hatte sich das Gesicht mit Tomatensauce verschmiert und so die Stimmung aufgeheitert.

Nach dem Essen hatte Andrina das Gefühl, Susanna wäre am liebsten heimgefahren.

Um Viertel vor drei Uhr war sie mit entschlossener Miene Richtung Altstadt marschiert. Sie überquerten die Strasse. Der

Kinderwagen holperte über das Kopfsteinpflaster. Rebecca beugte sich über die Seite und liess ihren Arm nach unten hängen, als wolle sie den Boden berühren.

Die Gasse lag im Schatten. Kein Luftzug regte sich. Trotzdem war es ein oder zwei Grad kühler. In der Mitte der Gasse befand sich ein Kanal, ähnlich wie in der Aarauer Altstadt. An den Häusern waren Schweizer Flaggen und rote Fahnen mit zwei sich kreuzenden weissen Schlüsseln angebracht. Andrina vermutete, es handle sich hierbei um das Wappen von La Neuveville. Die Fassaden der Häuser waren in rosa, grünlichen, bräunlichen, gelblichen und blauen Farbtönen gestrichen. Die dazu passenden bunten Fensterläden rundeten den freundlichen Eindruck ab, den dieses Städtchen vermittelte.

Die Strassen waren wie ausgestorben. Und das am Nachmittag um kurz vor drei Uhr. Nur an zwei Tischen eines kleinen Restaurants sassen Leute. Ein älterer Mann kam ihnen in gebeugter Haltung entgegen. In seinem Mundwinkel hing ein Stumpen. Eine Rauchwolke entwich durch seine Nase. Er musterte sie, und Andrina meinte, Misstrauen zu erkennen. *«Bonjour»*, sagte sie. Der Mann nickte ihr wortlos zu.

«Wo wohnt deine Mutter?»

«Neben der Bibliothek, hat sie gesagt.»

Hatte Susannas Mutter ihr keine Adresse gegeben, oder warum kannte Susanna sie nicht? «Die Bibliothek ist in der Altstadt?»

«Ja.»

Das sollte zu finden sein, dachte Andrina. So gross war die nicht. Sie bogen nach rechts ab. Andrina musterte die Häuser.

«Lass uns die Leute dort fragen», sagte Susanna.

«Warte.» Andrina hielt Susanna zurück und deutete auf die braunen Buchstaben an der Hausfassade.

«‹Bibliothèque›», las Susanna laut vor, und Andrina konnte ihr die Erleichterung anmerken. «Hier ist es», rief Susanna in der nächsten Sekunde und drückte auf einen Klingelknopf.

Andrina stellte den Kinderwagen in eine Nische neben

der Treppe und folgte Susanna mit Rebecca auf dem Arm die Treppe nach oben.

In der Tür erwartete sie eine hagere Frau mit grauen, kurz geschnittenen Haaren. Das von Falten zerfurchte gelblich graue Gesicht liess sie älter erscheinen, als sie vermutlich war. Ihr Blick blieb an Andrina hängen, und Andrina war sich nicht sicher, ob Susanna angekündigt hatte, jemanden mitzubringen.

«Lange nicht mehr gesehen», wandte sich die Frau an Susanna. Ihre Stimme klang rau. Sie entblösste gelbe Zähne. Ein Schneidezahn fehlte. Kein Umarmen, keine Küsschen. Die beiden verhielten sich wie Magnete, die mit dem gleichen Pol einander zugewandt waren.

«Magdalena Salzmann», sagte sie und nickte Andrina zu.

Andrina stellte sich und Rebecca vor. Kurz ruhten Magdalenas Augen auf Rebecca, und ihr Mund wurde schmaler, als er ohnehin war. Offenbar war Magdalena nicht begeistert von dem Besuch eines kleinen Kindes.

Sie machte einen Schritt zurück und bat sie in die Wohnung. Ein säuerlicher Geruch, gemischt mit kaltem Zigarettenrauch, schlug Andrina entgegen. Rebecca drückte sich fest an Andrina. Die Frau war ihr offenbar unheimlich, was Andrina nachvollziehen konnte.

Sie folgten Magdalena durch einen dunklen Gang ins Wohnzimmer, das klein und vollgestellt war. Die alten und teilweise beschädigten Möbel machten einen zusammengewürfelten Eindruck. Trotzdem sah es sauber aus. Die Tür zum Balkon stand offen, und der Vorhang bauschte sich im Luftzug, der in den Raum wehte. Immerhin stank es hier nicht so stark wie im Gang. Andrina zwängte sich zwischen den Möbeln durch und stellte sich neben das Fenster.

«Was verschafft mir die Ehre deines Besuchs?», fragte Magdalena und deutete auf das Sofa und den Sessel.

Andrina nahm neben Susanna auf dem Sofa Platz und setzte Rebecca auf ihren Schoss. Ihre Tochter schmiegte sich eng an sie und vergrub ihr Gesicht in Andrinas Halsbeuge.

«Ich wollte wissen, was Fabian macht», sagte Susanna.

Andrina war verwirrt über den Einstieg. Das war nicht der Beginn eines Gesprächs, das sie erwartet hätte, wenn man lange keinen Kontakt mehr miteinander gehabt hatte. Von wem sprach Susanna? Diesen Namen hatte Susanna in Andrinas Gegenwart bisher nie erwähnt.

«Was interessiert dich das?» Das klang wie das Fauchen einer Katze.

«Ich habe meine Gründe.»

«Dein Bruder war dir die ganzen Jahre egal.» Susanna hatte einen Bruder? «Besonders seit er im Knast war.»

Andrina versteifte sich. Hatte sie das richtig verstanden?

«Er hat seine Strafe bekommen», sagte Susanna, und Andrina fröstelte bei der Härte in ihrer Stimme. «Oder nein, er hätte mehr verdient.»

Die Miene von Susannas Mutter verfinsterte sich. «Das ist also der Grund deines Besuches. Du willst über deinen Bruder herziehen?»

«Nein. Ich will wissen, wo er ist.»

«So genau weiss ich das nicht. Er meldet sich nicht oft, aber öfter als du.» Sie stand auf und kramte in einer Schublade des Wohnzimmerschrankes. «Letzte Woche habe ich das bekommen.» Sie reichte Susanna eine Postkarte.

«Viele Grüsse aus Mallorca, Fabian», stand darauf.

«Er ist in den Ferien?», fragte Susanna.

«Seit wann ist das verboten?»

Susanna antwortete nicht, sondern betrachtete intensiv die Karte. Nach einer Weile begriff Andrina, dass sie den Poststempel musterte.

«Darf ich die behalten?»

«Nein.» Susannas Mutter riss ihr die Karte aus der Hand. «Ich denke, es ist besser, wenn du gehst. Ich dachte, du wolltest einen Neuanfang. Stattdessen fängst du mit dem alten Mist wieder an. Fabian hat aus der Sache damals gelernt. Er ist heute Auto-Mechatroniker, verdient sich ehrlich seinen Lebensunterhalt und meistert den Alltag mit seinen Höhen und Tiefen wie jeder andere.»

«Wo wohnt er?»

«Aha, ganz die Polizistin.» Der Spott war überdeutlich.

«Wo wohnt er?», wiederholte Susanna.

«Willst du ihn besuchen?» Magdalena fixierte Susanna. Die gefühlte Temperatur im Raum driftete allmählich gegen den Gefrierpunkt. «Wenn dir so viel daran liegt, schau im Telefonbuch nach.»

«Er ist nicht eingetragen.»

«Vernünftiger Junge. Wenn du glaubst, ich verrate das der Bullenschwester, hast du dich getäuscht.» Sie stand auf und deutete auf die Tür. «Du hast bestimmt als Bulle Gelegenheit, leicht an diese Information ranzukommen. Anscheinend ist dir das nicht gelungen, was ich beruhigend finde. Es ist besser, wenn du gehst und mich nicht mehr belästigst. Nie mehr.»

Kaum hatten sie von der A5 auf die A1 gewechselt, standen sie im Stau. Schrittweise quälten sich die Autos einige Meter vorwärts, um gleich darauf wieder anzuhalten. Susanna fluchte, als ein Töff sich durch die Rettungsgasse schlängelte, die die Fahrzeuge gebildet hatten. Das waren die ersten Worte, die sie seit ihrer Abfahrt von La Neuveville sprach. Deutlich spürte Andrina, wie die Gefühle im Inneren ihrer Freundin tobten. Dem Töff folgte einige Sekunden danach ein Kleinwagen, und Susanna richtete sich auf.

«Immer das Gleiche», entfuhr es ihr. «Leider habe ich kein mobiles Blaulicht, um denen hinterherzufahren.»

Andrina überlegte, ob es zu Susannas Befugnissen gehörte, einen Verkehrssünder zu stellen, sprach ihre Frage allerdings nicht aus.

«Mangiare», kam es von der Rückbank. Überrascht drehte Andrina sich um. Ein neues Wort. Und dazu eins auf Italienisch. Ihr erstes Wort auf Italienisch war *«acqua»* gewesen. Enricos sprachlicher Einfluss wuchs offenbar. Als Nächstes

wurde ihr die Bedeutung bewusst. Schon nach vier Uhr, dachte Andrina erschrocken. Kein Wunder, dass Rebecca Hunger hatte. Andrina holte aus ihrer Tasche eine Aprikose. Nachdem sie die Frucht halbiert und den Stein herausgelöst hatte, reichte sie Rebecca eine Hälfte. Ihre Tochter jauchzte und knabberte daran.

«Mein Vater hat uns früh verlassen», sagte Susanna auf einmal. «Meine Mutter arbeitete als Putzfrau und besserte sich ihr Einkommen auf, indem sie anschaffen ging.» Sie warf Andrina einen Seitenblick zu, als ob sie sicher sein wollte, ob Andrina verstand, was sie meinte, oder um ihre Reaktion zu sehen. Andrina behielt ihren nichtssagenden Gesichtsausdruck bei. «Mein Zwillingsbruder entwickelte früh kriminelle Züge», fuhr Susanna fort und schaute erneut in Andrinas Richtung. «Er zog mit seiner – wie soll ich sagen – Gang?, also sie zogen durch unser Quartier, zündeten Briefkästen an, liessen Luft aus den Reifen, rauchten, kifften, nahmen Tabletten wie Ecstasy und andere Drogen. Die meisten seiner Freunde waren drei bis fünf Jahre älter als er. Als ich dreizehn war, hat er mich mitgeschleift und seinen Freunden gesagt, sie könnten mit mir rummachen. Offenbar wollte er sie beeindrucken.»

Der Stau löste sich auf, und Susanna beschleunigte.

«Okay, ich gebe zu, am Anfang fand ich es cool, Sex zu haben. Ich war im Mittelpunkt und fühlte mich beliebt und wertgeschätzt, so dumm, naiv und einfach zu manipulieren, wie ich war.» Susanna lachte, aber es klang wie ein heiseres Husten. «Sie filmten es sogar, und ich kam mir wie ein Star vor. Endlich bekam ich Aufmerksamkeit und wurde beachtet. Vorher war ich nur das lästige Anhängsel mit einer Menge Pickel und einer Menge Minderwertigkeitskomplexen. Fabian war der Liebling meiner Mutter, und mich beachtete sie nur, wenn sie ein Opfer für ihre schlechte Laune suchte. In der Schule stand ich häufig am Rand und hatte nur eine Freundin, aber die hatte rückblickend nur ein Interesse, Mitglied der Gang zu werden.»

Susanna wechselte auf die linke Spur und überholte einen Lastwagen. «Von den Drogen und Tabletten habe ich die Finger gelassen. Wenigstens in diesem Punkt war ich schlau genug. Im Gegensatz zu meiner Freundin. Innert kürzester Zeit war sie drogenabhängig. Nach einem halben Jahr wurde sie zudem schwanger und hat sich das Leben genommen. Das hat mir die Augen geöffnet. Ich weiss, wie sentimental das klingen mag, aber es war wirklich so. Und ich hatte Glück, dass ich zu Pflegeeltern kam. Das hatte ich Nachbarn zu verdanken, die meldeten, dass meine Mutter mich schlug, einmal fast zu Tode.»

Das Auto vor ihnen bremste unverhofft und beschleunigte gleich darauf wieder.

«Später reichten meinem Bruder Sachbeschädigungen nicht mehr aus. Er brach ein und besserte so das karge Haushaltsgeld auf. In den Augen meiner Mutter war er ein richtiger Mann. Ich dagegen nur eine Memme. Alles ging bis zu dem Zeitpunkt gut, bis ein Bewohner eines Hauses, in das mein Bruder eingestiegen war, ihn überraschte. Angeblich soll er bei einem Handgemenge die Treppe runtergestürzt sein. Vor Gericht hat mein Bruder wiederholt ausgesagt, es sei ein Unfall gewesen, was ich ihm nicht glaube. Ich schwor mir, nie die gleiche Laufbahn wie mein Bruder einzuschlagen. Ich ging sogar einen Schritt weiter: Seit diesem Tag wollte ich Polizistin werden. Ich wollte und will solchen Leuten wie meinem Bruder, seinen Freunden und meiner Mutter das Handwerk legen. Ja, das klingt pathetisch, aber jeder, den ich so, wie soll ich es sagen, aus dem Verkehr ziehe, ist eine Gefahr weniger für das Allgemeinwohl. Und noch etwas: Ich wollte nie Kinder bekommen.»

«Was hat Kinder kriegen damit zu tun?»

«Das Böse in meiner Familie könnte genetisch bedingt sein.»

«So ein Blödsinn», rief Andrina. «Das glaubst du doch selber nicht. Das Umfeld hat einen grossen Einfluss darauf, wie man sich entwickelt und was aus einem wird.»

«Ich will auf Nummer sicher gehen.»

Nun war Andrina klar, weshalb Susanna immer sagte, sie

wolle nie Kinder – ganz zum Leidwesen von Samuel Häusermann, der am liebsten eine Fussballmannschaft hätte.

«Kennt Sämi die Gründe?»

«Nein, er kennt nicht die ganze Geschichte.» Susanna wischte mit dem Handrücken über die Augen.

Erschrocken realisierte Andrina, dass Susanna weinte, und ihr wurde klar, wie gerne Susanna eine Familie hätte.

«Soll ich fahren?»

«Nein, geht schon.» Susanna lächelte kurz. «Ich bitte dich, das, was ich dir erzählt habe, keinem weiterzusagen. Auch Enrico nicht. Ich weiss, was ich von dir verlange, aber du bist die Einzige, die die ganze Geschichte kennt. Okay, die kurz zusammengefasste Geschichte.»

Mehr als ein Nicken brachte Andrina nicht zustande, als Susanna in ihre Richtung schaute.

«Was wurde aus deinem Bruder?», fragte sie, nachdem mehrere Minuten verstrichen waren und sie Rebecca eine weitere Aprikose gereicht hatte.

«Das, was ich weiss, kenne ich nur aus zweiter Hand. Ich habe den Kontakt zu meiner Familie abgebrochen. Mit meinen Pflegeeltern hatte ich grosses Glück. Sie taten alles für mich, und ich wollte sie nicht enttäuschen. Ich habe sogar ihren Namen angenommen.»

«Du hast bestimmt Zugang zu den polizeilichen Unterlagen zu deinem Bruder – sagt man das so?»

«Ich hüte mich, in der Datenbank eine Abfrage zu machen. Das wird registriert, und ich will mein Interesse an Fabian nicht erklären müssen. Was ich weiss, habe ich von meinen Pflegeeltern. Er war fünf Jahre im Gefängnis. Für mich war das Urteil damals zu milde. Nach der Entlassung hat er eine Lehre als Auto-Mechatroniker gemacht. Anscheinend ist er nicht mehr straffällig geworden. Meine Mutter hat ihren Konditor kennengelernt und ist nach La Neuveville gezogen.»

«Du kannst das nicht glauben, dass er keine Straftat mehr begangen hat.»

«Nein. Nicht nur die Polizistin in mir hat Schwierigkeiten, das zu glauben. Auch die Schwester. Du kennst Fabian nicht.»

«Du weisst nicht, wo dein Bruder wohnt?»

Susanna verneinte.

«Warum wolltest du unbedingt herausfinden, wo er ist? Könnte dir das nicht weiterhin egal sein?»

«Eine Sache konnte Fabian besonders gut. Mit einer Steinschleuder schiessen. Damit hat er sämtliche Katzen bei uns im Quartier gejagt. Er hat Tiere wie zum Beispiel Eichhörnchen abgeschossen und in den Briefkästen der Leute deponiert.»

***

«Kommst du mit rein?», fragte Andrina, als Susanna vor ihrem Haus hielt.

«Wenn Enrico nicht zu Hause ist, gerne. Sonst lieber nicht.»

«Enrico hat heute ein Geschäftsessen.»

Nachdem Susanna von ihrer Familiengeschichte berichtet hatte, hatten sie den Rest der Fahrt vorwiegend geschwiegen.

Andrina hob Rebecca aus dem Kindersitz und stellte sie auf den Weg, der zum Haus führte. Sie luden den Kindersitz in Andrinas Wagen um und folgten Rebecca, die zum Haus gelaufen war und sich an der Tür nach der Klingel streckte.

«Ich mache uns eine Kleinigkeit zum Nachtessen», sagte Andrina und hob Rebecca hoch, damit sie auf die Klingel drücken konnte. Rebecca klatschte vor Freude in die Hände, als die Glocke ertönte.

«So war das nicht gemeint», sagte Susanna.

«Oder musst du nach Hause?»

«Ich habe Sämi gesagt, ich wisse nicht, wie spät es bei unserem Ausflug werden würde.»

Susanna folgte Andrina ins Haus. Gemeinsam deckten sie den Tisch auf der Terrasse, auf der es im Sonnenlicht warm, beinahe heiss war.

Andrina bereitete einen Tomaten-Mozzarella-Salat zu, während Susanna mit Rebecca im Garten spielte. Das Kinderlachen drang bis zu Andrina in die Küche. Für sie war es eindeutig. Susanna wünschte sich sehnlichst ein Kind.

Sie setzten sich an den Tisch. Rebecca stopfte ein Stück Mozzarella in den Mund und kaute zufrieden. Ein Stück Tomate verschwand ebenso schnell.

«Darf sie das alles essen?», fragte Susanna.

«Warum nicht? Seit sie ein Jahr alt ist, isst sie normal mit am Tisch.» Andrina gab Rebecca ein Stück Brot. «Wieso glaubst du, dein Bruder könnte die Taten begangen haben? Nur wegen der Steinschleuder?» Diese Frage hatte Andrina unaufhörlich während der Heimfahrt beschäftigt. Sie hatte sich nicht getraut, sie zu stellen, und war sich nicht sicher, ob der jetzige Zeitpunkt der richtige war, um zu diesem Thema zurückzukehren.

«Ich traue ihm alles zu.»

«Gibt es einen Zusammenhang zwischen ihm und Valérie Schneider, ihrem Vater, Herrn Mettler und Fadrina?»

«Fadrina? Du meinst Enricos Sekretärin?»

«Ja.»

«Warum sollte mein Bruder mit Fadrina zu tun haben?»

«Du hattest erwähnt, dein Bruder habe mit Drogen gedealt. Das kann er heute auch noch tun …»

«Ich würde sagen, das tut er ziemlich sicher. Er wird aber schlau genug sein, sich nicht erwischen zu lassen», unterbrach Susanna Andrina. «Was hat Fadrina Jäger damit zu tun?»

«Drogen», wiederholte Andrina. Sie berichtete, was Fadrina ihr erzählt hatte, und hatte das Gefühl, Fadrina nochmals zu verraten. Anschliessend berichtete sie von Raouls Kokainkonsum. Susanna sah so aus, als berichte Andrina ihr nichts Neues. «Wenn ich das richtig verstanden habe, hat der Täter eine Steinschleuder benutzt, mit der er Raoul und Leo Mettler niedergestreckt hat. Könnte der Anschlag auf Valérie Schneider ebenfalls mit einer Steinschleuder verübt worden sein? Das wäre immerhin ein möglicher Zusammenhang zwischen deinem Bruder und den Anschlägen.»

Lange sah Susanna Andrina an. Das Schweigen zog sich in die Länge. «Du kombinierst gut», sagte Susanna gedehnt, als Andrina dachte, sie würde nicht antworten. «Ich weiss nicht, ob es eine Verbindung zu meinem Bruder gibt oder ob ich überreagiere. Als bewiesen war, dass der Täter eine Steinschleuder benutzt hat, dachte ich sofort an Fabian. Ich habe ihn bei Facebook und Instagram gefunden, aber dort gibt es keinen Hinweis auf seinen Wohnort. Er ist oder war auf Mallorca. Das ist richtig. Die Bilder wurden gepostet, als die Anschläge auf Valérie Schneider und ihren Vater waren. Ob er zurück in der Schweiz war, als Leo Mettler getötet wurde, ist nicht ersichtlich. Der Stempel auf der Postkarte meiner Mutter war zwei Tage davor. Aber er kann die Karte am Flughafen in Palma de Mallorca vor dem Rückflug eingesteckt haben. Oder die Karte ist lange im Briefkasten herumgelegen, bevor sie die Reise in die Schweiz antrat. Es wäre nicht das erste Mal, dass Post aus den Ferien zeitverzögert eintrifft.»

«Du könntest rausfinden, mit welchem Flugzeug er nach Hause gekommen ist.»

«Das ist möglich, aber ich möchte nicht erklären müssen, warum ich nachfrage. Ich will erst mehr Gewissheit. Wenn er mit allem nichts zu tun hat und ich ihm die Polizei auf den Hals hetze, möchte ich nicht wissen, wie er reagiert.»

Angst flackerte in Susannas Augen auf. Andrina fragte sich, ob Susannas Bruder wusste, wo seine Schwester lebte und in welcher Abteilung der Kantonspolizei sie arbeitete.

«Gibt es einen weiteren Zusammenhang zwischen den Opfern?»

«Nein. Nach bisherigem Stand der Ermittlungen kannten Herr Schneider und Herr Mettler sich nicht persönlich. Ich hatte bisher keine Gelegenheit, die Ehefrauen zu fragen, ob sie oder ihre Männer Kontakt zu Fabian hatten.» Susanna legte das Besteck auf den leeren Teller. «Vielen Dank für das Nachtessen.»

«Gerne.» Andrina stellte die Teller zusammen und trug sie

in die Küche. «Gibt es einen Hinweis, dein Bruder könnte die Taten begangen haben? Ich meine, wurde er an einem der Tatorte gesehen?»

«Diese Frage kannst du eventuell selber beantworten.» Susanna holte ihr Handy hervor und reichte es Andrina.

Das Foto zeigte einen blonden Mann mit Dreitagebart. Die Ähnlichkeit zu Susanna war nicht zu übersehen. Er hatte seine Sonnenbrille auf den Kopf geschoben und lehnte gegen eine Hauswand. Er lächelte in die Kamera. In seinen Augen blitzte Lebensfreude, und er machte einen sympathischen Eindruck. Erstaunt hob Andrina den Kopf. Wenn das Susannas Bruder sein sollte, konnte man sich fast nicht vorstellen, es handle sich dabei um dieselbe Person, die Susanna beschrieben hatte. Das Foto war eindeutig neueren Datums.

«Wo hast du das Bild her?», fragte Andrina.

«Facebook.» Susanna strich über den Touchscreen. Das nächste Foto zeigte Fabian beim Reparieren eines Kleinwagens. Das Gesicht war mit Öl verschmiert. Er hatte das gleiche verschmitzte Lächeln aufgesetzt. Ein weiteres Foto zeigte ihn an einem Strand. Er war braun gebrannt, und die Haare waren ausgebleicht. Wie ein Krimineller sah er definitiv nicht aus.

«Keinem sieht man an, ob er kriminell ist oder nicht», hallte die Stimme von Marco Feller in Andrinas Ohr wider. Das hatte er ihr mehrmals gesagt, als sie zusammen gewesen waren.

Es war schwer vorstellbar, der Mann auf dem Foto habe die Morde begangen. Andrina fragte sich, ob es machbar war, mit einer solchen Vergangenheit, wie sie Susanna beschrieben hatte, sich zu einem normalen Menschen zu entwickeln, der seinen Alltag wie jeder andere zu meistern versuchte und sich hin und wieder Spass gönnte, indem er zum Beispiel in die Ferien fuhr.

«Hast du ihn in der Nähe der Tatorte gesehen?», fragte Susanna.

«Nein. Oder ich kann mich nicht erinnern, ihn oder jemanden, der ihm ähnlich sah, gesehen zu haben.»

«Sicher?», hakte Susanna nach.

«Ich bin ihm bisher nie begegnet. Vielleicht hat Enrico etwas bemerkt.»

«Nein.»

«Nein? Hast du ihn gefragt?»

«Nein. Ich will meine privaten Ermittlungen nicht gefährden.»

«Wieso sollte Enrico deine inoffiziellen Ermittlungen gefährden?»

«Je weniger davon wissen, desto besser.» Ihr Blick bohrte sich in Andrinas Augen.

«Du musst ihm nicht sagen, wer das ist, sondern nur fragen, ob er diese Person gesehen hat oder kennt.»

«Wen soll ich kennen?»

Susanna und Andrina fuhren gleichzeitig herum. Enrico umarmte Andrina und gab ihr einen Kuss. Danach hob er Rebecca auf und wirbelte sie durch die Luft. Sie quietschte vor Freude.

«Niemanden», sagte Susanna.

«Den hier», sagte Andrina und nahm Susanna das Handy ab, bevor diese den Bildschirm sperren konnte.

Enrico betrachtete eingehend das Foto. «Nein, dem bin ich nie begegnet. Warum?» Er hielt Susanna das Handy hin. «Er hat eine gewisse Ähnlichkeit mit dir. Das ist das Einzige, was mir auffällt.»

Mit einer schnellen Bewegung nahm Susanna ihm das Handy ab.

«Ah, ich verstehe. Ihr habt einen Tatverdächtigen. Kann ich das Foto noch mal sehen?»

Für einen kurzen Moment dachte Andrina, Susanna würde sich weigern. Es war eindeutig, wie viel Überwindung es sie kostete, Enrico das Handy zu reichen.

«Definitiv nein.» Er setzte Rebecca auf den Boden, die damit nicht einverstanden war. Sie zog sich an seinem Bein hoch und streckte die Arme zu ihm hoch. «Soll ich sie bettfertig machen?», fragte er.

«Gerne.»

«Vielleicht ist dein Verdacht unbegründet, dein Bruder habe mit alldem zu tun», sagte Andrina, nachdem Enrico mit Rebecca die Treppe nach oben gegangen war.

«Bitte behalte das, was ich dir heute erzählt habe, für dich», sagte Susanna mit Nachdruck. «Ich sollte langsam nach Hause.»

Ihr Handy klingelte. «Max, was gibt es?», fragte Susanna, als sie das Gespräch angenommen hatte. «Was? Ja, das kann ich morgen übernehmen.» Susanna verabschiedete sich von Wagner und starrte mehrere Sekunden lang Andrina an. «Valérie Schneider ist aufgewacht.»

«Das sind ausnahmsweise gute Nachrichten», erwiderte Andrina.

«Ich soll sie morgen befragen.»

«Kann sie sich denn erinnern?»

«Davon hat Max nichts gesagt. Ich hoffe es aber. Kommst du mit?»

«Ich? Ich habe dort am wenigsten zu suchen.»

«Bitte, ich brauche deine Unterstützung.»

«Morgen ist Verlagstag.»

«Wir könnten in deiner Mittagspause gehen.»

VIERZEHN

Susanna fuhr auf ein freies Feld im ersten Geschoss des Parkhauses vom Kantonsspital. Sie hatte zum verabredeten Zeitpunkt vor dem Verlag gewartet.

Andrina hatte wiederholt, dass es ihr nicht recht war, bei der Befragung dabei zu sein. Susanna hatte ihren Einwand mit einer energischen Handbewegung zur Seite gewischt.

«Wir sind pünktlich zurück», hatte Susanna erklärt, als Andrina darauf hingewiesen hatte, dass am Nachmittag die Präsentation des Frühjahrsprogramms bei den Vertretern anstand und sie sich nicht verspäten dürfe.

«Weisst du, was eigenartig ist?», fragte Susanna.

«Nein. Was?», fragte Andrina zurück.

«Es gibt einen seltsamen Zusammenhang. Bei Herrn Mettler und Herrn Schneider wurde vor einem Monat eingebrochen. Die Diebe haben aber nichts Wertvolles wie Schmuck oder Laptops mitgenommen, sie haben nur die Badezimmer verwüstet und Toilettenartikel mitgenommen.»

«Toilettenartikel?»

«Aber nur jene der Männer. Zahnbürsten, Kamm beziehungsweise die Haarbürste, Rasierschaum und -messer, Aftershave, Deo, Shampoo.» Susanna zog den Schlüssel aus der Zündung, machte aber keine Anstalten, auszusteigen. «Kannst du mir sagen, was jemand mit gestohlenen Toilettenartikeln will?»

«Sich zum Beispiel rasieren oder die Zähne putzen», sagte Andrina.

Susanna musste grinsen. «Mit einer Occasion-Zahnbürste. Ehrlich, ich könnte mich beherrschen.»

«Wurde bei beiden Männern zum gleichen Zeitpunkt eingebrochen?»

«Mehr oder weniger. Freitagabend und am nächsten Montagvormittag. Herr Schneider sass mit seiner Frau auf der Terrasse. Sie haben ein Glas Wein getrunken und es genossen, weil endlich Wochenende war. Ihr Hund habe geknurrt, hat sich Frau Schneider erinnert, aber sie haben sich nichts dabei gedacht und ihn zurückgehalten, als er ins Haus laufen wollte.»

«Ein recht riskantes Unterfangen», sagte Andrina.

«Der Einbrecher könnte angenommen haben, es sei keiner zu Hause. Sie hatten das Licht im gesamten Haus ausgeschaltet. Da der Garten nach hinten rausgeht und die Treppe direkt neben der Haustür in den ersten Stock führt, in dem das Badezimmer ist, ist es nachvollziehbar. Es ist also logisch, dass keiner etwas mitbekommen hat.»

«Hört man es nicht, wenn die Haustür aufgebrochen wird?»

«Er oder sie sind durch das gekippte Fenster des Gästebadezimmers eingestiegen. Bei Schneiders ist kein so grosses Chaos angerichtet worden wie bei Mettlers. Bei denen erfolgte der Einbruch durch die Terrassentür.»

«Sonst wurde nichts gestohlen?», hakte Andrina nach.

«Es ist fast, als benötigte der Dieb nur alltägliche Körperpflegeprodukte», sagte Susanna.

«Ein Obdachloser? Der würde eher den Kühlschrank plündern. Hunger käme bei mir nämlich vor der Körperpflege.»

«Die Idee hatten wir auch. Esswaren seien nicht weggekommen, haben beide Frauen erklärt. Ausserdem geschah der Einbruch nicht im selben Quartier. Mettlers wohnen in Küttigen und Schneiders in der Nähe der Neuen Kanti.»

Die Wohnorte lagen nicht weit auseinander, aber Andrina verstand, was Susanna meinte.

«Könnte es sich bei den Einbrechern um Jugendliche aus der Umgebung handeln?»

«Wenn es sich um eine kriminelle Jugendbande handelt, würde ich davon ausgehen, sie liesse Geräte mitgehen.»

Dem musste Andrina zustimmen. Oder war es einfach Zufall, dass ausgerechnet bei Herrn Mettler und bei Herrn

Schneider eingebrochen worden war? «Gab es einen solchen Einbruch bei Valérie?»

«Nein. Falls die Diebe es auf Toilettenartikel von Männern abgesehen haben, ist sie die falsche Adresse. Sie lebt alleine in der Hochhaussiedlung im Telli.»

«Es gab keine anderen Einbrüche in dieser Art?», fragte Andrina.

«Soweit ich weiss, gab es keine Anzeigen in dieser Richtung.»

Andrina war sich weiterhin unsicher, ob es richtig war, was sie hier tat, als die Krankenpflegerin sie in das Zimmer führte. Valérie sass an Kissen gelehnt im Bett. Ihr Gesicht war beinahe so weiss wie der Verband, den sie um den Kopf trug.

«Mein Name ist Susanna Marioni von der Kantonspolizei Aargau, und das ist –»

«Andrina Bianchi», kam Valérie ihr zuvor. Der Klang des neuen Nachnamens war nach wie vor gewöhnungsbedürftig.

Andrina war sich nicht sicher, ob es gut war, dass Valérie sie erkannte. Sie machte so nämlich Susannas Vorhaben zunichte, Andrina als Kollegin vorzustellen.

«Ich bin Frau Bianchi auf dem Weg hierhin begegnet. Als ich ihr erzählte, Sie seien aufgewacht, wollte sie Sie unbedingt besuchen.»

Gut improvisiert, trotzdem klang es lahm und weit hergeholt.

«Maximal bitte eine Viertelstunde», sagte die Pflegerin und verliess den Raum.

«Wie geht es Ihnen?», fragte Susanna. Sie zog einen Stuhl heran und setzte sich an das Bett. Andrina zog es vor, am Fussende stehen zu bleiben.

«Körperlich bis auf die Kopfschmerzen gut. Die Ärzte meinen, ich hätte grosses Glück gehabt, weil mich das Geschoss an der Stirne nur gestreift hat.»

Andrina fragte sich, ob sie vom Tod ihres Vaters wusste.

«Können Sie sich erinnern, was damals im Engadin geschah?», fuhr Susanna fort.

«Ja.» Valérie erzählte, wie sie und ihr Vater auf Andrina und Enrico getroffen waren und gemeinsam Kaffee getrunken hatten. Wie sie zuerst aufgebrochen und mit dem Trottinett Richtung Scuol gefahren waren. Dabei liess sie den Alkoholkonsum ihres Vaters aus.

«Warum haben Sie gerade an dieser Stelle angehalten?», fragte Susanna, nachdem Valérie ihren Bericht beendet hatte.

«Mein Vater wollte sich die Nase putzen. Ich war ihm dankbar dafür, da ich den Helm abziehen konnte. Er war zu klein und drückte gegen die Stirn.»

«Was geschah danach?»

«Bevor ich den Helm wieder aufgesetzt habe, gab es einen Schlag an meinen Kopf.» Sie deutete auf die Stirn. «Danach weiss ich nichts mehr.»

«Ist Ihnen auf der vorangegangenen Abfahrt etwas aufgefallen? Ist Ihnen beispielsweise jemand gefolgt, oder stand jemand in der Nähe der Stelle, an der Sie angehalten haben?»

«Nein. Unterwegs haben uns andere Trottinettfahrer überholt, und wir sind an einer Familie mit Kindern vorbeigefahren, die uns vorbeigelassen hat. Viele Wanderer waren unterwegs.»

«Keine dieser Personen hat sich rückblickend verdächtig verhalten?»

Valérie verneinte.

«Hat sich Ihr Vater vor oder während der Ferien auffällig verhalten?»

Valérie senkte den Blick.

«War er anders als sonst?», hakte Susanna nach, da Valérie schwieg.

Valérie erwiderte nichts.

«Es ist wichtig, uns das zu sagen, wenn wir die Person finden sollen, die Ihnen und Ihrem Vater das angetan hat.»

Schweigen.

«Wie war das Verhältnis zu Ihrem Vater?», fuhr Susanna fort.

Andrina machte mit der Hand eine beschwichtigende Geste. In ihren Augen setzte Susanna Valérie zu stark zu.

«Ich hatte wenig Kontakt zu meinen Eltern», sagte Valérie leise. «Aber das lag nicht an einem schlechten Verhältnis zueinander. In unregelmässigen Abständen haben wir telefoniert, und hin und wieder trafen wir uns mal zum Kaffeetrinken. Bis zu diesem Tag vor einem Monat. Mein Vater machte mir Vorwürfe, weil ich meinen Job verloren hatte, und nannte mich eine Verliererin, die ihr Leben nicht im Griff hat. Es kam zum Streit, und ich habe mich ihm gegenüber danach rar gemacht. Zu meiner Mutter hatte ich weiterhin Kontakt.» Valérie hob den Kopf. In ihren Augen glänzten Tränen. «Meine Mutter sagte, er habe wieder mit dem Trinken angefangen. Vor einigen Jahren hatte er Probleme mit Alkohol. Meine Mutter bat mich, mit ihm zu reden, da er sich von ihr abkapselte.» Valérie knibbelte an ihrem Daumennagel.

«Haben Sie das?», fragte Susanna, da Valérie nicht weitersprach.

«Ja. Er kam mich besuchen und war total aufgekratzt. Mein Verdacht, daran sei nicht nur der Alkohol schuld, hat sich schliesslich bestätigt. Ihm fiel ein Päckchen mit einem weissen Pulver aus der Brusttasche seines Hemdes, als er sich bückte. Als ich ihn fragte, was das sei, hat er gelacht und gesagt, wir könnten ja eine Runde zusammen koksen.» Ein Schütteln durchlief ihren Körper. «Daraufhin habe ich ihn rausgeschmissen. Einige Tage später rief er an und entschuldigte sich für sein Verhalten. Als Wiedergutmachung lud er mich ins Engadin ein. Aber auch dort hat er getrunken und war ständig zugedröhnt. Sagt man das so bei Kokain?» Sie schaute Andrina an.

Andrina fühlte sich genötigt, mit den Schultern zu zucken.

«Innerhalb weniger Wochen ist mein Vater zu einem fremden Mann geworden.»

«Haben Sie eine Idee, was der Grund für sein verändertes Verhalten war?»

«Nein. Ich habe mit meiner Mutter darüber gesprochen, aber sie sagte, sie wisse es nicht.» Ihre Augen huschten zur Seite.

Susanna musste es ebenfalls bemerkt haben, wenn Andrina das Nagen an ihrer Unterlippe richtig deutete.

«Kennen Sie diesen Mann, oder sind Sie ihm früher einmal begegnet?» Susanna reichte Valérie das Handy. Offenbar wollte sie Valérie nicht weiter bedrängen.

«Nein ... oder warten Sie.» Valérie beugte sich vor. «Er oder besser jemand, der ihm ähnlich sieht, sass in dem Bergrestaurant.»

«Wo?», entfuhr es Andrina, und Susannas Kopf ruckte zu ihr herum.

«An dem Tisch schräg hinter Ihnen. Er war im Gegensatz zu diesem Mann glatt rasiert und trug eine Brille.»

«Sie meinen, eine Sonnenbrille?», krächzte Susanna.

«Nein, eine richtige. Sie hatte einen dunklen Rahmen. Der Mann ist mir in Erinnerung geblieben, weil ich dachte, dass dieses Brillenmodell überhaupt nicht zu ihm passt. Ich kenne mich zwar nicht aus, aber es hätte einer Frau besser gestanden.»

«Ist Ihnen an dem Mann sonst was aufgefallen?» Susanna war keine Regung anzusehen, wofür Andrina sie bewunderte.

«Nein.»

«Ist er vor Ihnen oder nach Ihnen abgefahren?»

«Vor uns.» Valérie schaute Andrina an.

«Ich kann es nicht sagen, da er mir nicht aufgefallen ist», sagte Andrina.

«Hatte er etwas bei sich?», fuhr Susanna fort.

«Einen Rucksack und einen Velohelm.»

«Das heisst, er war mit einem Trottinett unterwegs?»

«Keine Ahnung. Er könnte stattdessen mit einem Mountainbike gefahren sein.»

«Hatten Sie das Gefühl, er habe Sie beobachtet?»

«Nein. Er sass da, hat geraucht und ein Bier getrunken.»

«An der Stelle, an der Sie angehalten haben, haben Sie diesen Mann nicht gesehen?»

«Nein. Aber halt», fuhr Valérie fort, bevor Susanna die nächste Frage stellen konnte. «Ein Stück hinter der Stelle, an der wir angehalten haben, stand ein Mountainbike am Rand des Weges. Zu dem Zeitpunkt habe ich mir nichts dabei gedacht, da ich auf meinen Vater und seinen Schlingerfahrkurs geachtet habe. Rückblickend finde ich es seltsam, da ich keine Person in der Nähe des Velos bemerkt habe.»

Konnte es Fabians Velo gewesen sein? Stopp, dachte Andrina. Es ist nicht erwiesen, dass Fabian der Täter war und das Velo dem Täter gehörte. Es konnte jede andere Person dort angehalten haben. Sie versuchte sich zu erinnern, ob sie ein Velo am Rand gesehen hatte. Vergebens. Die nächste Frage war, warum der Täter sicher war, dass Valérie und ihr Vater ausgerechnet dort anhalten wollten. Oder spekulierte er, auf sie zu schiessen, während sie fuhren? Da sie einen Velohelm trugen, musste er auf ihr Gesicht zielen. Falls er das geplant hatte, musste er von seiner Treffsicherheit total überzeugt gewesen sein.

«Der Mann, den Sie auf der Terrasse gesehen haben, ist dieser Mann auf dem Foto?», fragte Susanna noch mal, als wolle sie sich vergewissern. Sie deutete auf das Handy, das Valérie in den Händen hielt.

«Mit Bestimmtheit kann ich es nicht sagen. Er sah ihm, wie gesagt, ähnlich, falls meine Erinnerung richtig ist.»

Schweigend gingen Susanna und Andrina über das Areal des Kantonsspitals. Wieder einmal kam es Andrina vor, als wandere sie durch eine eigene kleine Stadt. Ohne die Wegweiser wäre sie verloren. Sie kamen an der Kinderklinik und am Personalrestaurant Le Clou vorbei. Am Zebrastreifen angekommen, betrachtete Andrina die Mauer, auf der die Namen der im Kantonsspital geborenen Kinder standen. Irgendwo hier musste Rebeccas Name sein, wenn er inzwischen nicht übermalt worden war.

Susanna überquerte die Strasse, und Andrina eilte hinter ihr her. Bei den beiden Parkautomaten mussten sie warten.

«Ich habe es gewusst», sagte Susanna. Die Verzweiflung, die in den Worten mitschwang, war überdeutlich.

«Das muss nichts heissen», erwiderte Andrina.

«Valérie Schneider hat meinen Bruder auf dem Foto erkannt. Fabian war im Engadin, und er wird es im Wald und bei der Stadtbibliothek gewesen sein.» Beide Parkautomaten wurden gleichzeitig frei. Susanna schob in den linken das Parkbillett.

«Das heisst es nicht. Valérie hat gesagt, er sieht dem Mann ähnlich, den sie im Bergrestaurant gesehen hat. Blond, Brille, rasiert und schlank trifft auf viele Männer zu.»

«Wie viele Männer gibt es, die mit einer Steinschleuder schiessen können und meinem Bruder ähnlich sehen?»

«Vermutlich mehr, als du denkst», wiederholte Andrina. «Sie meint, eine Ähnlichkeit mit deinem Bruder auszumachen. Auf dem Foto sind keine besonderen Merkmale erkennbar.»

«Eben.»

«Nichts, ‹eben›. Das bedeutet gar nichts. Valéries Beschreibung scheint detailliert, aber sie trifft, wie gesagt, auf viele zu. Zum Beispiel diesen dort.» Andrina deutete auf einen blonden Mann, der mit einer älteren Frau, die am Rollator ging, den Zebrastreifen überquerte. «Oder diesen.» Sie wies auf einen Mann, der die Treppen von einem der oberen Parkdecks herunterkam und einen Buben in Rebeccas Alter auf dem Arm trug.

«Andrina! Hör auf, das alles schönreden zu wollen.»

Susanna lief die Metalltreppe hoch in den ersten Stock. Andrina beeilte sich, ihr zu folgen. Sie stiegen in Susannas Opel. Susanna startete den Wagen und gab Gas. Der Wagen schoss rückwärts aus dem Parkfeld. Es hupte. Andrinas Puls schnellte nach oben. Wenige Zentimeter neben der Fahrerseite stand ein roter Wagen.

«Mist!», entfuhr es Susanna. «Das war knapp.» Entschuldigend hob sie die Hand. «Tut mir leid», wandte sie sich an Andrina.

«Ein anderer Ansatz», sagte Andrina, nachdem Susanna die

Ausfahrtschranke passiert hatte und in die Tellstrasse eingebogen war. «Welchen Grund sollte dein Bruder haben, Valérie Schneider, ihren Vater und diesen Stadtrat zu töten?» Sie hob die Hand, als Susanna sie unterbrechen wollte. «Der nächste Punkt ist, es gibt keinen Zusammenhang zwischen deinem Bruder und den Opfern. Ich nehme mal an, er hat es nicht nötig, nach Aarau zu kommen, in zwei Häuser einzubrechen, um Toilettenartikel zu stehlen, und später die Opfer zu töten.»

«Die Steinschleuder», presste Susanna zwischen den Zähnen hervor. Sie bog in die Tramstrasse ein, als der Fahrer eines grauen Wagens sie per Handzeichen dazu aufforderte. Ihre Kinnpartie war verkrampft.

«Es hängt alles zusammen, es muss zusammenhängen. Wir sehen es nur nicht.»

«Nur weil du das Gefühl hast, dein Bruder sei involviert, und weil er als Jugendlicher gut mit einer Steinschleuder umgehen konnte und eine kriminelle Vergangenheit hat. Hat er das Ding überhaupt noch, das er gebastelt hat?»

«Die Anschläge wurden mit einer professionellen Steinschleuder ausgeführt.»

«Womit?», fragte Andrina verständnislos. «Wo soll er so was herhaben?»

«Eine professionelle Steinschleuder kann man, auch mein Bruder, in einem Fachgeschäft oder im Internet kaufen.»

«Ist so ein Ding definitiv die Tatwaffe?»

«Die Spurensicherung hat die entsprechende Munition am Vitaparcours sichergestellt.»

Andrinas Kopf schwirrte. «Erstens: Es ist nicht erwiesen, dass dein Bruder sich eine gekauft hat. Zweitens: Warum sollte er hier aufkreuzen und –»

«Um mich herauszufordern.»

«Du verrennst dich total. Du bist ihm egal.»

«Vor einigen Jahren hat er mir einen Brief geschrieben. Ich hatte gerade die Polizeischule abgeschlossen, und das sah er als persönliche Beleidigung an.»

«Was?» Andrina war endgültig verwirrt.

«Es war eine persönliche Beleidigung, dass ein Mitglied seiner Familie Bulle wurde. Er werde mich auf die Probe stellen, hat er damals angekündigt.»

«Das klingt nach einer Drohung.» Andrina wurde mulmig zumute. «Hast du die Polizei verständigt?» Kaum hatte Andrina das ausgesprochen, wurde ihr bewusst, wie dämlich das klang. «Ich meine, hast du deine Kollegen informiert?»

Susanna bog an dem Kreisel in die Hintere Bahnhofstrasse ab. «Nein. Ich wollte vermeiden, dass meine kriminelle Verwandtschaft bekannt wurde.»

«Wird so was nicht überprüft, wenn du dich bei der Polizeischule bewirbst?»

«Es wird überprüft, aber das heisst nicht automatisch, jeder hat davon Kenntnis. Mein Bruder hat sich nie mehr gemeldet. Ich hatte es inzwischen vergessen.» Das nahm Andrina Susanna nicht ab.

Susanna hielt am Zebrastreifen an und liess drei Velos, die aus der Bachstrasse kamen, die Fahrbahn überqueren. Beim Turbinenkreisel nahm sie die dritte Ausfahrt und bog in die Entfelderstrasse ein. Kurz darauf hielt sie vor dem Block, in dem sich der Cleve-Verlag befand.

«Hast du Max über deinen Verdacht informiert?»

«Nein.» Susanna schaltete den Motor aus und wandte sich anschliessend Andrina zu. «Und ich möchte, dass es so bleibt. Sobald mein Bruder Teil der Ermittlungen wird, werde ich vom Fall abgezogen. Ich will zuerst Gewissheit und …» Sie brach ab.

«Und was? Rache? Vergeltung? Meinst du nicht, du begibst dich damit auf das Niveau deines Bruders? Wenn das alles so ist, wie du vermutest, wird es genau das sein, was er damit bezweckt.»

«Ja und?», rief Susanna heftig.

«Wenn ich deinen Bruder aufgrund deiner Erzählungen richtig einschätze, will er dich vorführen. So handelt keine seriöse Ermittlerin. Wenn herauskommt, dass du Hinweise zurückgehalten hast –»

«Sag du mir nicht, was ich zu tun habe», unterbrach Susanna Andrina barsch.

«Ich habe in der Vergangenheit auch nicht alles richtig gemacht», sagte Andrina und dachte dabei an Marco Feller. «Jeder macht Fehler. Das ist menschlich. Aber in deinem Fall könnte es Konsequenzen haben.»

«Das ist mir egal.»

«Es könnte dich den Job kosten. Willst du das, was dir viel bedeutet, aufs Spiel setzen?»

«Mein Bruder ist der Grund, weshalb ich Polizistin geworden bin. Wenn er mich herausfordern will, kann er das haben.» Susanna beugte sich vor. Ihre Augen wurden zu schmalen Schlitzen. «Ich bitte dich, dich an dein Versprechen zu erinnern.» Sie richtete sich auf und deutete auf das Gebäude. «Ich glaube, du bist zehn Minuten zu spät dran.»

Andrina stieg aus und blickte Susannas Opel hinterher. So kannte sie ihre Freundin nicht, und es erschreckte sie zutiefst, wie sie in dieser Angelegenheit reagierte. Allerdings konnte sie die Beweggründe nachvollziehen, was sie in einen grösseren Zwiespalt trieb. Machte sie sich strafbar, wenn sie Max nicht informierte? Sie konnte Susanna nicht in den Rücken fallen.

Andrina betrat das Gebäude und lief die Treppe nach oben. Die Situation war mehr als verfahren. Es blieb nur zu hoffen, Susanna verrannte sich nicht endgültig in ihre Theorie und verlor die anderen Möglichkeiten nicht aus dem Blickfeld.

***

Andrina gab Rebecca einen Kuss.

«Mami – Becca wach.»

Andrina musste sich Mühe geben, nicht zu schmunzeln. Netter Versuch, dachte sie. Als sie und Enrico das Gutenachtlied gesungen hatten, war Rebecca fast eingeschlafen.

«Du bist müde. Deine Augen fallen bald von selber zu.»

«Nein.» Die Mundecken bewegten sich nach unten.

Bitte nicht, dachte Andrina. Sie fühlte sich erschöpft und hatte sich auf den Feierabend gefreut. Andrina reichte Rebecca das Nuscheli. Sofort griff ihre Tochter nach dem Tuch und presste ihr Gesicht hinein. Sie gähnte und schloss die Augen. Uff, dachte Andrina. Kein Theater. Glück gehabt.

Andrina wartete einige Minuten am Bettrand. Rebeccas Atem wurde gleichmässig. Erleichtert schlich Andrina aus dem Kinderzimmer und lehnte sich gegen die Wand. Der Nachmittag war anstrengend, aber gleichzeitig ein voller Erfolg gewesen. Sogar Elisabeth war zufrieden gewesen und hatte allen für ihren Einsatz gedankt und sie gelobt.

Andrina stiess sich von der Wand ab und warf einen letzten Blick auf ihre schlafende Tochter, bevor sie die Treppe nach unten lief.

Sie fand Enrico auf der Terrasse. Es war angenehm mild, aber ein kühler Luftzug erinnerte daran, dass nicht mehr Hochsommer, sondern Frühherbst war. Enrico hatte zwei Gläser, Andrinas selbst gemachten Holundersirup und Wasser auf den Tisch gestellt. Er hatte die Hände hinter dem Kopf verschränkt und die Beine unter dem Tisch ausgestreckt.

Vom Brügglifeld-Stadion schallte Jubel zu ihnen herüber. Offenbar hatte es ein Tor für die Aarauer gegeben. Andrina trat an den Rand der Terrasse und zog eine leichte Strickjacke über. Sie blickte in den Garten. Er war ihre grüne Oase. Hier fand sie Ruhe und Kraft, wenn sie einen anstrengenden Tag gehabt hatte. Heute war das nicht so.

«*Amò*, setz dich.» Enrico deutete neben sich auf die Bank.

«Ich bleibe gerne stehen», sagte Andrina. «Ich bin heute genug gesessen.»

«Hm», erwiderte Enrico und erhob sich. Er stellte sich hinter Andrina, schlang seine Arme um sie und legte das Kinn auf ihren Kopf. «Du bist heute rastlos.»

Andrina schwieg.

«Sogar das ‹I ghöre äs Glöggli› habe ich vorhin besser als du hinbekommen, und das will etwas heissen.»

Andrina erwiderte nichts.

«Ist was im Verlag vorgefallen? Bei der Präsentation eurer Bücher?»

«Die war perfekt, wie ich dir schon erzählt habe.»

«Oder liegt es am Ausflug mit Susanna gestern? Du hast so gut wie nichts darüber erzählt.»

Andrina schwieg weiterhin.

«Was ist zwischen euch vorgefallen?»

Andrina überlegte, wie sie am besten mit dem Bericht anfangen sollte, und dachte gleichzeitig an Susannas Bitte, dies für sich zu behalten. «Bitte» konnte man es eigentlich nicht nennen. Es war fast wie ein Befehl gewesen.

«Was beschäftigt dich?»

Enrico konnte sie nichts vormachen. Der Wunsch wurde grösser, ihm von Susanna und deren Bruder zu erzählen.

«Oder war Elisabeth ungehalten, weil du gestern mit Susanna unterwegs warst?», fragte Enrico weiter, da Andrina nicht antwortete.

«Sie weiss davon nichts. Arbeitsmässig alles im grünen Bereich.»

«Arbeitsmässig», wiederholte Enrico gedehnt. «Aber woanders nicht.»

«Okay.» Andrina setzte sich an den Tisch und füllte Sirup und Wasser in die Gläser. «Das alles unter einer Bedingung.»

«Warum habe ich genau das befürchtet? Wie lautet sie?»

«Das, was ich dir erzähle, habe ich dir nie erzählt.»

Enrico stöhnte.

«Ausserdem: Du unternimmst nichts.»

«Habe ich eine andere Wahl?»

Andrina musste lächeln. «Nein.»

«Schiess los.»

Andrina berichtete von Fabians krimineller Vergangenheit, liess allerdings alles, was Susanna betraf, aus. So hatte sie das

Gefühl, ihr Versprechen nicht ganz zu brechen. Das Einzige, was sie erwähnte, waren ihre schwierige Jugend und die Pflegeeltern, zu denen Susanna gekommen war. Sie berichtete weiter von Susannas Verdacht, Fabian könne hinter den Taten stecken.

«Diese Annahme hat sie nur wegen dieser Geschichte damals und weil die Überfälle mit einer Steinschleuder verübt wurden?», hakte Enrico nach, nachdem Andrina geendet hatte.

«Sie verrennt sich total in ihre Theorie.»

Enrico strich über sein Kinn. «Sie riskiert ihren Job, falls ihr Verdacht stimmt.»

«Das habe ich auch gesagt. Ich weiss nicht, was ich tun soll. Wenn ich mit Max spreche, falle ich ihr in den Rücken. An Sämi wage ich nicht zu denken. Aber ins Verderben rennen lassen möchte ich sie auch nicht.»

«So wenig, wie mir diese Aussage behagt, aber du kannst nichts machen. Du kannst dich nur da raushalten. Es ist Susannas Angelegenheit, und sie muss einen Weg finden, wie sie damit umgehen möchte und ob und was sie unternimmt.»

«Ich weiss. Aber genau das kann ich nicht.» Dafür hatte sie Susanna zu gerne. Freunde waren dazu da, einander zu helfen, wenn der andere in Not steckte.

FÜNFZEHN

Andrina starrte auf den Bildschirm. Wie war dieses verflixte Passwort? Seit Rebeccas Geburt hatte sie sich nicht mehr eingeloggt. Oder war es länger her? Vor einer gefühlten Ewigkeit hatte sie sich ein Instagram- und ein Facebook-Account erstellt, war aber nie in den Social Media unterwegs. Sie war nicht der Typ, der jeden Tag postete, was es zu essen gab, oder seine Freunde und Follower über beinahe jeden Schritt von sich informierte.

Einen letzten Versuch, dachte sie und hatte endlich Glück. Sie gab den Namen von Susannas Bruder in die Suchmaske ein und erhielt eine Liste, durch die sie scrollte. Schliesslich fand sie das Profil eines Users, dessen Foto dem ähnlich sah, das Susanna ihr vorgestern gezeigt hatte. Unter «Information» fand Andrina keine Angaben – weder zum Wohnort noch zur Ausbildung oder zum Job. Einige seiner Posts waren öffentlich. Nichtssagend, fand sie. Ein Foto auf einem Segelboot auf einem See, der überall sein konnte. Ein Bild in den Bergen, für das das Gleiche galt. Ganz oben fand sie einen Eintrag auf Mallorca. Das war eins der Fotos, die Susanna ihr gezeigt hatte. Der Mann sah attraktiv aus. Braun gebrannt mit von der Sonne gebleichten Locken. Unter dem Post stand: «Ich geniesse meine lang ersehnten Ferien in der Sonne.» Völlig nichtssagend. Dreissig Personen hatten diesen Beitrag gelikt. Andrina klickte auf die Freundesliste. Kein Eintrag, das hiess, sie war nicht öffentlich.

Andrina überlegte, ob die Polizei andere Mittel hatte, an Informationen zu gelangen. Vermutlich gab es einen Weg. Susanna würde sich hüten, diesen zu wählen. Bestimmt müsste sie erklären, warum sie diese Person genauer unter die Lupe nehmen wollte.

Da Facebook nicht mehr hergab, wollte sie schauen, ob Susannas Bruder ein Account auf Instagram hatte. Neues zu erfahren, versprach sie sich nicht, aber versuchen musste sie es trotzdem.

Es dauerte einige Minuten, bis sie fündig wurde. Seine Beiträge waren öffentlich einsehbar und entsprachen denen von Facebook. Es gab sogar weitere Fotos. Das Letzte musste an einer Strandpromenade aufgenommen worden sein. Auf einem runden Tisch stand ein Drink mit einer rötlichen Flüssigkeit, einem Stück Ananas und einem Sonnenschirm-Spiesschen. Im Hintergrund konnte Andrina verschwommen Wasser und einen Strand mit vielen Leuten erkennen.

Unter dem Beitrag waren Hashtags wie Sonne pur, Mallorca, Ferien und Genuss pur notiert. Einen zusätzlichen Erklärungstext gab es nicht. Der Beitrag war vor vier Tagen veröffentlicht worden. Also nach dem Poststempel auf der Karte an Susannas Mutter. Für Andrina schied Fabian somit als potenzieller Täter aus. Ob Susanna diesen Beitrag gesehen hatte? Andrina beschloss, Susanna anzurufen und darauf aufmerksam zu machen. Ihr Blick wanderte zur Uhr am unteren rechten Rand des Bildschirms. Zum Telefonieren blieb keine Zeit. Der Anruf musste warten. Andrina war mit ihrer Nachbarin zu einem Spaziergang verabredet. Regelmässig traf sie sich mit der fünfundsechzigjährigen Ruth Bischofsberger.

«Du bist schweigsam heute», sagte Ruth, als sie bei der KEBA in den Wald abbogen. «Geht es dir nicht gut?»

«Ich bin nur müde», erwiderte Andrina.

Ruth nahm Fara an die Leine. Zwar herrschte im Wald nur von April bis Ende Juli Leinenpflicht, wie Ruth Andrina erklärt hatte. Aber Fara liebte es, hinter Joggern herzuspringen. Obwohl die lebhafte Hündin nur spielen wollte, stiess das nicht unbedingt auf Gegenliebe.

Nach dem unerwarteten Tod ihres Mannes im vergangenen Jahr hatte Ruth im Tierheim nach einem Hund angefragt, um nicht alleine in dem Haus zu sein. Das hatte die rüstige Rentnerin nicht verlassen wollen. Andrina hatte die beiden öfter auf einem Spaziergang angetroffen, bis Ruth den Vorschlag gemacht hatte, sie könnten zusammen spazieren gehen. Die regelmässigen Spaziergänge von über einer Stunde taten Andrina gut.

Rebecca streckte ihre Hand aus dem Wagen, und Fara schleckte schwanzwedelnd über ihren Arm. Das Mädchen quietschte.

«Fara», tadelte Ruth die Hündin.

«Schon gut», sagte Andrina.

Fara legte ihren Kopf in Rebeccas Schoss und liess es über sich ergehen, dass die Kinderhände über ihren Kopf wuselten.

Der heutige Tag versprach wie der gestrige für diese Jahreszeit ungewöhnlich heiss zu werden, und Andrina war um die Kühle im Wald froh. Ein leichter Wind wehte, und die Blätter raschelten. Die Sonnenstrahlen, die es durch das Laub bis zum Boden schafften, malten Muster von Licht und Schatten auf den Weg. Drei Velofahrer fuhren an ihnen vorbei.

Zwei Männer kamen ihnen mit einem Schäferhund entgegen, mit denen Ruth einige Worte wechselte. Sie folgten dem Weg bergauf und bogen links ab. Als der Weg bergab führte, realisierte Andrina, dass sie die Route des Vitaparcours genommen hatten. Der Posten mit den Ringen tauchte in ihrem Blickfeld auf. Ein mulmiges Gefühl machte sich breit, und sie schaute sich um. An der Abzweigung erschien ein Jogger. Der dunkelhaarige Mann hockte sich hin und band den Schuh neu. Hin und wieder hob er den Kopf und schaute in ihre Richtung. Sein Gesicht konnte Andrina aus dieser Entfernung nicht erkennen. Sie war sich sicher, diesen Mann schon mehrmals gesehen zu haben, und fragte sich, ob das Zufall war oder ob er ihnen folgte. Der Mann stand auf, schaute wieder kurz in ihre Richtung und machte kehrt.

Seltsam, dachte Andrina. Warum setzte er seine Runde nicht fort und joggte an ihnen vorbei?

«Was ist?», fragte Ruth. Sie hatte einen Kothaufen von Fara eingesammelt und band einen Knoten in den Plastiksack.

Kurz vor dem Posten mit den Barren drehte Andrina sich nochmals um. Vom dunkelhaarigen Mann keine Spur. Das war die Stelle, an der Raoul zusammengebrochen war. Von Bäumen und Büschen waren Äste abgebrochen. Am Tag des Anschlags auf Raoul war das nicht so gewesen. Andrina vermutete die polizeilichen Untersuchungen hinter dem platt getrampelten Gestrüpp.

«Vandalen», schimpfte Ruth.

Nein, Spurensicherung, dachte Andrina und überlegte, ob Ruth von alldem nichts mitbekommen hatte. Besser, sie erzählte ihr nichts davon. Ein Mann joggte zu den Ringen. Anstatt Übungen zu machen, lehnte er gegen den Balken und blickte in ihre Richtung. Beschwören konnte Andrina es nicht, aber es musste sich um denselben dunkelhaarigen Mann von vorhin handeln. Andrina verspürte das Bedürfnis, den Wald so schnell wie möglich zu verlassen. Mühsam unterdrückte sie den Drang, schneller zu gehen.

Sie folgten dem Weg weiter hangabwärts, und Andrina war froh, als sie ausserhalb der Sichtweite der Barren waren.

Sie kehrten zum Anfang des Vitaparcours zurück, und Andrina war erleichtert, als sie aus dem Wald waren.

«Ich habe versprochen, bei Gisela vorbeizuschauen», sagte Ruth und deutete zu den Blöcken auf der gegenüberliegenden Strassenseite. Gisela war eine gute Freundin. Manchmal kam sie mit, aber sie war nicht so gut zu Fuss wie Ruth. Daher ging Ruth öfter zu ihr, um eine Tasse Kaffee zu trinken.

Sie verabschiedeten sich vor der KEBA. Als Andrina sich abwenden wollte, bemerkte sie den dunkelhaarigen Mann, der aus dem Wald kam. Seine Schirmmütze hatte er tief in die Stirn gezogen, und Andrina konnte nur den Schatten eines kurz gestutzten Barts erkennen. Er blieb stehen und schaute in ihre Richtung. Schon wieder der, dachte Andrina entrüstet. Sie marschierte in seine Richtung. Er wandte sich um und joggte zurück in den Wald.

«Entschuldigung», sagte jemand hinter ihr. Andrina hatte

nicht bemerkt, wie ein Wagen angehalten hatte. Der blonde Mann hatte das Fenster auf der Beifahrerseite heruntergelassen und beugte sich über den Sitz. «Mein Navi streikt.» Er deutete auf den dunklen Bildschirm des kleinen Gerätes, das an der Frontscheibe angebracht war. «Wie komme ich zum Hallenbad?» Er hielt Andrina einen Kartenausdruck von Google Maps hin.

«Da sind Sie falsch. Sie sind hier», sagte Andrina und deutete auf die Karte. «Und das Hallenbad ist hier. Am besten fahren Sie zuerst zurück zur Tramstrasse.» Mit dem Finger fuhr sie über das Blatt, während sie dem Mann den Weg erklärte.

Er bedankte sich und wendete.

Andrina blickte dem silbernen Wagen mit dem Berner Kennzeichen nach. Nachdem der Wagen einige Sekunden später verschwunden war, traf die Erkenntnis sie wie ein Schlag. War das Susannas Bruder gewesen? Nein, dachte sie. Nur weil der Mann blond gewesen war … Ausserdem hatte er im Gegensatz zu den Fotos, die sie von Fabian gesehen hatte, einen Vollbart, und die Haare waren um einiges dunkler.

Einen Bart kann man sich wachsen lassen, sagte eine Stimme im Hinterkopf. Blödsinn, schalt sie sich. Ähnlich hatte er Susanna nicht gesehen. Oder doch? Nein! Fabian war auf Mallorca.

Susanna … Mallorca. Das erinnerte Andrina daran, Susanna anrufen zu wollen. Sie holte ihr Handy hervor und wählte Susannas Nummer.

Nach dem fünften Klingelzeichen wurde das Gespräch angenommen, und eine Männerstimme meldete sich mit einem knappen «Ja?».

«Bin ich nicht mit Susanna Marioni verbunden?», fragte Andrina verwundert.

«Andrina? Ich bin es, Sämi.»

«Kann ich mit Susanna sprechen?»

«Das wird nicht möglich sein. Sie hatte gestern einen Autounfall und liegt schwer verletzt im Spital.»

«Unfall? Wann?», rief Andrina entsetzt.

«Gestern nach dem Mittag.»

«Nach dem Mittag? Etwa nachdem sie mich zurück zum Verlag gebracht hatte, als wir bei Valérie Schneider waren?»

«Du warst mit Susanna bei Valérie Schneider?», fragte Häusermann mit unverkennbarer Schärfe in seiner Stimme.

«Ich … ähm …»

«Andrina!»

Andrina schwieg.

«Ich glaube, wir zwei müssen dringend miteinander reden. Ich bin in zehn Minuten bei dir.»

Häusermann humpelte zum Sofa und liess sich darauf fallen. Vor einigen Jahren hatte er einen Skiunfall gehabt, der einen komplizierten Bruch seines linken Beins zur Folge gehabt hatte. Ganz in Ordnung war das Bein nie mehr gekommen. Es war von seiner Tagesform abhängig, wie stark das Hinken hervortrat. Heute war offenbar ein schlechter Tag. Häusermann hatte Ringe unter den Augen, und seine braunen Haare waren ungekämmt.

«Warum warst du mit Susanna bei Valérie Schneider im Spital? Das sind polizeiliche Ermittlungen, bei denen du nichts zu suchen hast.» Kein Vorgeplänkel wie normalerweise. Er kam direkt zur Sache.

«Möchtest du etwas trinken? Einen Kaffee oder Wasser?» Andrina versuchte ein Lächeln.

«Nein, verdammt! Ich will eine Antwort auf meine Frage. Wenn ich das richtig verstehe, warst du die letzte Person, mit der Susanna zusammen war, bevor sie verunfallte.»

Andrina liess sich auf den Sessel sinken. Langsam drang in ihren Verstand vor, was geschehen war. Schuldgefühle gesellten sich zur Fassungslosigkeit. Sie hätte darauf bestehen müssen, dass Susanna in ihrem aufgelösten Zustand nicht selber fuhr. Sie hätte sie begleiten müssen.

«Hatte sie einen Selbstunfall?», flüsterte sie.

«Wieso bist du bei einer polizeilichen Befragung dabei?», donnerte Häusermann, und Andrina zuckte zusammen.

«Ich traf Susanna im Spital, als ich Valérie Schneider besuchen wollte.» Andrina blickte auf ihre Hände.

«Bleib bei der Wahrheit. Ihr seid zusammen hingefahren, und ich möchte wissen, auf wessen Mist das gewachsen ist.»

Andrina schwieg.

«Meine Freundin ist verunfallt, und ich kann nicht glauben, dass keiner nachgeholfen hat.»

Andrinas Kopf ruckte hoch, und sie starrte Häusermann an.

«Fangen wir das anders an», sagte Häusermann. «Seit einigen Tagen ist Susanna wie ausgewechselt. Sie ist nervös, rastlos und gereizt. Kurz darauf nimmt sie frei und macht mit dir einen Tagesausflug an den Bielersee. Sie sagt, das sei längst einmal fällig. Danach kehrt sie gereizter und übellauniger zurück. Max bittet sie, mit Valérie zu sprechen, was er meiner Meinung nach rückblickend besser nicht hätte tun sollen. Offenbar nimmt sie dich mit. Den Grund dafür möchte ich nun wissen. Und was bei eurem Ausflug passiert ist.»

Andrina senkte den Kopf und überlegte fieberhaft, wie sie beginnen sollte. Häusermann deutete ihr Schweigen offenbar anders.

«Zeugen haben ausgesagt, der Wagen sei plötzlich nach links ausgeschert. Er hat knapp ein entgegenkommendes Fahrzeug verfehlt. Der Wagen hat sich mehrmals den Abhang hinunter überschlagen.»

Die Beschreibung klang nicht danach, als sei der Unfall in Aarau geschehen, wie Andrina bisher angenommen hatte.

«Wo ist es passiert?»

«Staffelegg. Kurz nach der Passhöhe Richtung Herznach.» Gestern war die Strasse über die Staffelegg aufgrund eines schweren Unfalls gesperrt gewesen, wie Andrina in den Nachrichten gehört hatte. Nie hätte sie gedacht, Susanna sei involviert.

«Ihr Auto wird untersucht», fuhr Häusermann fort. «Susanna liegt schwer verletzt im Spital.»

«Konnte sie was zum Unfall sagen?»

«Sie ist im künstlichen Koma. Weisst du, wo sie hinwollte? Nach dem Gespräch mit Valérie Schneider war abgemacht, dass sie ins Polizeikommando kommen sollte.»

«Sie hat mir nichts gesagt.» Andrina fühlte sich wie betäubt.

«Mir geht euer Ausflug an den Bielersee nicht aus dem Kopf. Rückblickend betrachtet wirft er Fragen auf, die du mir hoffentlich beantworten kannst.»

«Wieso hast du das Gefühl, unser Ausflug hängt mit dem Unfall zusammen?»

«Ihr fahrt an den See, und du bist bei Valérie Schneiders Befragung dabei. Da ist etwas im Busch, und ich mache mir Vorwürfe, weil ich nichts gemerkt habe. Oder die Anzeichen von Susannas Veränderung nicht richtig gedeutet habe.»

Andrina betrachtete ihre Fingernägel.

«Ihr wart in La Neuveville, denke ich mal», sagte Häusermann. Da war er wieder, der schneidende Tonfall. «Ausgerechnet dorthin verschlägt es euch an eurem Frauentag. Was weisst du über Susannas Familie?»

Mehr als du, dachte Andrina. Kombinieren konnte er jedenfalls gut. «Nicht viel.»

Häusermann beugte sich vor. «Ich kann mir denken, wie sie dich gebeten hat, nichts zu sagen. Für Loyalität einer Freundin gegenüber ist nun der falsche Zeitpunkt. Warum fährt Susanna ausgerechnet nach La Neuveville? Sie hatte all die Jahre keinen Kontakt zu ihrer Familie.»

«Sie wollte herausfinden, ob ihr Bruder mit den Anschlägen zu tun hat.»

Jetzt war es raus, und Häusermann brauchte offenbar eine Weile, bis er den Sinn des Gesagten verstanden hatte.

«Fabian?», rief er. «Wie kommt sie auf diese Idee?»

«Wegen der Steinschleuder.»

«Was?» Häusermann war verwirrt.

«Fabian ist ein guter Schütze. Zumindest war er das damals.»

In Häusermanns Kopf arbeitete es. «Das Ganze klingt absurd, aber ich werde mal schauen, ob ich Verbindungen von Fabian zu den Schneiders und Leo Mettler herausfinde, obwohl ich davon ausgehe, es gibt keine.»

«Vermutlich hat Fabian nichts damit zu tun», sagte Andrina. «Er ist zurzeit auf Mallorca in den Ferien.»

«Woher weisst du das?»

«Das hat seine Mutter gesagt, und auf den Social Media findet man entsprechende Einträge.»

Häusermann stand abrupt auf. Andrina folgte ihm zur Tür.

«Wir … die Polizei übernimmt», sagte er. «Ich bitte dich, keine Alleingänge zu unternehmen.»

Überrumpelt von dem abrupten Aufbruch, beobachtete Andrina, wie Häusermann rückwärts aus der Einfahrt setzte. Er hob die Hand zum Gruss und fuhr ab.

Andrina lehnte sich gegen die Tür, nachdem sie diese geschlossen hatte, und liess sich das Gespräch mit Häusermann durch den Kopf gehen. Eine neue, erschreckende Alternative kam ihr in den Sinn. Die Einträge auf Social Media konnte man manipulieren. Er konnte Fotos aus den Ferien hochladen, obwohl er bereits zurück in der Schweiz war. Ihr kam der blonde Mann in den Sinn, der sie nach dem Weg zum Hallenbad gefragt hatte. Das Auto hatte ein Berner Kennzeichen gehabt. Die Haare waren dunkler als auf den Fotos gewesen. Haare konnte man färben. Rückblickend meinte Andrina, der Mann wies eine Ähnlichkeit zu Susanna auf.

Bern … Der Kanton war gross. Trotzdem liess Andrina die Frage nicht mehr los, wo Susannas Bruder wohnte.

***

Aus dem Babyfon kam Geplapper. Offenbar war Rebecca aufgewacht. Andrina lehnte sich nach hinten. Heute hatte Rebecca einen langen Mittagsschlaf gemacht. Andrina hatte fast zweieinhalb Stunden an dem Lektorat arbeiten können. Sie war gut vom Fleck gekommen. Der Text las sich flüssig, und die Geschichte war spannend.

Sie speicherte das Dokument und klappte den Laptopdeckel zu. Arbeitstechnisch konnte sie zufrieden sein. Sie hatte mehr als das vorgehabte Pensum geschafft. Hoffentlich würde das auch Elisabeth realisieren, wenn Andrina vor dem Termin fertig war.

Sie ging ins Kinderzimmer, in dem Rebecca sie stehend erwartete. Das Mädchen reckte ihr die Hände entgegen und jauchzte, als Andrina sie aus dem Bettchen hob.

In der Küche stellte Andrina ein Schälchen mit Zwetschgen vor Rebecca auf den Tisch und nahm sich selber einige der Früchte. Rebecca stopfte eine nach der anderen in den Mund. Innert kürzester Zeit war ihr Gesicht mit Zwetschgenmus verschmiert.

Während Andrina kaute, drifteten ihre Gedanken zu Susanna. Wiederholt hatte sie sich gefragt, was sie bei der Staffelegg zu suchen gehabt hatte und warum sie nicht zum Polizeikommando zurückgekehrt war. Die Schuldgefühle rückten in den Vordergrund, und Andrina zwang ihre Gedanken in eine andere Richtung. Sie beschloss, das schöne Wetter auszunutzen und einen Spaziergang in die Stadt zu machen. Das würde sie hoffentlich ablenken. Auf dem Rückweg konnte sie diesen Ausflug mit dem Einkauf für das Nachtessen verbinden.

Andrina setzte Rebecca in den Buggy, schloss die Tür und machte sich auf den Weg zur Strasse. Sie bog links ab und blieb erschrocken stehen. In der Einfahrt des Hauses, das schräg gegenüber von ihrem war, lag ein Mann auf dem Rücken. Er hatte Arme und Beine ausgestreckt. An einem anderen Ort hätte es ausgesehen, als würde er sich sonnen. Es fehlte nur das Badetuch. Als sie vor zwei Minuten aus dem Küchenfenster geschaut hatte, hatte er nicht da gelegen.

Andrina eilte zu ihm und erkannte Heinz Roth. Seine Augen waren aufgerissen, und er starrte in den Himmel. Auf seiner

Stirn hatte er eine stark blutende Platzwunde. Andrina bückte sich und tastete nach dem Puls. Die Haut war warm, und sie spürte ein kaum wahrnehmbares Pochen. Andrina rüttelte vorsichtig an der Schulter des Mannes. «Heinz.»

«Kann ich Ihnen helfen?», fragte jemand hinter Andrina.

«Ja, die Ambulanz rufen.»

Andrina blickte der Ambulanz nach, die sich mit Blaulicht entfernte.

«Was ist überhaupt passiert?», fragte der Mann, der ihr geholfen hatte. Andrina schätzte ihn auf Ende vierzig. Sein Schäferhund lag einige Meter entfernt am Strassenrand. Er hatte den Kopf zwischen die Vorderpfoten gelegt und gab ein leichtes Winseln von sich.

«Das weiss ich nicht», antwortete Andrina. «Ich wollte einen Spaziergang machen.» Sie deutete auf den Kinderwagen. Rebecca hatte sich, wie der Hund, nicht bewegt, als wüsste sie, worauf es ankam. «Als ich rauskam, lag er dort.»

«Kennen Sie den Mann?»

«Er ist unser Nachbar.» Andrina deutete auf das Einfamilienhaus. «Und Sie?»

«Ich wohne nicht hier, sondern gehe hier nur hin und wieder spazieren.»

Sie sprachen ein paar Minuten miteinander, bevor der Mann sich verabschiedete. Andrina blickte ihm nach, bis er und sein Hund um die Kurve verschwunden waren. Sie wollte sich abwenden, als ihr ein kleiner glänzender Gegenstand auf dem Boden auffiel. Sie hob die kleine Stahlkugel auf. Verwundert drehte sie sie hin und her. Sie schätzte deren Durchmesser auf einen bis eineinhalb Zentimeter. Andrina liess die Kugel über ihre Handinnenfläche rollen. Eine Spielzeugkugel? Ähnliche Kugeln hatten sie in einem Spiel, das ihnen Seraina geschenkt hatte. Sie waren aber um einiges kleiner.

«Mami.» Rebecca hatte beschlossen, lange genug im Buggy gesessen zu haben, und machte Anstalten, aussteigen zu wollen.

Andrina war die Lust auf einen Spaziergang vergangen, und sie steuerte den Buggy zur Garage. Sie würden den Nachmittag im Garten verbringen. Rebecca war einverstanden und lief vor.

Andrina legte die Kugel auf den Terrassentisch und gesellte sich zu Rebecca in den Sandkasten. Sie holte das Sandspielzeug aus der Plastiktruhe. Gemeinsam backten sie Sandkuchen, bauten Hügel und gruben Löcher.

«Hier seid ihr», sagte jemand, und Andrina sprang vor Schreck auf. Neben der Terrasse erkannte sie Samuel Häusermann. «Kein Wunder, öffnet keiner die Tür, wenn ich klingle.»

Andrina wusste nicht, ob sie ärgerlich sein sollte, weil er einfach in den Garten gekommen war. Sie schob den Ärger auf die Seite und ging auf Häusermann zu. Es musste einen Grund haben, wenn er einfach so hier reinspazierte. Andrina dachte an Susanna und hoffte, Häusermann habe keine schlechten Nachrichten.

«Entschuldige, wenn ich störe, aber ich würde dich gerne noch etwas fragen.»

Er klang freundlicher als am Morgen, und Andrina atmete auf. Auf ein neues Gespräch, das wie ein Verhör anmutete, hatte sie keine Lust.

«Ist was mit Susanna?»

«Sie ist weiterhin im künstlichen Koma, aber die Ärzte sagen, ihr Zustand habe sich weiter stabilisiert. Sie hat ein Schädel-Hirn-Trauma, zwei gebrochene Rippen und mehrere Schnittverletzungen. Innere Verletzungen gibt es zum Glück keine.»

Erleichtert deutete Andrina zum Terrassentisch. «Möchtest du etwas trinken?»

«Gerne ein Glas Wasser. Ich passe so lange auf deinen Wirbelwind auf.»

Rebecca schaute Häusermann mit grossen Augen an, als er sich auf die Holzumrandung setzte und nach einem Förmchen griff. Sie rutschte ein Stück von ihm weg. Rebecca hatte Häusermann zwar einige Mal gesehen, aber der letzte Besuch lag vier

Monate zurück, und heute Morgen hatte er sie eingeschüchtert. Offenbar stufte Rebecca Häusermann als ungefährlich ein und rückte nach einigen Sekunden dichter an ihn heran. Sie reichte ihm ein anderes Förmchen. «Da», sagte sie.

Als Andrina mit dem Wasser zurückkehrte, war Häusermann damit beschäftigt, Sandkuchen zu backen, die von Rebecca gleich darauf zerstört wurden. Andrina stellte die Gläser auf den Tisch und gesellte sich zu den beiden.

«Man hat Susannas Wagen untersucht», brach Häusermann nach einigen Sekunden das Schweigen. «Unmittelbar vor dem Unfall muss auf sie geschossen worden sein.»

«Geschossen?», rief Andrina.

«Die Frontscheibe wurde durch den Unfall beschädigt. Auf der Beifahrerseite der Frontscheibe befindet sich zudem ein Loch mit Radialmuster, das vom Krater nach aussen verläuft und das mit dem Unfallhergang, wie ihn uns Zeugen beschrieben haben, nicht erklärbar ist.»

Andrina hatte Mühe, das zu verarbeiten, was sie hörte.

«Bei genauerer Untersuchung des Innenraums haben wir das Geschoss einer Steinschleuder im Wagen gefunden», fügte Häusermann an.

Zu mehr, als ihn anzustarren, war Andrina nicht fähig.

«Unsere Theorie ist, jemand hat mit einer Steinschleuder auf den Wagen geschossen, und Susanna muss vor Schreck das Steuerrad herumgerissen und die Kontrolle über den Wagen verloren haben, als die Kugel die Frontscheibe durchschlug. Gemäss Zeugenangaben hat er sich mehrmals überschlagen. Nun möchte ich gerne nachfragen, wie das genau mit Susannas Bruder und der Steinschleuder war.»

«Hat sie mit dir nicht über ihn und sein, wie soll ich sagen, Hobby gesprochen?», fragte Andrina zurück.

«Sie hat selten über ihre Familie geredet, und ich habe es nicht darauf angelegt, mehr zu erfahren, da ich wusste, wie schwer es für Susanna ist, über sie zu erzählen.»

«Darfst du überhaupt ermitteln? Du bist befangen.»

«Das ist inoffiziell. Ich bitte dich, mir alles zu sagen, was du über Fabian weisst.»

«Das ist nicht viel. Susanna hat mir von seiner kriminellen Vergangenheit erzählt, dem Einbruch mit Todesfolge, als er Anfang zwanzig war, und der daraus resultierenden Haftstrafe. Ausserdem soll er ein guter Steinschleuderschütze sein.»

«Hat Susanna erwähnt, in der letzten Zeit mit ihm Kontakt gehabt zu haben?»

«Nein.»

«Habt ihr ihn in La Neuveville getroffen?»

«Nur Susannas Mutter war dort. Sie sagte, Fabian sei auf Mallorca. In den Social Media findet man entsprechende Posts.»

«Die man manipulieren kann.»

Sie war also nicht die Einzige, die das dachte.

«Weisst du, wo er wohnt?»

«Nein.»

«Okay, das muss ich in dem Fall selber herausfinden.»

Häusermann stand auf und klopfte sich den Sand von der Hose. Er ging zur Terrasse und trank einen Schluck Wasser. Als er das Glas auf den Tisch zurückstellte, verharrte er mitten in der Bewegung. «Wo hast du die her?», fragte er und nahm die Metallkugel in die Hand.

«Sie lag auf der Strasse neben unserem Nachbarn.»

Verwirrt schaute Häusermann Andrina an. Andrina berichtete, wie sie den verletzten Mann aufgefunden hatte.

«Verstehe ich das richtig? Er hatte eine Wunde am Kopf?»

«Hier.» Andrina deutete auf eine Stelle oberhalb der Augenbraue. «Sie hat stark geblutet.»

«Und diese Kugel lag in seiner Nähe?»

«So ein oder zwei Meter von ihm entfernt.»

Häusermann holte einen kleinen Zip-Beutel, der mit dem Wappen des Kantons Aargau bedruckt war. «Polizei Spurensicherung», stand in blauen Buchstaben darauf. Häusermann liess die Kugel hineingleiten und steckte sie zurück in die Tasche.

«Was machst du da?», fragte Andrina.

«Das ist eine Kugel von einer Steinschleuder.»

«Kugel? Steinschleuder? Schiesst man nicht mit Steinen?»

«Früher verwendete man Steine, bevorzugt runde, glatte Steine. Später kamen Geschosse aus Blei oder anderen Metallen hinzu. Heute verwendet man bei den professionellen Schleudern Metallkugeln, wie zum Beispiel in der Armee oder beim Sportschiessen.»

Richtig, Susanna hatte das bereits erwähnt. «Das Geschoss in Susannas Auto war so eine Kugel?»

«Ja.»

«Das heisst, derjenige, der die abgefeuert hat, ist entweder beim Militär oder in einem Sportverein?»

«Nicht unbedingt. Er kann illegal eine solche Waffe besitzen. Gewisse Typen von Schleudern fallen unter das Waffengesetz, aber wenn man es darauf anlegt, kommt man an alles. Was deinen Nachbarn betrifft, hast du was bemerkt?»

«Nein. Er lag auf der Strasse, als ich nach draussen gekommen bin.»

«Das meine ich nicht. Ist dir keine Person aufgefallen, die in den letzten Tagen in diesem Quartier herumgelungert ist?», hakte Häusermann nach. Seine Stimme hatte sich verändert. Sie war härter und tiefer geworden. Andrina kannte ihn gut genug, um zu wissen, dass er in den Ermittlermodus gewechselt hatte.

Andrina verneinte.

«So, wie du die Situation beschreibst, muss es passiert sein, kurz bevor du rausgegangen bist. Hast du jemanden bemerkt, der sich rasch entfernt hat?»

«Ich habe niemanden bemerkt. Als ich auf die Strasse trat, lag Heinz Roth da, und ich war auf ihn fixiert.»

Häusermann trommelte mit den Fingern auf die Tischplatte. Auf seiner Stirn hatte sich eine steile Falte zwischen den Augenbrauen gebildet. «Kennst du ihn näher?»

«Wir haben als Nachbarn hin und wieder einige Worte gewechselt.»

«Lebt er alleine?»

«Er ist geschieden und wohnt mit seinem Sohn in dem Haus.»

«Wo arbeitet er?»

«Er ist Anfang Jahr in Frühpension gegangen. Er hatte mehrere Autohäuser im Aargau. Der Hauptsitz der Kette ist in Aarau. Nach der Pensionierung hat er das Geschäft seinem Sohn übergeben.»

«War sein Sohn vorhin da?»

«Nein.»

«Bist du diesem Mann, der dir geholfen hat, früher einmal begegnet?»

Andrina verneinte.

«Hast du ihn um seine Adresse oder Telefonnummer gebeten?»

Andrina verneinte abermals. Der Blick, der Häusermann ihr zuwarf, sagte alles.

«Hätte ich geahnt, Heinz könnte nicht aufgrund eines Schwächeanfalls zusammengebrochen sein, wie wir vermutet haben, hätte ich das bestimmt.» Das klang nach Defensive und Andrina verfluchte sich.

«Macht nichts», knurrte Häusermann und stand auf.

Andrina kam sich dämlich vor. Er war ein weiterer Zeuge, der befragt werden musste. Ihr hätte klar sein müssen, dass Heinz Roth nicht einfach nur gestolpert war und dass jemand nachgeholfen hatte. Hätte es das wirklich?

***

«Mir gefällt das nicht. Ich weiss nicht, was ich von dem halten soll», sagte Enrico.

Andrina hatte ihm zusammengefasst, was am Nachmittag passiert war.

«Lass uns später darüber sprechen.» Enrico hob Rebecca aus dem Kinderstuhl. «Ich mache sie erst bettfertig.»

Andrina räumte den Esstisch ab und folgte Enrico und

Rebecca nach oben. Nachdem sie Rebecca ins Bett gebracht hatten, gingen sie auf die Terrasse. Der Himmel hatte sich verdunkelt. Entferntes Donnergrollen war zu hören, und der Wind frischte auf. Andrina drehte eine Runde durch den Garten und räumte Spielzeug in die Kiste neben dem Sandkasten. Sie prüfte, ob die Plane über dem Sandkasten gut fixiert war. Das Letzte, was sie gebrauchen konnte, war Katzendreck im Sand. Eigentlich hatte Andrina Katzen gerne, aber allmählich hatte sie das Gefühl, ihr Garten mutiere zum Katzenklo sämtlicher Katzen aus der Nachbarschaft. Sie empfand es als Ärgernis, wenn sie mehrere Kothaufen von der Wiese entfernen musste oder beim Jäten in einen trat. Jetzt, da Rebecca mobil war, war es besonders lästig. Im Sommer war sie barfuss in einen getreten.

«Du musst dir selber eine Katze anschaffen», hatte Kilian einmal gesagt. «Nach dem Motto: Kampfkatze vertreibt die anderen aus ihrem Revier.»

«Oder einen Hund», hatte Lukas ergänzt. «Der verjagt bestimmt alle Katzen aus dem Garten.»

«Hundehaufen im Garten als Alternative?» Kilian hatte die Nase gerümpft.

Ein Haustier wollte Andrina nicht. Zumindest zum jetzigen Zeitpunkt nicht.

Sie kehrte zur Terrasse zurück und stellte sich neben Enrico. Er legte den Arm um sie und musterte den Himmel. Erste Blitze zuckten.

«Es wird ungemütlich», sagte er. «Lass uns reingehen.»

Sie setzten sich auf das Sofa. Andrina legte ihren Kopf auf seinen Schoss und ihre Füsse auf die Armlehne. Enrico fuhr mit einer Hand durch ihre Haare.

«Ich finde das Ganze beunruhigend», griff er das Thema vom Nachtessen auf. «Es läuft einer durch die Gegend und schiesst willkürlich mit einer Steinschleuder auf die Leute. Warum?»

«Susanna hat ihren Bruder in Verdacht.»

«Du meinst, er will sie testen, wie gut sie als Polizistin ist? Warum dann der Anschlag auf sie auf der Staffelegg?»

«Er könnte bemerkt haben, wie gut sie als Polizistin ist, und wollte sie daher stoppen.»

Draussen war es dunkler geworden, und Andrina konnte Enrico nur als Schemen erkennen. Aber sie hatte keine Lust, aufzustehen und Licht zu machen. Neue Blitze erhellten den Raum, und das Donnergrollen folgte ihnen in immer kürzer werdenden Abständen. Hoffentlich wachte Rebecca nicht auf. Sie hatte Angst vor Gewittern.

«Falls das so ist, könnte er nun aufhören», sagte Andrina.

«Du meinst, einen Rückzieher machen? Würde das sein verletztes Ego zulassen?»

Regen setzte ein. Der Wind peitschte ihn gegen die Fenster. Das Prasseln wurde lauter. Andrina wandte den Kopf. Hoffentlich begann es nicht zu hageln.

«Der Anschlag auf Heinz hätte nicht mehr sein müssen. Immerhin liegt Susanna im Spital», sagte Andrina.

«Wenn es überhaupt ihr Bruder ist. Es gibt bestimmt genügend Personen, die sich mit dem Gebrauch einer Steinschleuder auskennen.» Enrico strich Andrina eine Haarsträhne aus dem Gesicht. «Was für mich nicht zur Theorie ‹Susannas Bruder› passt, ist der Überfall auf Valérie im Engadin. Warum sollte er dorthin reisen? Susanna wohnt im Aargau, und sie war zu diesem Zeitpunkt nicht im Engadin. Es muss einen anderen Grund geben.»

«Du meinst, die Überfälle hängen zusammen?», fragte Andrina skeptisch. «Wenn ich das in den Medien richtig verfolgt habe, hatte keins der Opfer Kontakt zu den anderen. Die Ausnahme sind Valérie und ihr Vater.»

Es gab einen Zusammenhang, fiel Andrina ein: die gestohlenen Toilettenartikel. War bei Heinz ebenfalls eingebrochen worden? Er hatte nichts in diese Richtung erwähnt, als Andrina ihm vor vier Tagen begegnet war.

Bevor Enrico antworten konnte, klingelte es an der Haustür.

Andrina schaute auf die Uhr, konnte die Uhrzeit aber nicht erkennen.

«Du oder ich?», fragte Enrico.

«Ich übernehme», sagte Andrina.

Als sie die Haustür öffnete, brauchte sie einen Augenblick, bis sie die Person erkannte.

«Darf ich reinkommen?», fragte Häusermann. «Es ist ungemütlich hier draussen.»

Andrina schloss hinter ihm die Tür. Sie schaltete das Licht ein und blinzelte, bis sich ihre Augen an das Licht gewöhnt hatten. Häusermann wischte seine triefenden braunen Haare aus der Stirn. Seine Kleidung war durchnässt. «Mistwetter!», fluchte er. «Nach einigen Metern sieht man wie frisch geduscht aus. Hallo, Enrico.»

Enrico nickte ihm zu und lehnte sich gegen den Türrahmen. Offenbar war er wie Andrina nicht begeistert über Häusermanns Besuch. Wenn er um diese Uhrzeit unangemeldet kam, konnte das nichts Gutes bedeuten.

«Komm rein», sagte Enrico und deutete Richtung Wohnzimmer.

Häusermann streifte seine Schuhe und die Socken von den Füssen. Als er zum Wohnzimmer ging, hinterliess er nasse Fussabdrücke auf dem anthrazitfarbenen Plattenboden. Er setzte sich auf einen der Esszimmerstühle und legte das Notizbuch auf den Tisch.

«Was gibt es?», fragte Enrico, was vermutlich schroffer klang als beabsichtigt.

«Wir haben Ermittlungen wegen vorsätzlicher Tötung im Fall Heinz Roth aufgenommen.»

Andrina wechselte einen Blick mit Enrico.

«Heinz ist tot?», fragte Andrina.

«Er ist in den frühen Abendstunden seinen Verletzungen erlegen.» Häusermann klappte das Notizbuch auf. «Ich würde euch gerne einige Fragen stellen.»

«Enrico war nicht dabei», sagte Andrina.

«Es könnte ihn genauso betreffen. Ich – wir finden es einen recht grossen Zufall, dass derjenige, der mit der Steinschleuder sein Unwesen treibt, das immer tut, wenn ihr in der Nähe seid.»

«Was soll das heissen?», fragte Enrico. Er machte einen ruhigen Eindruck, aber das täuschte.

«Es beginnt mit dem Anschlag im Engadin auf Valérie Schneider.» Häusermann hob die Hand, als Enrico zu einer Erwiderung ansetzte. «Als Nächsten trifft es Raoul Schneider. Er stirbt. Danach Leo Mettler, Susanna und nun euer Nachbar.»

«Bei Susanna war keiner von uns in der Nähe», sagte Enrico.

«Indirekt schon.» Er schaute Andrina an. «Sie hat dich kurz vorher beim Verlag abgesetzt.»

Er machte eine Pause, als warte er, dass entweder Andrina oder Enrico sich dazu äusserten. Andrina zog es vor, zu schweigen. Enrico war offenbar der gleichen Meinung und sagte nichts.

«Der Täter muss sich heute Nachmittag in eurem Garten versteckt haben.»

«Was?», rief Andrina. «Wo?»

«Im Gebüsch hinter eurer Garage.»

Andrina sah die Beamten der Spurensicherung vor sich, wie sie am späten Nachmittag die Strasse abgesucht hatten und im Garten und im Haus von Heinz Roth gewesen waren. Einmal hatte sie das Gefühl gehabt, die Männer seien hinter ihrer Garage verschwunden. Sie selber hatte es vorgezogen, im Haus zu bleiben.

«Ich habe nichts bemerkt», sagte Andrina. «Vom Haus kann man ohnehin nicht sehen, was hinter der Garage vor sich geht.»

«Das ist mir bewusst.»

«Von der Küche kann ich den Bereich der Strasse sehen, wo Heinz gelegen hat.»

«Ist dir was aufgefallen, als du heute Vormittag nach Hause gekommen bist?»

«Nein. Ich habe nicht bewusst zu den Büschen hinter unserer Garage geschaut.»

«Und als du heute Nachmittag auf den verletzten Herrn Roth gestossen bist?»

Das hatten sie schon mal. Warum wiederholte Häusermann die Fragen? «Ich habe nicht darauf geachtet, ob jemand hinter der Garage stand. Ich war mit der Ersten Hilfe beschäftigt. Wieso habt ihr das Gefühl, der Schütze sei dort gestanden?»

«Äste sind abgeknickt, und auf dem Boden haben wir zwei Kugeln gefunden. Solche wie die, die du von der Strasse aufgehoben hast.»

Andrinas Herzschlag beschleunigte sich. Von draussen war das Rauschen des Regens zu hören. Das Donnergrollen war leiser geworden.

Der Mörder war in ihrem Garten gewesen. Ganz dicht. Wäre sie hinter die Garage gegangen, zum Kompost, wäre sie ihm begegnet. Nicht auszudenken, wenn sie auf die Idee gekommen wären, Verstecken zu spielen. Rebecca versteckte sich gerne in diesen Büschen. Andrina wollte sich nicht ausmalen, was alles hätte passieren können.

«Warum sucht er für sein Vorhaben ausgerechnet unseren Garten aus?», rief sie. Die Nachbargärten boten ebenfalls gute Versteckmöglichkeiten.

Häusermanns Blick war unverwandt auf sie gerichtet, als wollte er sagen: Sag du es mir.

«Du meinst, der Täter hat wegen mir … uns diesen Standort ausgesucht?», flüsterte sie.

«Er hat ihn ausgesucht, weil er Heinz' Haus von dort gut beobachten konnte, ohne selber gesehen zu werden», kam Enrico Häusermann zuvor.

«Vielleicht, vielleicht auch nicht. Wie ich anfangs erwähnt habe, seid ihr oder einer von euch in der Nähe, wenn der Täter zuschlägt.»

«Was soll das heissen?», brauste Enrico auf. «Hast du das Gefühl, wir haben damit zu tun?»

«Es war schon mal jemand in den Büschen», flüsterte Andrina.

«Bei uns?», rief Enrico entsetzt.

«Bei Anna.» Andrina berichtete Häusermann von dem Vorfall in Anna Schaufelbergers Garten. «Er muss vorsondiert haben», flüsterte sie, als sie am Ende des Berichtes angekommen war.

SECHZEHN

Andrina stellte das Velo ab und blickte an dem älteren Haus vorbei zur Wiese und weiter zum Suhrer Wald. Gabi wohnte unweit vom Brügglifeld-Stadion in Suhr. Gabi war froh gewesen, in der Nähe von Andrina eine günstige Wohnung gefunden zu haben.

Ein Traktor fuhr über die Wiese, die zur Hälfte gemäht war. Der Duft nach frisch gemähtem Gras wehte zu Andrina herüber.

Sie ging auf das Haus zu, in dem es drei kleine Wohnungen gab. Zwei im Erdgeschoss und eine im ersten Stock. Gabi bewohnte eine der Erdgeschosswohnungen. In der anderen lebte eine alleinstehende Lehrerin und im ersten Stock ein junges Ehepaar.

Gabi öffnete die Tür, bevor Andrina das Haus erreicht hatte. Offenbar hatte Gabi sie kommen sehen. Sie folgte Gabi ins Wohnzimmer. Rebecca und André sassen auf dem Boden und stapelten Holzklötzchen.

«Offensichtlich hat sie mich nicht vermisst», sagte Andrina.

«Nein. Die beiden spielen wunderbar miteinander. Du kannst Rebecca ruhig öfter bringen. Dann bekomme ich wenigstens eine Pause. André kann sich alleine nicht so gut beschäftigen. Möchtest du etwas trinken? Tee? Kaffee oder lieber einen Cappuccino? Ich habe Schoggigipfeli.»

«Da sage ich nicht Nein und nehme gerne einen Cappuccino.»

«Wie war es?», fragte Gabi, als die Kaffeemaschine zischend zum Leben erwachte.

«Der Arzt ist zufrieden.» Andrina hatte am Morgen den jährlichen Kontrolltermin beim Frauenarzt gehabt. Da Seraina montags Patienten hatte, hatte sie Gabi gefragt, ob sie so lange auf Rebecca aufpassen könne. Andrina war froh, Gabi und Seraina zu haben, da sie keine Grosseltern zur Verfügung hatte, die einspringen konnten, wenn sie jemanden zum Hüten brauchte. Enricos Mutter war gestorben, bevor Andrina ihn kennengelernt hatte, und aufgrund der Ablehnung seiner Stiefmutter fiel sein Vater ebenfalls weg.

«Siehst du, deine Befürchtungen waren umsonst.»

Obwohl Andrina keinen Grund gehabt hatte, hatte sie dem Termin mit gemischten Gefühlen entgegengesehen.

Andrina setzte sich an den kleinen runden Esstisch. Durch die geöffnete Terrassentür wehte der Geruch der gemähten Wiese herein. Der Traktor drehte weiter seine Runden.

Andrina beobachtete die Kinder, die friedlich miteinander spielten. Gemeinsam bauten sie einen Turm, der immer wieder zusammenfiel. Kurz schaute André auf. Er wird seinem Vater immer ähnlicher, dachte Andrina, als sie in die blauen Augen blickte. André hatte auch Marco Fellers dunkle Haare geerbt. Sie fragte sich, was Gabi bei diesem Anblick empfinden musste. Soweit sie wusste, hatte Gabi die Beziehung beendet. Für Andrina war das der Auslöser für seine Abreise gewesen, die Andrina im Nachhinein wie eine Flucht vorkam. Marco hatte seinen Job hingeschmissen, sein Haus vermietet und war mit unbestimmtem Ziel für eine unbestimmte Zeit abgefahren. Andrina hatte zwischen der Geburt seines Sohnes und seiner Abreise ein- oder zweimal kurzen Kontakt gehabt. Einmal war sie ihm auf der Bachstrasse begegnet und einmal beim Einkaufen. Mehr als Höflichkeitsfloskeln hatten sie nicht getauscht.

«Gabi ist nach dir die zweite Frau innerhalb von zwei Jahren, die Schluss macht», hatte Enrico gesagt.

Andrina hatte gehofft, Gabi und Marco würden nach der Geburt wieder zueinanderfinden, was nicht geschehen war. Öfter hatte sie sich ausgemalt, wie Marco auf eine neue Trennung reagieren würde. Mit dieser Entscheidung hatte sie nicht gerechnet. Inzwischen war sie zum Schluss gekommen, dass das die beste Lösung für alle war.

Gabi stellte die Gipfeli und den Cappuccino auf den Tisch.

«Heute Morgen hat er ein neues Foto geschickt», sagte Gabi, als ahne sie, was in Andrinas Kopf vor sich ging.

«Ein neues Foto?», fragte Andrina. Seit einem Monat schicke er ihr Fotos, hatte Gabi am Abend von Andrinas Hochzeit gesagt. Es war eindeutig, Gabi war über die erneute Kontaktaufnahme nicht erfreut und fühlte sich belästigt.

Gabi setzte sich neben Andrina und nahm ihr Handy, das auf dem Tisch lag. Sie öffnete WhatsApp. «Mauritius», stand unter dem Foto, das einen menschenleeren Strand zeigte.

«Hat er sich mal nach André erkundigt?», fragte Andrina und war sich bewusst, sich mit dieser Frage auf Glatteis zu begeben.

«Nein. Ich würde sowieso darauf nicht antworten. Genauso wenig, wie ich auf seine Urlaubsschnappschüsse reagiere.»

Richtig fand Andrina diese Einstellung nicht. Ihr kam es vor, als reiche Marco Gabi die Hand. Aber sie konnte Gabi verstehen. Zu viel war passiert.

«Er zeigt völliges Desinteresse an seinem Kind», hatte Gabi eine oder zwei Wochen nach Marcos Abreise gesagt. «Ich schaue das Ganze als Chance für einen Neuanfang an», hatte sie hinzugefügt.

Diese Chance hatte sie genutzt. Sie hatte sich ein neues Leben aufgebaut, das als alleinerziehende Mutter nicht einfach war, sie aber erfüllte. Gabi hatte ihren Platz im Leben gefunden, und Andrina gönnte es ihr von ganzem Herzen. Andrina liess den Blick durch das Wohnesszimmer von Gabis kleiner Dreizimmerwohnung zur offenen Küchenecke schweifen. Alles war in die Jahre gekommen und hätte durchaus eine Renovation vertragen. Besonders das Badezimmer und die Fenster waren nicht auf dem heutigen Standard. Gabi war es recht. Die Wohnung war günstig. Sie lag am Rand eines ruhigen Quartiers mit Blick ins Grüne. Alles war liebevoll eingerichtet. Die Möbel hatte Gabi aus einer Brockenstube, aber ihr war es gelungen, dass alles nicht zusammengewürfelt, sondern fast wie von einem Designer eingerichtet aussah. Auf dem Boden waren

Kinderspielsachen verstreut, und Fotos von Gabi und André hingen an der Wand. Auf der kleinen Terrasse standen neben einem kleinen Sandkasten Töpfe mit Kräutern, Tomaten und Gurken. Diese Wohnung steckte voller Leben.

Andrina fragte sich, was passieren würde, wenn Marco von seinem selbst auferlegten Exil rund um die Welt zurückkehrte.

«Er braucht hier nicht aufzukreuzen», sagte Gabi. «Er hat sich aus dem Staub gemacht und mich hängen lassen.»

Diese Version war Andrina neu. Nach seiner Abreise war Gabi erleichtert gewesen und war aufgeblüht. «Hängen lassen» klang, als hätte er sie und nicht sie ihn verlassen.

«Die erste Zeit hat er nichts von sich hören lassen», sagte Gabi. «Ich weiss nicht, was er mit den Fotos bezweckt. Mich auf das eifersüchtig zu machen, was er erlebt? Ich brauche nicht in der Welt herumzureisen, um glücklich zu sein.» Sie bedachte André mit einem liebevollen Blick. «Er könnte pleite sein. Ich hoffe, er plant keine Rückkehr in die Schweiz. Bei mir gibt es nichts zu holen.» Gabi trank einen Schluck vom Cappuccino, und Schaum blieb an ihrer Oberlippe hängen. Mit der Zunge fuhr sie über die Stelle, erwischte aber nicht alles.

«Warum glaubst du, er könnte pleite sein?»

«Irgendwann wird sein Geld aufgebraucht sein. Wenn ihn das Heimweh plagt, ist es mir egal. Solange er mir André nicht wegnimmt.»

«Du glaubst, er würde das tun?», fragte Andrina.

«Wer weiss, was in seinem Kopf vor sich geht? Er wird auf seiner Reise rund um die Welt genügend Zeit haben, sich Gedanken zu machen. Es passt nicht zu ihm, klein beizugeben, den Schwanz einzuziehen und abzuhauen. Keiner hätte je damit gerechnet, er könnte den Polizeijob aufgeben …»

«Er hat ihn nicht aufgegeben. Wenn er zurückkommt, wird er bestimmt in den Polizeidienst zurückkehren. Oder es zumindest versuchen.» Das war das, was ihr Susanna gesagt hatte, als sie miteinander über Marco Feller gesprochen hatten.

«So lang und mit unbestimmter Rückkehr?», fragte Gabi.

«Denkst du, ein Arbeitgeber wäre dazu bereit, so jemandem wie ihm nach so langer Zeit eine neue Chance zu geben?»

So jemandem wie ihm, wiederholte Andrina in Gedanken. Hatte am Ende nicht Marco gekündigt, sondern war er rausgeworfen worden? Waren Verfehlungen dazugekommen, die den Anlass zur Kündigung gegeben hatten?

«Möchtest du noch einen?» Gabi deutete auf Andrinas leere Tasse.

«Nein, aber gerne einen Schluck Wasser.»

Gabi stand auf und nahm die Tassen. Das Fenster hinter ihr klirrte. Reflexartig sprang Andrina auf und stiess Gabi zur Seite. Sie strauchelten. Die Tassen fielen auf den Boden und zerbrachen. Knapp landeten sie beide neben den Scherben. Etwas polterte auf den Boden und blieb mitten im Zimmer liegen.

«Was war das?», stiess Gabi hervor und brachte Andrina damit dazu, aus ihrer Starre zu erwachen.

«Weiss nicht», erwiderte sie. Sie rappelte sich auf und erblickte einen Stein, der die Grösse einer halben Faust hatte. Er lag mitten im Zimmer – keinen Meter von den beiden Kindern entfernt, die aus vollem Hals schrien.

Andrina und Gabi sassen nebeneinander auf dem Sofa und hatten beide Kinder auf dem Schoss. André presste sein Gesicht gegen Gabis Schulter und wimmerte leise vor sich hin. Rebecca dagegen war ruhig und starrte mit aufgerissenen Augen Max Wagner und Silvan Brogli an, die ihnen gegenüber Platz genommen hatten.

Zu ihrem Erstaunen hatte Brogli sich umgänglich und freundlich gezeigt. Sogar seine Besorgnis hatte sie gespürt, als er ihr die Hand gereicht und sich erkundigt hatte, ob jemand verletzt sei.

Nachdem Gabi und Andrina abwechselnd geschildert hatten, was geschehen war, hatte Schweigen eingesetzt.

Andrina schaute durch das zerbrochene Fenster neben der Terrassentür auf die Wiese. Inzwischen war der Bauer mit Mähen fertig. Das Gras war zum Trocknen verteilt worden, und der Traktor war verschwunden. Andrina blickte weiter zum Wald. Die Entfernung zum Waldrand schätzte sie auf knapp hundert Meter. Konnte man mit einer Steinschleuder so weit schiessen? Auf der Wiese hatte es einige Bäume. Sie waren nicht weiter als zwanzig Meter von Gabis Terrasse entfernt. Von dort war es bestimmt machbar, zielgerichtet in Gabis Wohnzimmer zu schiessen. Andrina konnte nicht glauben, jemand könnte dort Stellung beziehen, während der Bauer mit Mähen beschäftigt war.

Ihr Blick kehrte ins Wohnzimmer zurück. Der Stein lag dort, wo er gelandet war. Er war recht glatt und hatte eine leicht ovale Form. Glasscherben waren im Raum verteilt. Zuerst hatte Gabi sie aufwischen wollen, aber Andrina hatte sie davon abgehalten.

«Die Polizei benötigt einen unveränderten Tatort.»

Tatort. Das Wort verursachte ein beklemmendes Gefühl.

Damit die Kinder sich nicht verletzten, hatten sie in Andrés Zimmer auf das Eintreffen der Polizei gewartet.

Brogli schaute von seinem Notizblock auf. «Ist Ihnen etwas im Vorfeld aufgefallen?»

Gleichzeitiges Kopfschütteln.

«Frau Kaufmann …»

«Bianchi», korrigierte Andrina.

Brogli verzog kurz sein Gesicht. «Ihnen ist also nichts aufgefallen, als Sie eingetroffen sind, wenn ich das richtig verstanden habe.»

«So ist es.»

«Ist Ihnen jemand begegnet, als Sie ankamen?»

«Bis auf die ältere Frau, die im Haus gegenüber wohnt, niemand.»

«Das war vor dem Haus?»

«Ja. Ich habe mein Velo am Veloparkplatz abgestellt. Ein Mann hat zu diesem Zeitpunkt sein Velo aufgeschlossen und ist abgefahren», fiel Andrina ein.

«Kennen Sie ihn?»

«Die Leute aus Gabis Nachbarschaft kenne ich nicht gut. Daher kann ich nicht sagen, ob es ein Anwohner war.»

«Können Sie ihn beschreiben?»

«Er war gross, hatte dunkle Haare und trug eine Sonnenbrille, glaube ich. Ehrlich gesagt, ich habe nicht genau auf ihn geachtet.»

«Für ‹nicht genau darauf achten› ist das detailliert», unterbrach Brogli sie.

Fing er wieder mit den Sticheleien an, wie immer, wenn sie einander begegneten? Das war seit ihrem ersten Zusammentreffen so, und Andrina hatte nicht herausfinden können, warum Brogli so auf sie reagierte. Weder Max Wagner noch Susanna hatten ihr diese Frage beantworten können. Es konnte auf gegenseitiger Antipathie beruhen.

«Wenn er einmal eine Meinung von einer Person hat, revidiert er sie nie», hatte Susanna ihr gesagt.

Susanna … Andrinas Magen zog sich zusammen. Am Morgen hatte sie von Häusermann erfahren, Susanna liege weiterhin im künstlichen Koma.

«Weiter vorne in der Strasse sind zwei oder drei Autos abgefahren», fuhr Andrina fort, ohne auf Broglis Worte einzugehen. «Aber auch hier kann ich keine näheren Angaben machen.»

«Ist Ihnen etwas aufgefallen, als Sie zum Haus gelaufen sind?»

Andrina verneinte.

«Gab es in der letzten Zeit irgendwelche Vorkommnisse im Haus?», wandte Brogli sich an Gabi.

«Nicht dass ich wüsste.»

«Wie ist das Verhältnis der Mieter untereinander?»

«Lose, würde ich sagen. Zumindest mein Verhältnis zu denen, die über mir wohnen. Wir grüssen einander, reden über das Wetter, mehr nicht. Die Lehrerin, die neben mir wohnt, kümmert sich um den Umschwung. Das heisst, sie mäht die kleine Rasenfläche und schaut, dass die Büsche nicht zu gross werden. Hin und wieder habe ich sie auf einen Kaffee eingeladen. Mehr als Small Talk haben wir nicht gemacht.»

«Gab es Beschwerden Ihnen gegenüber im Quartier?»

Gabi schüttelte den Kopf.

«Keine wie zum Beispiel, Ihr Sohn würde zu laut schreien?»

«Nein. Es wohnen andere Kinder im Quartier. Bisher ist mir dazu nichts zu Ohren gekommen.»

Brogli blickte auf seine Notizen. Er schien ratlos zu sein.

«Keine Drohungen dir gegenüber, Telefonanrufe, bei denen sich keiner meldete?», übernahm Wagner, als Brogli weiterhin schwieg.

Abermals verneinte Gabi.

«Ihr habt keinen gesehen – weder direkt am Fenster, auf der Wiese noch am Wald?», fuhr Wagner fort.

«Ich habe nicht darauf geachtet», sagte Gabi.

Andrina verneinte ebenfalls.

«Dieses Mal hat er einen richtigen Stein verwendet», sagte Brogli. «Das finde ich verwunderlich.»

«Einen richtigen Stein?», wiederholte Gabi. «Wie beim ersten Mal bei der Tochter von Enricos … was hat er für eine Position inne?», wandte sie sich an Andrina.

«Er war Verkaufsleiter bei JuraMed.»

«Ihm könnte die Munition ausgegangen sein», murmelte Brogli und unterstrich einige Wörter in seinem Notizbuch. Als er aufschaute, glitzerte es in seinen Augen. Sollte seine Aussage ein Witz sein?

«Es macht alles keinen Sinn», sagte Wagner und rieb mit Daumen und Zeigefinger über die Augenbrauen.

«Richtig. Ich habe nichts mit den anderen Opfern zu tun», rief Gabi schrill. «Ich kenne keinen von ihnen – bis auf Susanna.»

«Du hast nichts mit ihnen zu tun, aber Andrina. Wenn auch nur indirekt.»

«Was meinst du damit?», fragte Andrina. Sie dachte an das gestrige Gespräch mit Häusermann.

Er hatte eine ähnliche Andeutung gemacht, war aber nicht weiter darauf eingegangen. Obwohl er es nicht ausgesprochen hatte, hatte es so geklungen, als unterstelle er ihr oder Enrico, mit den Überfällen zu tun zu haben. Hatte Wagner ähnliche Annahmen?

«Der Täter könnte die Absicht gehabt haben, Andrina zu treffen.»

Es fühlte sich an, als würde das Licht um sie herum gedimmt. Alles verschwamm vor ihren Augen. Andrina zwinkerte.

Kipp nicht um, dachte sie. Sie presste Rebecca fester an sich.

Jemand sollte es auf sie abgesehen haben? An diese Möglichkeit hatte Andrina bisher nicht gedacht. Es machte keinen Sinn. Warum sollte jemand wahllos auf Personen schiessen, wenn er eigentlich Andrina etwas antun wollte?

«Was ist mit Valérie? Da war ich nicht in der Nähe.»

«Sie und Ihr Mann waren mit den Trottis unterwegs. Er könnte Sie in diesem Bergrestaurant gesehen haben», sagte Brogli. «Valérie Schneider hat eine ähnliche Statur wie Sie. Die beiden sind um die Kurve gefahren, und der Schütze nahm an, es seien Sie.»

«Sie hat im Gegensatz zu mir blonde Haare», hielt Andrina dagegen. «Soweit ich weiss, hatte sie ihren Helm abgezogen, als sie getroffen wurde.»

«Obwohl das nicht passt, muss ich Silvan recht geben», sagte Wagner. «Wir dürfen dieses nicht ausser Acht lassen.»

SIEBZEHN

Arbeiten lag nicht drin. Andrina gab sich geschlagen und lehnte sich nach hinten. Um ihren Schreibtisch hatten sich Kilian, Tatjana, Dana und Stefanie versammelt. Lukas sass an seinem Platz gegenüber.

Nachdem sich Lukas und Tatjana erkundigt hatten, was mit Gabi los sei und warum sie heute nicht komme, hatte Andrina von dem Vorfall gestern Vormittag erzählt. Schnell hatte es die Runde gemacht. Mit dem Resultat, dass sich bis auf Elisabeth alle in ihrem Büro eingefunden hatten.

«Wo hat Gabi heute übernachtet?», fragte Stefanie. «Ich hoffe, nicht in ihrer Wohnung.»

«Sie ist zu ihren Eltern gefahren. Zwar sei die Spurensicherung abgeschlossen, aber sie wollte nicht alleine bleiben.»

«Verständlich», sagte Dana. «Ich hätte auch Angst, in der Wohnung zu bleiben.»

«Stimmt, der Täter könnte in der Nähe sein», pflichtete ihr Tatjana bei.

«Oder es könnte jemand einsteigen», fügte Kilian an.

«Das Fenster wurde mit einem Holzbrett zugenagelt», sagte Andrina.

«Fragt sich, wie sicher das ist», gab Kilian zurück. «Zum Glück ist euch nichts passiert.»

«Ich finde das beunruhigend.» Stefanie kaute an ihren Fingernägeln, wie sie es immer tat, wenn sie nervös war. «Jemand läuft durch die Gegend und schiesst wahllos Leute ab.»

«Fragt sich, wie wahllos das ist. Was meint die Polizei?» Lukas schaute Andrina an.

«Nichts.»

«Nichts?»

«Mir werden sie ihre Ermittlungsergebnisse eher weniger mitteilen.»

«Haben sie einen Verdacht?»

«Weiss nicht», murmelte Andrina. Sie dachte an Häusermanns Andeutungen, die zwischen den Zeilen mitgeklungen hatten. Er hatte sie am Morgen angerufen und gebeten, im Laufe des Tages ins Polizeikommando zu kommen.

Dana stellte sich hinter Lukas. Mit der Hand strich sie über seinen Rücken. Seine Hand wanderte nach hinten und berührte kurz ihren Oberschenkel. Die Bewegungen waren so unauffällig, dass sie Andrina nicht aufgefallen wären, wenn sie nichts von dem Intermezzo im Büro gewusst hätte. «Könnten es zwei verschiedene Täter sein?», fragte Dana und setzte sich auf Lukas' Schreibtisch.

«Wie kommst du darauf?», rief Stefanie.

«Wenn ich das richtig in den Medien verfolgt habe, schiesst einer mit Steinen und der andere mit diesen – wie nennt man das? –, dieser Munition.»

«Du meinst, der mit den Steinen ist ein Nachahmungstäter?»

«Der erste Anschlag war mit einem Stein», sagte Andrina.

«Vielleicht auch nicht», sagte Tatjana.

«Wie meinst du das?»

«Man könnte die Kugel nicht gefunden haben. So gross sind die Dinger nicht.»

«Warum weisst du, wie gross diese Munition ist?», fragte Dana.

«Ich habe gegoogelt.»

«Die ich bei dem Überfall auf Heinz gefunden habe, war nicht sehr gross.» Andrina hielt Daumen und Zeigefinger einen Zentimeter auseinander.

Konnte Tatjana recht haben? An der Stelle, an der der Anschlag auf Valérie Schneider verübt worden war, hatte keiner nach einer Metallkugel geschaut. In dem Gestrüpp am Wegesrand konnte sie durchaus übersehen worden sein, sogar wenn man genau hingeschaut hätte. War der Stein, den Andrina gesehen hatte, nur mit Blut verschmiert gewesen, weil Valérie ihn beim Sturz berührt hatte? Zweifel regten sich. Wieso war der

Stein einen Tag später nicht mehr da, wenn Tatjanas Vermutung stimmte? Sie dachte an Enricos Erklärung, er könnte auf die Seite gespickt sein, wenn beispielsweise andere Trottinetts den Weg nach unten brausten.

«Bei Gabis Wohnung brauchte es ein gröberes Geschütz als so eine Kugel, damit es durch das Fenster fliegen konnte», sagte Stefanie.

«So eine Kugel kann Glas durchschlagen», hielt Andrina dagegen. «Besonders das der alten Fenster von Gabis Wohnung. Es hat sogar eine die Frontscheibe von Susannas Wagen durchschlagen, als sie über die Staffelegg fuhr.»

«Moment mal», sagte Kilian. «Du meinst mit Susanna deine Freundin von der Polizei? Das war sie, die bei der Staffelegg verunglückt ist?»

«Du hast eine Freundin bei der Polizei?», fragte Stefanie, bevor Andrina antworten konnte.

Kurz erzählte Andrina, woher sie Susanna kannte.

«Ist das die Blonde, die dich neulich am Mittag abgeholt hat?», fragte Dana.

«Ja.»

«Auf sie wurde mit so einem Ding geschossen?», rief Kilian. «Ich dachte, sie hatte einfach einen Unfall.»

Andrina hätte sich am liebsten auf die Zunge gebissen. Soweit sie wusste, war das nicht offiziell. In den Medien war zumindest nichts zu hören oder zu lesen gewesen, was der Grund für den Unfall gewesen war. Man sprach nur von einer Frau Ende zwanzig bis Mitte dreissig, die aus unbekannten Gründen die Kontrolle über ihr Fahrzeug verloren hatte. Von ihrem Beruf als Polizistin war ebenfalls nichts bekannt gegeben worden.

«Ich finde es beunruhigend», wiederholte Stefanie. «Wie es aussieht, geschehen diese Überfälle willkürlich. Es scheint keinen Zusammenhang zu geben.»

«Schau mich nicht so an», sagte Andrina. «Ich weiss es nicht.»

Die Bürotür wurde aufgestossen. «Hier seid ihr», rief Elisabeth ärgerlich. «Was soll das geben? Eine Versammlung?»

Keiner antwortete.

Elisabeths Blick blieb an Andrina hängen. «Schon wieder du. Ich dachte, ich hätte mich klar ausgedrückt. So kann das nicht weitergehen.»

«Das hat nichts mit Andrina zu tun», widersprach Lukas. «Wir können uns auch ohne sie unterhalten.»

«Warum sind alle in ihrem Büro?», fragte Elisabeth.

«Weil sie sich mit mir unterhalten haben», antwortete Andrina.

«Papperlapapp. Da du offensichtlich das Gefühl hast, nichts zu tun zu haben, kannst du die Einkäufe für unseren Waldausflug übermorgen erledigen.» Elisabeth legte eine Liste auf Andrinas Tisch. «Und nun hältst du bitte die anderen nicht von der Arbeit ab. Wir haben genügend Verzögerung.» Elisabeth rauschte aus dem Büro.

«Was hat sie gegen dich?», brach Dana nach einigen Sekunden das betretene Schweigen, das sich eingestellt hatte. «Seit deiner Hochzeit hat sie es regelrecht auf dich abgesehen.»

«Elisabeth braucht immer einen Sündenbock», sagte Kilian. «Besonders, wenn sie Probleme hat. Egal, ob privat oder geschäftlich. Aber uns sagt sie nie was.»

«Welche Probleme hat sie?», fragte Stefanie.

«Ich vermute, einer ihrer Jungs ist dieses Mal der Grund. Einer der Zwillinge war in eine Prügelei involviert, wenn ich das Telefongespräch, das sie vor einigen Tagen geführt hat, richtig verstanden habe.»

«Wie Kilian bereits erwähnt hat, lässt sie in solchen Situationen ihren Frust, ihre Wut oder wie man das nennen möchte, an ihrer Umwelt aus», ergänzte Lukas. «Wir sind dann so etwas wie ein Blitzableiter.»

«Das ist mehr als unfair», rief Dana.

«Fair ist das nie.» Andrina nahm die Einkaufsliste.

Am Donnerstagabend hatten sie ihren Mitarbeiterausflug

geplant. Das Weihnachtsessen hatte ausfallen müssen, und sie hatten einstimmig beschlossen, es im Sommer nachzuholen. Elisabeth hatte den Anlass regelmässig verschoben.

«Das Geld reut sie», hatte Kilian Andrina nach einer Sitzung zugeflüstert, als Elisabeth sie ein weiteres Mal vertröstet hatte.

Anfang August hatte Tatjana die Idee, man könnte in einer Waldhütte grillieren. Das sei nicht so teuer wie ein Restaurantbesuch. Sie hatte sich bereit erklärt, eine Hütte zu organisieren. Stefanie hatte die Waldhütte in Klingnau vorgeschlagen. Ihr Bruder wohne in Klingnau, und er könne sie für sie reservieren. Elisabeth hatte schliesslich zugestimmt.

Andrina musterte kurz die Auflistung und nahm ihre Handtasche. Sie erhob sich.

«Bei der Art, wie sie mit dir umspringt, hätte ich längst gekündigt», sagte Stefanie.

Andrina schwieg.

Kilian stellte sich hinter Andrina. «Wenn du Hilfe brauchst, lass es mich wissen. Besonders gerne kümmere ich mich um eine reichhaltige Auswahl an Desserts. Das muss da drauf dringend ergänzt werden.» Er deutete auf die Liste.

«Das kann ich mir denken», sagte Andrina. «Wenn es nach dir ginge, sollte ich nur Süsses bringen.»

«Er kann es immerhin vertragen.» Stefanie strich über ihren Bauchansatz. «Nun lasst uns lieber weitermachen, sonst gibt es noch mehr Ärger.»

Warum ausgerechnet ich?, dachte Andrina und parkierte im oberen Stock des Parkhauses des Wynecenters in Buchs. Wieso musste ausgerechnet sie ihre Mittagspause opfern? Da um ein Uhr für den Nachmittag eine Besprechung angesetzt war, in der sie das Programm vom Herbst nächsten Jahres besprechen wollten, und sie direkt im Anschluss ins Polizeikommando zu weiteren Fragen gebeten worden war, musste sie den Einkauf jetzt erledigen.

Sie hatte hin und her überlegt, wie sie den Einkauf am besten bewerkstelligen sollte. Essen und Trinken für acht Personen konnte sie nicht einfach in einem Rucksack heimtragen. Schliesslich hatte sie sich entschieden, das Auto zu holen, nachdem sie alle Anwesenden gefragt hatte, was sie für Wünsche hätten. Das Fleisch wollte sie morgen vom Metzger holen, zum Verlag fahren und dort in den Kühlschrank legen.

«Fahr ins Wynecenter», hatte Lukas ihr geraten. «Da bekommst du bestimmt alles.»

Andrina stieg aus und holte einen Einkaufswagen. Sie strebte auf den Eingang zu und holte die Einkaufsliste hervor. Chips, Salzstangen, Rivella, Saucen und Dips hatten sie auf Elisabeths Liste ergänzt. Dana wünschte zusätzlich etwas Vegetarisches.

«Vergiss ja nichts zum Dessert», hatte Kilian gesagt, als Andrina sich verabschiedet hatte.

Das Klingeln ihres Handys liess sie zusammenzucken.

«Du hast auf meine Combox gesprochen, ich solle dich zurückrufen», sagte Gabi.

«Ja. Ich habe den Job gefasst, für unseren Grillausflug einzukaufen. Ich wollte nachfragen, ob du einen speziellen Wunsch hast. Du kommst doch mit, oder?»

«Natürlich. Lamm wäre fein.»

«Okay, ist notiert. Das Fleisch werde ich morgen holen. Und sonst?»

Andrina stellte sich an den Rand vor das Brotregal. Sie verglich Gabis Wünsche mit der Liste.

«Das habe ich bereits notiert. Wie geht es dir?»

«So langsam habe ich mich, glaube ich, beruhigt. Ich musste ins Polizeikommando für eine weitere Befragung. Ob mir noch etwas eingefallen ist und so.»

«Und?»

«Mehr als gestern konnte ich nicht sagen.» Andrina konnte sich bildlich die Grimasse vorstellen, die Gabi gerade zog. «Du wirst auch die Ehre haben, denke ich.»

«Mit Herrn Brogli zu sprechen?»

«Ins Polizeikommando zu müssen.»

«Sämi hat mich angerufen. Ich gehe später.»

«Wusstest du übrigens, dass Herr Aeschlimann gekündigt hat?» Andrina brauchte einen Moment, bis sie wusste, von wem Gabi sprach. Sie erinnerte sich an den stets besonnen wirkenden Beamten, der ihr wie ein ruhiger Pol in Wagners Team vorgekommen war. «‹Gekündigt› ist falsch. Er wechselt die Abteilung.»

«Das ist mir neu.»

«Nun haben sie eine neue freie Stelle. Die Vakanz im Team, die Marco hinterlassen hat, wurde inzwischen neu besetzt. Von einer Frau … Ich habe den Namen vergessen. Auf mich macht sie einen knallharten Eindruck. Ich möchte nicht der Verbrecher sein, den sie überführt.»

«Ich muss weiter, sonst bekomme ich Ärger, weil ich so lange fort bin», sagte Andrina, nachdem sie noch einige Minuten geplaudert hatten. «Wir sehen uns übermorgen.»

Andrina legte Brot in den Einkaufswagen und ging weiter. Beim Regal mit den Süssigkeiten kribbelte es in ihrem Nacken, was sie zunächst ignorierte. Erst als es sich verstärkte, schaute sie auf. Ein dunkelhaariger Mann mit Bart und Brille wandte sich hastig ab und bog links ab. Kurz konnte Andrina erkennen, wie er eine Schirmmütze tiefer ins Gesicht zog. Er kauft nur ein und sucht sich die Sachen wie ich zusammen, versuchte sie sich einzureden. Ein restliches Unbehagen blieb. Das Gefühl, beobachtet zu werden, liess nicht nach. Sie drehte sich um. Niemand verhielt sich auffällig oder beachtete sie. Andrina legte Chipstüten in den Einkaufswagen und ging weiter zu den Getränken. Ein dunkelhaariger Mann, der bei dem Regal mit dem Wasser stand, bog hastig ab und eilte davon. War das derselbe wie eben gewesen? Andrina liess den Einkaufswagen stehen und eilte in die Richtung, in die er verschwunden war. Bei der Abteilung mit den Tiefkühlwaren traf sie nur auf eine Frau mit zwei Kindern.

«Wir wollen Glacé», riefen sie unisono.

«Nein», sagte die Mutter mit Nachdruck und schob den

Einkaufswagen in die entgegengesetzte Richtung. Eine ältere Frau nahm tiefgekühlten Fisch.

«Entschuldigung», sagte ein blonder Mann und deutete auf den tiefgekühlten Spinat.

Andrina entschuldigte sich und kehrte zu ihrem Einkaufswagen zurück. Litt sie unter Verfolgungswahn, oder beobachtete der dunkelhaarige Mann sie? Er war schlank, eher hager, hatte dunkelbraune Haare, trug Brille und Bart. Ein Schrecken durchfuhr sie. Wie der Mann, als sie mit Ruth den Vitaparcours entlangspaziert war.

***

«Wie geht es Susanna?», fragte Andrina Häusermann, nachdem sie ihm gegenüber Platz genommen hatte.

Zunächst hatte Andrina gedacht, es nicht zum abgemachten Zeitpunkt ins Polizeikommando zu schaffen. Elisabeth war nicht zufrieden mit den Einkäufen gewesen und hatte Andrina lang und breit erklärt, welche Chipssorten sie gekauft hätte. «Fertigsalatsauce», hatte sie zudem lamentiert. «Du hättest morgen genügend Zeit, Salatsauce und Dessert zuzubereiten und am Donnerstag mitzubringen, da du den ganzen Mittwoch zu Hause bist.»

Andrina hatte sie darauf hingewiesen, dass sie erstens Homeoffice, zweitens ein Kind hatte und drittens davon nie die Rede gewesen war, für alle kochen zu müssen.

«Selbstverständlich musst du nicht alles machen», hatte Elisabeth unwirsch geantwortet. «Du musst es entsprechend koordinieren.»

Bevor Andrina eine patzige Antwort geben konnte, hatte Elisabeths Telefon geklingelt und diese Andrina mit einer ungeduldigen Handbewegung zu verstehen gegeben, das Büro zu verlassen. Nach Elisabeths Antwort, die sie gehört hatte, bevor sie die Tür geschlossen hatte, musste es um die Schlägerei gegangen sein, in die Elisabeths Sohn verwickelt gewesen war.

Probleme hin, Probleme her, hatte Andrina gedacht und war zu ihrem Wagen geeilt. Ich bin nicht deine Bedienstete.

Sie sollte kündigen. Wie oft hatte sie das gedacht, und doch wusste sie, sie würde es nicht in die Tat umsetzen.

Ein Beamter, den Andrina nicht kannte, hatte sie in den Raum geführt. Einige Minuten später war Häusermann aufgetaucht. Alleine.

«Besser», beantwortete Häusermann Andrinas Frage. «Sie ist bei Bewusstsein und ansprechbar.»

«Konnte sie Angaben zum Unfall machen?»

«Genau weiss sie nicht mehr, was passiert ist. Plötzlich habe es einen Knall auf der Frontscheibe gegeben. Sie meint, sie muss vor Schreck das Steuerrad herumgerissen haben. Also so, wie wir es vermutet haben. An das entgegenkommende Auto, das sie beinahe touchiert hat, kann sie sich nicht erinnern.»

«Und sonst ist ihr nichts aufgefallen?»

«Nein. Auf meine Frage, wohin sie wollte, hat sie gesagt, sie habe einen Anruf bekommen, sie solle nach Herznach kommen. Es gebe einen Hinweis, ihr Bruder könnte sich dort aufhalten.» Häusermanns Miene verfinsterte sich, und es war eindeutig, was er von dieser Aktion hielt. «Die Telefonnummer haben wir zurückverfolgt. Sie gehört einem Jugendlichen, der in Küttigen lebt.»

Andrina war erstaunt, weil Häusermann ihr gegenüber so ins Detail ging. Genauso erstaunte es sie, dass Häusermann offenbar in die Ermittlungen involviert war. Eigentlich durfte er das aufgrund von Befangenheit nicht.

«Er hat ausgesagt, am fraglichen Tag habe ihn ein Mann angesprochen. Der Akku seines Handys sei leer, und er müsse dringend telefonieren.»

«Er hat ihm sein Handy überlassen?», fragte Andrina.

«Ja. Der Mann habe sich abgewandt und nicht länger als dreissig Sekunden telefoniert. Danach habe er ihm das Handy zurückgegeben, sich bedankt und entfernt. Der Jugendliche konnte eine gute Beschreibung liefern. Der Mann habe lange

Haare, die zu einem Rossschwanz gebunden gewesen waren, und einen Vollbart gehabt. Und er habe eine Brille mit Goldrand getragen. Unsere Techniker haben daraufhin dieses Bild erstellt.»

Häusermann holte ein Blatt aus einer Klarsichtmappe und legte es vor Andrina hin.

Andrina betrachtete die Zeichnung. «Ich kenne niemanden, der so aussieht.»

«Das wäre zu schön gewesen.» Häusermann steckte das Blatt ein.

«Zu Susannas Bruder passt die Zeichnung nicht», fügte Andrina an.

«Ich weiss. Wir haben einige seiner Fotos auf Facebook so verändert, dass er dem da ähnlich sein könnte. Es passt nicht unbedingt.»

Andrinas Gedanken drifteten zu dem Mann, von dem sie im Wynecenter das Gefühl gehabt hatte, er folge ihr. Sie griff nochmals nach der Zeichnung.

«Was ist?»

«Als ich heute einkaufen war, ist mir ein Mann aufgefallen, dessen Gesichtsform auf die Beschreibung passen könnte.» Sie berichtete von dem Mann und musterte weiter das Bild.

«Und?», fragte Häusermann mit unüberhörbarer Ungeduld.

«Schwer zu sagen. Ich glaube weniger. Der in der Migros hatte keine langen Haare, und die waren ausserdem dunkler.» Sie schob Häusermann das Bild zurück. «Wie geht es weiter?»

«Wir versuchen herauszufinden, wer Susanna nach Herznach gelockt haben könnte. Ich persönlich habe das Gefühl, es müssen mindestens zwei gewesen sein. Einer, der mit der Steinschleuder geschossen hat, und ein anderer, der weiter vorne gewartet hat, um dem Schützen Bescheid zu geben. Der Fahrer des entgegenkommenden Wagens hat niemanden vor Ort bemerkt, der sich verdächtig verhalten hatte. Er meinte, er habe nur weiter vorne einen Töff gesehen, der nach dem Unfall um die Kurve verschwunden ist. Der Fahrer könnte nichts von dem Unfall mitbekommen haben. Das Kennzeichen hat er leider nicht erkennen können. Auf unseren Aufruf hat sich bisher keiner gemeldet.»

«Könnte das der Täter gewesen sein, der sich vom Tatort entfernt hat?»

«Alles ist möglich, und diese Variante würde ebenso passen. Der Schütze muss hinter der Kurve am Strassenrand gewartet haben. Wer achtet gross darauf, wenn am Strassenrand ein Töfffahrer steht, der raucht, mal musste oder einfach eine Pause macht? Mit dem Töff ist er wendig und kann schnell verschwinden.»

Es klopfte, und Max Wagner und Brogli traten gefolgt von der Neuen des Teams ein.

Häusermann stand auf und nahm die Mappe, in die er schnell das Blatt gelegt hatte.

«Ich überlasse ihnen die Befragung, da ich mich wegen Befangenheit ausklinken musste.» Eingehend musterte Häusermann Andrina, und sie begriff: Das Gespräch, das sie eben geführt hatten, hatte offiziell nicht stattgefunden.

Brogli setzte sich auf Häusermanns Platz Andrina gegenüber.

«Ich bitte um Entschuldigung für die Verspätung», sagte Brogli und nickte Andrina zu.

Wagner trat Häusermann in den Weg. Es war ihm eindeutig nicht recht, Häusermann hier anzutreffen.

Häusermann hob die Hände. «Ich habe ihr nur gesagt, wie es Susanna geht.»

Obwohl Wagner ihm offensichtlich nicht glaubte, liess er es dabei bewenden und schloss hinter Häusermann die Tür. Er musterte Andrina, als wolle er fragen, worüber sie wirklich gesprochen hatten.

Andrina bemühte sich um eine nichtssagende Miene. Die Sekunden verstrichen. Schliesslich gab Wagner zu Andrinas Erleichterung auf.

Er deutete auf die hagere Frau mit den kurz geschnittenen braunen Haaren. «Corina Burkhard kennst du bereits.»

Sie nickten einander zu. Andrina war sich immer noch nicht im Klaren, ob ihr die Frau sympathisch oder unsympathisch war. Sie machte einen distanzierten Eindruck und musterte Andrina abschätzend. Kannte sie die Vorgeschichte von Marco, Gabi und ihr? Wagner machte eine Geste zum Tisch, und sie setzte sich neben Brogli.

Corina Burkhard holte mehrere Blätter aus einer Mappe und legte sie vor sich hin. Anschliessend platzierte sie den Kugelschreiber parallel zu den Blättern und legte beide Hände daneben. Sie drückte den Rücken durch und schaute Andrina mit dem gleichen abschätzenden Ausdruck an. Unsympathisch, kam Andrina zu dem Schluss.

«Die Spurensicherung hat weder auf der Wiese noch auf Gabis Terrasse Spuren sicherstellen können», begann Wagner.

Andrina brauchte einen Augenblick, bis sie mit diesem abrupten Einstieg klarkam.

«Das ist in dieser frisch gemähten Wiese kaum verwunderlich und grenzt an die Suche nach der Nadel im Heuhaufen.» Toller Vergleich, dachte Andrina und konnte es nicht vermeiden, zu grinsen. «Am Stein gab es keine Spuren, die Rückschlüsse auf den Täter liefern können», fuhr Wagner fort. «Kannst du den Vormittag bitte nochmals schildern, beginnend mit deinem Eintreffen bei Gabi?»

Inzwischen war Andrina mit den Ermittlungsmethoden von Wagners Team vertraut und wusste, dass sie gerne die Aussagen wiederholen liessen. Manchmal kam dabei Neues zutage. In ihrem Fall aber bezweifelte Andrina, neue Informationen liefern zu können. Trotzdem tat sie Wagner den Gefallen.

«Hast du keine weiteren Personen angetroffen als die, die du bereits beschrieben hast?», hakte Wagner nach, nachdem sie geendet hatte.

«Nein. Okay, falls das unter ‹antreffen› läuft: Auf der Wiese war der Bauer dabei, das Gras zu mähen, als ich kam.»

«Sass er alleine auf dem Traktor?», fragte Wagner.

«Keine Ahnung. Auf ihn habe ich nicht geachtet. Er war irgendwann fertig.»

«Vor oder nach dem Einschlag des Steins?»

«Vorher, glaube ich.»

«Wurde der Bauer schon befragt?», wandte sich Wagner an Brogli.

«Soviel ich weiss, nicht.»

Wagners Augenbrauen zogen sich zusammen.

Hastig klappte Brogli sein Notizbuch auf und machte eine Notiz. «Wissen Sie, wo sein Hof ist?», fragte er.

«Nein.» Woher auch? «Vielleicht weiss Gabi Näheres.»

«Ein anderer Punkt», schaltete sich Wagner ein. «Es besteht Grund zur Annahme, bei dem Mann in dem Garten von Herrn und Frau Schaufelberger könnte es sich um den Täter handeln. Zu diesem Zeitpunkt könnte er die Situation vor Ort ausgekundschaftet haben. Da die Personenbeschreibung von Frau Schaufelberger uns nicht weiterhilft, möchte ich dich fragen, ob dir hierzu Zusätzliches eingefallen ist.»

«Es tut mir leid, ich kann euch nicht weiterhelfen. Der Mann war weg, als ich in den Garten kam.»

***

Andrina schnallte Rebecca vom Kindersitz ab und hob sie aus dem Wagen. Nach der Befragung im Polizeikommando war sie direkt zu Seraina gefahren und hatte Rebecca abgeholt. Obwohl es erst drei Uhr am Nachmittag gewesen war, hatte sie beschlossen, nicht mehr zum Verlag zurückzukehren. Sie hatte genügend Überstunden, und Elisabeth konnte nicht kontrollieren, wann die Befragung zu Ende gewesen war.

«Hallo, Andrina.»

In der Einfahrt stand Heinz Roths Sohn Dario. Er sah müde aus und kam mit schleppenden Schritten auf Andrina zu. Sein schütteres braunes Haar stand wirr vom Kopf ab.

«Ich wollte mich bei dir bedanken, was du für meinen Vater getan hast», sagte er.

«Ich habe ihm nicht helfen können», erwiderte Andrina und fragte sich zum wiederholten Mal, ob sie mehr hätte tun können.

Nachdem die Ambulanz abgefahren war, hatte sie sich vorgenommen, einen Auffrischungskurs in Erster Hilfe zu absolvieren. Der letzte lag weit zurück, und sie war sich hilflos vorgekommen. Dem Mann mit dem Schäferhund war es ähnlich ergangen.

«Die Geste und die Bereitschaft, zu helfen, zählen. Das ist heute nicht selbstverständlich. Eher schauen die Leute auf die Seite oder machen schnell ein Foto, das sie entweder bei einer Zeitung einschicken oder selber auf ihrem Social-Media-Account verbreiten.»

Wie wahr, dachte Andrina. Sie reichte Dario die Hand. «Mein Beileid.»

«Danke. Weisst du, wenn er gestolpert und danach unglücklich gefallen wäre, könnte ich es halbwegs akzeptieren. Aber jemand hat es bewusst darauf angelegt, dass er stirbt. Dabei tut mein Vater keiner Fliege etwas zuleide. Er war froh, wenn man ihn in Ruhe liess. Ich frage mich, warum ausgerechnet er. Er hatte mit keinem Streit.»

Andrina sah Heinz Roth vor sich, wie er in seinem Garten werkelte. Mit seiner Pfeife in der Mundecke. Der süssliche Tabakgeruch hatte ihn stets wie eine Wolke umgeben und ihm die Gemächlichkeit eines Alpöhis verliehen. Er war stets freundlich und hilfsbereit, ohne aufdringlich zu sein. In der Nachbarschaft wurde er geschätzt.

«Ich mache mir Vorwürfe», sagte Andrina.

«Du? Warum? Wenn die Ärzte ihm nicht helfen konnten, hattest du erst recht keine Chance.»

«Der Mörder hat sich in unserem Garten versteckt.» Andrina deutete auf die Büsche hinter der Garage.

«Dafür kannst du nichts.»

«Wenn ich rechtzeitig gesehen hätte, wie er auf unserem Grundstück herumlungert, hätte ich die Polizei verständigt.»

«Mach dir bitte keine Vorwürfe.»

«Gab es was in der letzten Zeit, das ihn beunruhigt hatte?» Lass das, dachte Andrina. Max Wagner und sein Team würden Dario diese Fragen bereits gestellt haben.

«Nein», sagte Dario. «Er war wie immer.»

«Keine seltsamen Anrufe?»

Dario verneinte.

«Mir ist keine Person aufgefallen, die hier herumgelungert ist oder sich auffällig verhalten hat. Dir?»

«Mir auch nicht.» Dario blickte zum Haus. Nach einer unschönen Scheidung vor drei Jahren war Dario zu seinem Vater gezogen, der erfreut darüber gewesen war, seit dem Tod seiner Frau nicht mehr alleine sein zu müssen. Vater und Sohn hatten in Eigenarbeit das Haus renoviert und zu einem kleinen Schmuckstück gemacht. «Am liebsten würde ich das Haus verkaufen», sagte Dario. «Aber das kann ich meinem Vater nicht antun.»

«Er würde Verständnis haben.»

Darios Schultern verkrampften sich.

«Du solltest aber keine voreilige Entscheidung treffen.»

«Das ist mir klar.»

«Wenn Enrico und ich etwas für dich tun können, lass es uns wissen.»

«Danke.» Dario verabschiedete sich.

Sie blickte der nach vorne gebeugten Gestalt nach, die die Strasse überquerte. Es war, als schien er die Last der ganzen Welt auf seinen Schultern zu tragen.

«Mami?», fragte Rebecca und zupfte an Andrinas Hand. Sie war während des Gesprächs still neben Andrina gestanden.

«Gehen wir ins Haus», sagte Andrina und schlug die Autotür zu.

Eine Frau auf einem Velo bog in die Einfahrt. «Ciao, Andrina.»

Erstaunt blieb Andrina stehen, als sie die Frau erkannte.

Fadrina verschränkte die Hände vor dem Oberkörper und knetete die Finger. «Ich wollte mich bei dir für mein Benehmen neulich entschuldigen. Ich hätte dich nicht so anfahren sollen.»

«Längst vergessen.»

«Mir hätte klar sein müssen … Die Beschuldigungen dir gegenüber … Enrico …»

Enrico hatte Fadrina nicht gekündigt. Er hatte ein weiteres Mal mit ihr gesprochen und ihr seine Hilfe angeboten. Mehr konnte er nicht tun, hatte er Andrina erklärt. Fadrina müsse den ersten Schritt tun und von sich aus zur Polizei gehen.

«Möchtest du reinkommen?», fragte Andrina.

Fadrina wich ein Stück zurück. Offenbar ging es ihr zu weit, das Haus ihres Vorgesetzten zu betreten. Andrina fragte sich, warum sie hier auftauchte. Müsste sie nicht im Büro sein, oder hatte sie wie Andrina früher Feierabend gemacht?

«Ich habe mich krankgemeldet», sagte Fadrina, und der schuldbewusste Ausdruck in ihrem Gesicht vertiefte sich. «Normalerweise schwänze ich die Arbeit nicht, aber mein Ex und mein Cousin sind verhaftet worden.»

«Das sind doch gute Nachrichten», sagte Andrina.

«Eigentlich schon, aber sie könnten mir die Schuld …» Sie brach ab.

«Komm, drinnen können wir besser reden als hier auf der Strasse.»

Andrina hob Rebecca hoch und betrat vor Fadrina das Haus. Sie führte Fadrina durch das Wohnzimmer auf die Terrasse. Fadrina war anzusehen, wie sie es unterdrückte, sich umzusehen, was ihr nicht gelang. Die Neugierde, wie sie den Gang musterte, einen Blick in die Küche warf und sich im Wohnzimmer umschaute, war nicht zu übersehen.

«So ein schöner Garten», rief sie, als sie auf die Terrasse traten.

«Möchtest du etwas trinken?», fragte Andrina und stellte Rebecca auf den Boden.

Rebecca sah das als Aufforderung an und ging auf Fadrina zu. Sie zupfte an ihrem Hosenbein. «Becca Kuchen.»

Fadrina lachte und sah kurz entspannt aus.

«Offenbar hast du mit deiner Nusstorte einen bleibenden Eindruck auf sie hinterlassen.»

Fadrina ging vor Rebecca in die Hocke. «Kuchen habe ich keinen mitgebracht, du herzige Bohne. Aber das nächste Mal mache ich es bestimmt.»

«Sie wird dich beim Wort nehmen.»

Fadrina richtete sich auf. Rebecca reckte die Arme, und Fadrina kam der Aufforderung nach und hob sie hoch. «Ich kann nicht lange bleiben.» Sie verlagerte das Gewicht von Rebecca auf den rechten Arm und schaute auf ihre Armbanduhr. Die Geste machte einen gehetzten Eindruck. Andrina war klar, dass Fadrina überlegte, wie lange es dauerte, bis Enrico nach Hause kam. «Danke, dass du bei Enrico nicht ins Detail gegangen bist.» Fadrina wich Andrinas Blick aus und spielte mit einer von Rebeccas Locken.

Andrina musste sich anstrengen, nicht selber schuldbewusst auszusehen.

«Erzähl, was ist passiert?»

«Sie sind bei einer Drogenrazzia aufgeflogen.» Fadrina setzte sich und platzierte Rebecca auf ihren Schoss.

«Damit hast du nichts zu tun.»

«Das sagst du. Aber sie könnten denken, ich habe der Polizei einen Tipp gegeben.» Sie starrte auf ihre Hände, die auf dem Tisch lagen.

«Wie sollst du das gemacht haben, wenn du selber nichts mit diesen Geschäften zu tun hast? Das hast du doch nicht, oder?»

Fadrinas Kopf ruckte hoch. «Nein, natürlich nicht!» Sie wischte sich eine Haarsträhne aus dem Gesicht. Andrina sah, wie ihre Hand dabei zitterte. «Ich habe Angst», flüsterte sie.

«Geh zur Polizei.»

Heftig schüttelte Fadrina den Kopf.

«Das hättest du längst tun sollen.»

«Ich dachte, wenn ich umziehe und meinen neuen Wohnort nicht im Telefonbuch eintrage, reicht das.»

«Solche Typen finden immer einen Weg, wenn sie wollen. Sie wissen längst, wo du wohnst und was du machst. Darauf kannst du Gift nehmen. Sie werden über jeden deiner Schritte informiert sein.»

«Das habe ich gemerkt. Ich habe einen riesigen Schrecken bekommen, als mein Cousin vor mir stand.»

«Wann? Wo? Ist er jetzt bei dir zu Hause aufgetaucht?»

«Nein, ich meine das Treffen unten am Aarekanal. Ich war walken, und da … Bis zu diesem Zeitpunkt hatte ich keinen Kontakt, und das seit einem Jahr. Ich habe Angst.»

Andrina legte die Hand auf Fadrinas Arm. «Bitte geh zur Polizei. Ich kann dir nicht helfen, aber ich weiss, an wen du dich wenden kannst, und kann dir die Telefonnummer geben.»

«Papà», rief Rebecca und rutschte von Fadrinas Schoss.

«Hier seid ihr.» Enrico hob Rebecca hoch. «Fadrina?» Enrico schaute abwechselnd Fadrina und Andrina an. Eine Falte bildete sich oberhalb der Nasenwurzel, als sein Blick zu Fadrina zurückkehrte. «Geht es dir besser?»

«Ja. Nein.» Fadrinas Gesicht hatte eine ungesunde graue Farbe angenommen. Hilfesuchend schaute sie Andrina an. «Ich muss gehen.» Sie sprang auf. Aber Enrico war schneller und drückte sie zurück auf den Stuhl.

«Zuerst möchte ich wissen, warum du dich krankmeldest, dafür aber bei mir zu Hause auftauchst.»

Die Härte in seiner Stimme erschreckte Andrina. War mehr zwischen ihnen vorgefallen, als er ihr gesagt hatte? Hatte er ihr Vorwürfe gemacht oder sogar Bedingungen gestellt? Fadrina senkte den Kopf, aber die Tränen, die in ihre Augen traten, hatte Andrina gesehen.

Andrina legte den Finger an die Lippe und machte mit der anderen Hand eine beschwichtigende Bewegung.

Enricos Lippen bewegten sich lautlos. Das gefällt mir nicht, meinte Andrina von ihnen zu entziffern.

Das Schweigen dehnte sich aus.

Ihr Cousin und ihr Ex sind im Gefängnis, gab Andrina lautlos zurück und hoffte, Enrico verstand.

«Das wären erfreuliche Neuigkeiten», sagte Enrico laut und Fadrina zuckte zusammen.

«Was?»

«Ich glaube, es wäre an der Zeit, wenn wir beide einmal Klartext sprechen. Warum gehst du zu meiner Frau? Ich habe dir mehrmals Hilfe angeboten und wäre die richtige Adresse. Besser wäre es jedoch, wenn du die Polizei kontaktierst.»

«Ich …» Fadrinas Stimme versagte. Sie starrte Andrina an. Du hast ihm mehr erzählt, las Andrina in ihrem Gesicht. «Die Polizei hat mehrmals mit mir gesprochen», sagte Fadrina. Enrico sah verwirrt aus. Auch Andrina hatte Mühe, dem Gedankengang zu folgen. Eben hatte sie gesagt, sie habe das Problem alleine lösen wollen.

«Du meinst, wegen der Brandstiftung?», fragte Enrico.

«Ja.»

«Ich nehme an, du hast ihnen nichts von deinem Verdacht erzählt, dein Ex oder dein Cousin könnten das Auto in Brand gesetzt haben, und ihnen deine kriminelle Familie verschwiegen. Ich denke, das wissen sie auch so.» Enrico zog einen Stuhl heran und setzte sich neben Fadrina. Sie rückte ein Stück zur Seite.

Rebecca zupfte an seinem Hemdkragen. *«No»*, sagte Enrico und griff nach Rebeccas Hand, hielt aber seinen Blick weiter auf Fadrina gerichtet.

«Sie haben gesagt, es gebe keine Hinweise, mein Ex oder mein Cousin könnten das Feuer gelegt haben.» Fadrina war fast nicht zu verstehen. «Nun denkt er bestimmt, ich habe ihm die Polizei auf den Hals gehetzt.»

Indirekt war das so, dachte Andrina. Logischerweise würden die Ermittler herausgefunden haben, dass Fadrinas Ex und ihr Cousin wegen Drogendelikten vorbestraft waren. Und genauso logisch war es, wenn sie sie befragt hatten.

«Sie sind verhaftet?» Enrico schaute Andrina an.

Sie nickte.

«In dem Fall wäre das Problem gelöst. Zumindest fürs Erste.»

«Wenn er freikommt oder seine Kollegen ...»

«Okay, ich verstehe. Allerdings ist Andrina in diesem Fall die falsche Adresse, um Hilfe zu suchen. Du solltest mit der Polizei sprechen. Sämi hat bestimmt anderes im Kopf, aber an Max Wagner könnte sie sich wenden, sofern sie im Aargau wohnen», sagte er zu Andrina.

«Sie wohnen in Baden», sagte Fadrina kaum hörbar.

«Ich weiss nicht, ob das in sein Ressort fällt, aber er weiss bestimmt, wer Fadrina helfen könnte.»

***

Andrina erhitzte Honig mit gepresstem Knoblauch und legte die halbierten Feigen in die Pfanne.

Enrico stellte sich hinter sie. «Das riecht interessant», sagte er. «Das hast du noch nie gemacht.»

«Ich habe das Rezept letzte Woche beim Ausmisten gefunden. Ich habe es von Seraina.»

«Das ist eine ungewöhnliche Kombination.» Enrico deutete auf die Feigen.

«Wirst du Fadrina kündigen?», stellte Andrina die Frage, die sie beschäftigte, seit Fadrina gegangen war.

«Nein.»

Andrina konnte nicht verhindern, vor Erleichterung die Luft entweichen zu lassen.

«Warum? Sie hat sich bei ihrem Job nichts zuschulden kommen lassen, ausser mir nichts gesagt zu haben.»

«Hättest du das an ihrer Stelle?»

«Zugegeben nein.»

Andrina nahm die Pfanne vom Herd und gab die Feigen über den grünen Salat, der mit klein geschnittenen Avocados, Schafskäsestückchen und Baumnüssen garniert war.

«Mir will die Möglichkeit nicht aus dem Kopf, Fadrinas kriminelle Familie habe mit den Morden zu tun. Immerhin hat Raoul Drogen genommen. Er könnte nicht gezahlt haben oder sonst den Zorn dieses Clans auf sich gezogen haben.»

«Clan? Andrina! Das klingt wie Mafia. Wir sind nicht in Italien.»

«Wie willst du es sonst bezeichnen? Meinst du, sie geht zu Max, um zu sagen, sie fühle sich bedroht?»

«Das hoffe ich.» Enrico spiesste eine Feigenhälfte auf. «Das ist fein und sollte wiederholt werden. Feigen haben wir schliesslich genug.»

«Ehrlich gesagt, weiss ich nicht, was ich von allem halten soll. Das alles fing mit dem Brand von Fadrinas Wagen an», sagte Andrina. Sie reichte Rebecca ein Stück Brot und ein Stück Käse.

Rebecca schob aber beides auf die Seite und deutete auf Andrinas Teller. «Becca das.»

Andrina war skeptisch, ob Rebecca die Feige essen würde, gab ihr aber eine Hälfte.

Rebecca stutzte zuerst, fing aber einige Sekunden später zu strahlen an. «Becca das», sagte sie mit Nachdruck.

«Ein kleiner Gourmet», sagte Enrico. «Die Fälle hängen nicht zusammen», kam er auf ihr Thema zurück. «Es ist sowieso alles verwirrend. Erst Valérie und ihr Vater – wobei bei den beiden ja ein Zusammenhang besteht. Raouls Familie kennt jedoch diesen Stadtrat nicht persönlich.»

«Bist du sicher? Er muss dir davon nicht erzählt haben.»

«Ich habe seine Frau gefragt. Sie sagt, nein. Falls es keinen Zusammenhang gibt und die Opfer wahllos ausgewählt werden, finde ich das Ganze umso besorgniserregender. Der Täter scheint es riskant zu lieben. Bei allen Anschlägen waren potenzielle Zeugen in der Nähe. In Aarau sogar mehr als genug.»

«Es gibt eine Möglichkeit», sagte Andrina. «Vielleicht hat der Stadtrat ebenfalls gekokst oder andere Drogen genommen.»

Enrico legte Gabel und Messer neben den Teller. «Du kommst auf Ideen.»

«Es könnte doch sein.»

«Und Heinz?»

«Hm.»

«Der wird bestimmt keine Drogen genommen haben. Das einzige Laster, das er hatte, war seine Pfeife.»

ACHTZEHN

Andrina und Gabi spazierten durch den Kasinopark und fanden eine freie Bank. Andrina lehnte sich nach hinten. Die Wärme der Sonne auf der Haut tat gut. Man musste jeden schönen Tag geniessen, bevor der Herbst kam.

Andrina biss in ihr Tomaten-Mozzarella-Sandwich, und Gabi packte ihr Salamisandwich aus. Da sie heute Abend ihren Grillabend hatten, hatten sie beschlossen, am Mittag nur eine Kleinigkeit zu essen. Gabi reichte Andrina eine Rivellaflasche.

«Ich kann nicht sagen, warum, aber ich freue mich nicht auf den Abend», sagte Gabi. «Das liegt nicht an dem gemütlichen Zusammensein. Ich fürchte, Elisabeth wird die gute Stimmung mit ihrer schlechten Laune zunichtemachen.»

«Hallo zusammen», sagte eine Männerstimme hinter ihnen, und Andrina erkannte Max Wagner und die Neue aus seinem Team. Beide hielten einen Coffee to go aus dem Starbucks in den Händen. «Habt ihr Platz für uns?»

«Natürlich», sagte Gabi kauend und rutschte ein Stück auf die Seite. Wagner setzte sich neben Andrina.

«Stört es, wenn ich rauche?», fragte Corina Burkhard.

Ja, dachte Andrina. «Kein Problem.» Glücklicherweise wehte der Wind den Rauch in die entgegengesetzte Richtung.

«Was für ein Tag», stöhnte Wagner. «Wir kommen keinen Schritt weiter.» Er schob seine Brille auf die Stirn, lehnte sich nach hinten und streckte die Beine aus. «Irgendwo ist der Zusammenhang, aber wir finden ihn einfach nicht.»

«Wir sollten hier nicht über den Fall reden», murrte Corina Burkhard.

«Ausgerechnet jetzt muss Jonas Aeschlimann seine angesammelten Ferientage einziehen», sagte Wagner, ohne auf Corina Burkhards Einwand einzugehen.

«Habt ihr einen Nachfolger in Aussicht?», fragte Gabi.

«Nein. Es wird langsam Zeit, die Stelle auszuschreiben. Könntest du das übernehmen, Corina?»

Eindeutig war Corina Burkhard nicht begeistert von der Aufforderung.

«Im System ist die Beschreibung für deine Stelle abgelegt. Dort müsstest du nur kleine Anpassungen machen.»

«Okay», sagte sie und zog an der Zigarette.

«Hast du von Marco gehört?», fragte Wagner und schaute Gabi an.

«Nein. Und ich hoffe, das bleibt so.»

Andrina richtete sich auf. Warum log Gabi?

«Inzwischen ist ein Jahr um, und es wäre Zeit, zurückzukommen.»

«Willst du ihm die Stelle anbieten?», rief Gabi.

«Er hat seine Fehler, aber ein schlechter Ermittler war er nicht.»

«Na ja», schnaubte Gabi.

«Mit seinen speziell gepolten Synapsen im Gehirn und den daraus resultierenden oft wirr anmutenden Ideen hat er manch einen verzwickten Fall gelöst. Er wäre genau die Person, die wir brauchen, und es würde mir eine langwierige Suche ersparen.»

Andrina starrte Max an. Hatte sie das richtig verstanden? Max wollte ausgerechnet Marco in sein Team zurück? Nach allem, was zwischen den Männern vorgefallen war? Bisher hatte Wagner mehr als einmal deutlich gemacht, Marco brauche sich nie mehr in seine Nähe zu begeben. Warum auf einmal dieser Sinneswandel?

«Es gibt bestimmt genügend Interessierte, die spezielle Gehirnwindungen haben», brummte Gabi.

«Das ja, aber ob sie brauchbar sind?»

«Meinst du, es würde gut kommen, wenn du Marco einstellst?», fragte Andrina vorsichtig. «Ihr beide hattet …» Wie sollte sie die Frage formulieren, ohne einen Wutausbruch zu riskieren, wie es öfter in der Vergangenheit vorgekommen war, wenn sie auf das Thema Marco Feller zu sprechen gekommen waren?

«Es ist richtig, er hat sich inakzeptabel verhalten. Seine Unterstellungen, ich hätte seit Langem an seinem Stuhl gesägt und darauf hingearbeitet, dass er geht, damit ich seine Teamleiterfunktion bekomme, und all das, was er mir sonst an den Kopf geworfen hat, waren unter der Gürtellinie. Und es stimmt auch, wir sind nicht als Freunde auseinandergegangen.»

Untertreibung pur, fand Andrina, schwieg aber.

Wagner zerdrückte den Pappbecher, und der Rest Kaffee lief über seinen Handrücken. Er holte ein Taschentuch hervor und putzte sich die Hand. «Trotzdem wäre er mit seinen Fähigkeiten eine Hilfe, die wir besonders bei diesem Fall gebrauchen könnten.»

«Wie gesagt, bevor er gegangen ist, war er dein Chef», wandte Andrina ein. «Nun wärst du es. Meinst du, er könnte damit umgehen? Nach allem, was zwischen euch geschehen ist?»

«Keine Ahnung. War nur eine Idee. Ein anderes Thema: Hast du immer noch das Gefühl, es folge dir jemand?»

«Nein, und ich glaube, ich habe es mir eingebildet. Kein Wunder, bei dem, was gerade los ist.»

«Das hat was», seufzte Wagner. «Ist euch nachträglich etwas eingefallen, das wichtig sein könnte? Irgendwas, das uns weiterhelfen würde?»

«Könnte Fadrinas kriminelle Familie mit allem zu tun haben und somit der Zusammenhang der Fälle sein?», rutschte es Andrina heraus.

«Wieso meinst du das?», fragte Wagner erstaunt. «Nur weil Raoul Schneider Kokain geschnupft hat? Wo ist die Verbindung zu den anderen? Oder meinst du, unser Stadtrat hat auch Drogen genommen? Vergiss es.» Sogleich wurde er ernst. «Es gibt einen Zusammenhang. Diese seltsamen Einbrüche.»

«Das solltest du ihr nicht erzählen», sagte Corina Burkhard und zündete eine neue Zigarette an. «Das ist inoffiziell.»

«Du meinst die Einbrüche, bei denen die Toilettenartikel für Männer gestohlen wurden?», kam Andrina Wagner zuvor.

«Siehst du, das hat Andrina ohne uns herausgefunden», wandte Wagner sich an Corina Burkhard. «Woher weisst du das überhaupt?» Schärfe hatte den eben noch flapsigen Tonfall verdrängt.

«Susanna hat gesagt, bei Stadtrat Mettler und Raoul seien diese Dinge gestohlen worden.»

Anstatt zu antworten, atmete Wagner tief ein und wieder aus. «Bei deinem Nachbarn wurde zum gleichen Zeitpunkt wie bei den anderen beiden eingebrochen, und bei allen wurden Toilettenartikel entwendet», sagte Wagner. «Er war mit seinem Sohn essen. Als sie am Abend zurückkehrten, stand die Terrassentür offen. Der oder die Diebe haben nichts anderes mitgenommen. Im Bad herrschte ein Chaos, und, wie gesagt, einige Toilettenartikel fehlten.» Er schob seine Brille zurück auf die Nase. «Das muss der Schlüssel zu dem Ganzen sein, doch wir können uns keinen Reim machen, was es bedeuten könnte.»

Sein Handy klingelte. Wagner nahm das Gespräch entgegen. «Was sagst du?», rief er und lauschte eine Weile, bevor er das Gespräch beendete. «Corina, wir sollten zurück», sagte er und stand auf.

***

Andrina blickte sich in der Hütte um. Die Wände bestanden aus dunklen Stämmen, und das Mobiliar war aus Holz. Die Einrichtung war einfach, aber gemütlich. Die Stühle hatten Dana und sie hochgestellt und die Fensterläden geschlossen. Der Boden war aufgewischt, und es lag nichts mehr herum, was an ihren Anlass erinnerte. Dana versorgte den Besen.

Andrina nahm ihre Handtasche und den Kehrichtsack. «Ich bringe das raus», sagte sie.

«Ist gut. Ich komme gleich.»

Draussen beleuchtete der volle Mond mit seinem milchigen

Licht den Platz vor der Hütte. Andrina schlug den Kofferraumdeckel von Danas Wagen zu, als Dana aus der Hütte trat und sie abschloss. Sie zündete eine Zigarette an, ging zur überdachten Feuerstelle und liess sich auf einer der Bänke nieder. Im Schatten des Daches konnte Andrina das Aufglimmen der Zigarette erkennen. Sie gesellte sich zu Dana und schaute in die Feuerstelle, in der restliche Glut war.

«Was hat Elisabeth gegen dich?», fragte Dana. «Inzwischen habe ich begriffen, dass ihre Launen und Stimmungsschwankungen tagesformabhängig sind und sie regelmässig jemanden auf dem Kieker hat. Vor allem, wenn sie Probleme hat, die sie zu kaschieren versucht. Das braucht sie offenbar wie die Luft zum Atmen. Aber so schlimm, wie es mit dir gerade ist, war es nicht, seitdem ich beim Verlag angefangen habe zu arbeiten.»

«Ich weiss nicht, was ich gemacht habe. Es ist nicht einfach, ihre Launen zu verstehen. Meistens ist es nach einigen Tagen vorbei und nicht wie dieses Mal.» Andrina verschwieg, dass neben der Prügelei von Elisabeths Sohn offenbar Sachbeschädigung hinzugekommen war. Als sie am Nachmittag an Elisabeths Büro vorbeigegangen war, hatte sie telefoniert, und Andrina hatte die entsprechenden Gesprächsfetzen aufgefangen. Es hatte sie erstaunt, dass Elisabeth den Verlagsabend nicht kurzfristig abgesagt hatte.

«Ich würde mir das nicht gefallen lassen, den Kopf für ihren Frust hinzuhalten», sagte Dana.

«In der Vergangenheit war ich öfter kurz davor, zu kündigen, aber mir gefällt es beim Cleve-Verlag. Wir sind ein tolles Team, und seit ihr dazugekommen seid, macht das Ganze doppelt so viel Spass. Danke übrigens für deine Hilfe beim Aufräumen.»

«Das ist Ehrensache. Ausserdem hat Kilian das meiste mitgenommen, sodass so gut wie nichts mehr zu tun war.»

Als Elisabeth Andrina dazu bestimmt hatte, bis zum Schluss zu bleiben und zu schauen, dass alles seine Ordnung habe, hatte Dana sich sofort bereit erklärt, ihr zu helfen.

«Immerhin hättest du mit Lukas gehen können.»

Die Hand, die die Zigarette zum Mund führte, verharrte auf halber Höhe.

Das war plump, dachte Andrina.

«Warum meinst du?», fragte Dana gedehnt.

«Ihr seid zusammen, oder?»

Schweigen.

«Ich habe gesehen, wie ihr euch hinter der Hütte geküsst habt», versuchte Andrina die Situation zu retten, obwohl das nicht stimmte. Sie hatte nur gesehen, wie Lukas und Dana verschwunden waren und bestimmt fünfzehn Minuten fortgeblieben waren.

«Ich weiss nicht, ob wir zusammen sind», sagte Dana. «Es hat sich so aus der Inszenierung ergeben.»

«Welche Inszenierung?»

Dana nahm einen langen Zug. «Vor einer oder zwei Wochen ist am Abend Lukas' Ex aufgetaucht. Sie bereue ihren Seitensprung, und Lukas möge ihr das hoffentlich verzeihen.»

«Mal wieder», sagte Andrina. «Regelmässig kommt sie angekrochen und sagt, sie werde sich bessern. Bis sie beim nächsten Mal einem was weiss ich für tollen Mannsbild nicht widerstehen kann.»

«Ich weiss. Lukas hat mir einmal davon erzählt.»

Das erstaunte Andrina. Lukas war zurückhaltend, was private Dinge betraf.

«Ich war zufälligerweise im Büro und dachte, er könne Hilfe gebrauchen. Also sagte ich, ich sei seine neue Freundin und sie solle sich vom Acker machen. Du hättest ihr und Lukas' Gesicht sehen sollen. Zum Glück war sie zu überrumpelt und hatte nicht bemerkt, wie perplex Lukas gewesen war. Lukas hatte sich schnell gefangen und mich vorgestellt. Um das Ganze glaubhaft zu machen, gab er mir einen Kuss, woraufhin sie wutschnaubend das Feld geräumt hat.»

Das musste an dem Tag gewesen sein, als Andrina ihr Handy und ihr Portemonnaie gesucht und Dana und Lukas überrascht hatte.

«Offenbar haben wir es mit der Knutscherei übertrieben, und eins hat das andere ergeben. Seitdem geniessen wir es, unverbindlich Sex miteinander zu haben.» Sie lachte, was verlegen klang. «Nenn es eine Zweckgemeinschaft. Lukas möchte sich so schnell nicht mehr binden, und ich habe nach der letzten Katastrophe auch genug von Beziehungen. Obwohl ...» Sie brach ab und schnippte den Zigarettenstummel in die Glut der Feuerstelle.

«Du hast dich in ihn verliebt.»

«Ich glaube, so ist es. Und ausgerechnet in einen Arbeitskollegen. Wenn ich wüsste, was ich tun soll ...»

Andrina berührte Danas Arm. «Ich würde nichts erzwingen. Das kommt bestimmt gut mit euch beiden.»

«Geduld war nie meine Stärke.»

Durch Danas Körper lief ein Zittern. Auch Andrina fröstelte.

«Lass uns gehen», sagte Dana und reichte Andrina den Schlüssel der Hütte. «Es ist kühl. Ich nehme dich bis nach vorne mit.»

Da vor der Hütte wenig Platz war, hatte Andrina am Waldrand bei der Waldgarage vom Forstamt ihren Wagen abgestellt. Zum Glück durfte die Zufahrtsstrasse zur Hütte mit dem Auto befahren werden. Sonst hätten sie die Strecke laufen müssen, was in der Dunkelheit nicht verlockend war. Fahrverbot herrschte nur auf den abzweigenden Strassen.

Das Scheinwerferlicht erhellte den Weg. «Geradeaus oder links?», fragte Dana, als sie an einer Abzweigung ankamen.

«Links.»

«Sicher?»

«Ja.»

«Du hast einen guten Orientierungssinn.»

«Na ja.»

«Im Dunkeln sieht es anders aus.»

Nach wenigen Minuten erkannte Andrina im Scheinwerferlicht ihren Wagen, den sie am Rand abgestellt hatte.

Dana hielt daneben an. «Ich kümmere mich um den Kehricht.»

«Und ich um den Schlüssel. Nochmals danke.»

«Das war wirklich kein Problem.»

Andrina stieg aus und schaute, wie Danas Wagen sich entfernte.

Sie öffnete ihre Handtasche und durchwühlte sie nach ihrem Autoschlüssel. «Verdammt!», murmelte sie. «Wo ist dieser verflixte Schlüssel?» Andrina fand nur den der Waldhütte. Sie ging in die Hocke und räumte die Tasche aus. Fein säuberlich legte sie alles auf die asphaltierte Strasse. Fassungslos starrte sie auf den Inhalt, der deutlich im Mondlicht zu erkennen war. Kein Autoschlüssel. Zu allem Überfluss war ihr Handy ebenfalls nicht dabei. Vermutlich hatte sie beides in der Hütte vergessen.

Andrina überlegte, wann sie Handy und Schlüssel das letzte Mal gesehen hatte. So langsam nervte ihre Vergesslichkeit. Ob sie sich Gedanken machen musste? Blödsinn, dachte sie. Du bist in der letzten Zeit überlastet und ständig mit den Gedanken woanders als bei der Sache, mit der du dich gerade beschäftigst.

Das Handy hatte sie in der Hütte aus der Tasche genommen, um einige Fotos zu machen. Aber den Schlüssel? Es blieb ihr nichts anderes übrig, als zur Hütte zurückzukehren.

In der Ferne schrie ein Kauz. Ein kühler Luftzug wehte ihr ins Gesicht, und ein Schauer durchlief Andrina bei dem Gedanken, den Weg zurückzulaufen. Was, wenn Schlüssel und Handy nicht dort waren?

Das überlegst du dir, wenn es so ist, dachte sie und packte alles zurück in ihre Handtasche.

Andrina machte sich auf den Weg. Im Wald war es unheimlich. Der Kauz schrie ein weiteres Mal. Das Licht des Mondes drang nicht ganz durch das Laub der Bäume. Schatten bildeten undefinierbare Formen. Es knackte im Unterholz. Andrina fuhr herum. Huschte da gerade jemand auf die Seite? Da ist keiner, versuchte sie sich zu beruhigen. Wer sollte um diese Zeit hier sein?

Sie eilte den Weg so schnell entlang, wie es im Dunkeln möglich war, und hoffte, nicht vom Weg abzukommen und in einen der teilweise tiefen Abwassergräben neben dem Weg zu fallen.

Erleichterung durchflutete Andrina, als sie zur Lichtung kam und die Hütte im Mondlicht erkannte.

Sie öffnete die Tür und musste blinzeln, als sie das Licht einschaltete. Andrina schloss die Tür und blieb stehen. Der verlassene Eindruck wirkte bedrohlich. Die dunklen Wände im Blockhüttenstyle, die vorhin Gemütlichkeit vermittelt hatten, machten einen düsteren Eindruck. Es war, als schlössen sie sich um Andrina und der Raum werde enger. Der Drang, die Hütte schnell zu verlassen, wurde grösser.

Was soll hier passieren, du Angsthase, dachte Andrina. Such lieber das Handy und den Schlüssel, damit du nach Hause kommst.

Sie ging durch den Raum und suchte die Tische ab. Nichts. Sie bückte sich. Unter den Tischen lag nichts. Sie hob einzelne Stühle hoch, in der Hoffnung, sie hätten einen mit der Sitzfläche auf ihr Handy und den Schlüssel auf den Tisch gestellt. Nichts. Ratlos blieb sie im Raum stehen und schaute auf die Uhr. Gleich elf Uhr. Ohne Handy konnte sie keinen anrufen und bitten, sie zu holen. Bis sie zu Fuss Klingnau erreichte, wäre es bestimmt Mitternacht. Definitiv zu spät, um an einer Tür zu klingeln und um Hilfe zu bitten. Andrina setzte sich auf eine Bank und blickte durch den Raum. Hinten in der Ecke lag ein flacher Gegenstand am Boden. Sie sprang auf.

«Gott sei Dank», stiess sie hervor, als sie ihr Handy und den Schlüssel aufhob. Wie auch immer die Sachen dorthin gekommen waren …

«Ist eh egal», sagte sie und verliess die Hütte.

Draussen war es eine Spur kälter geworden, und der Wind hatte weiter aufgefrischt. Einzelne Wolken zogen über den Himmel und verdeckten für kurze Zeit den Mond.

Das Unbehagen, welches das Auffinden von Schlüssel und Handy zur Seite gedrängt hatte, war zurück. Der Wald wirkte undurchdringlicher als auf dem Hinweg. Andrina hatte das Gefühl, die Bäume rückten dichter an sie heran. Eine Eule rief. Ein Schatten flog dicht an Andrina vorbei und erschreckte sie fast zu Tode.

«Hör auf, du Feigling», murmelte sie und eilte den Weg zurück. Was sollte ausser Rehen, Eulen und Füchsen im Wald sein? Die taten ihr nichts, sondern hatten mehr Angst vor ihr.

Während Andrina den Weg entlanghastete, blickte sie sich wiederholt um. Mehr als einmal meinte sie, einen Schatten auszumachen, der hinter ihr den Weg entlangging. Jedes Mal, wenn sie genauer hinschaute, löste er sich auf. Sie versuchte sich abzulenken und dachte an das Gespräch mit Dana. Sie würde vorsichtig bei Lukas sondieren, was er von seinem Verhältnis dachte. Vielleicht konnten die beiden ein Paar werden.

Andrina erreichte ihren Wagen. Die Anspannung fiel von ihr ab, und sie unterdrückte ein Gähnen. Sie öffnete die Beifahrertür, warf ihre Handtasche und die Jacke auf den Sitz und hielt inne. War das ein Motorengeräusch? Sie blickte sich um.

Alles war wie ausgestorben. Das Geräusch näherte sich, aber sie konnte kein Scheinwerferlicht zwischen den Bäumen ausmachen. Spielte die Phantasie ihr einen Streich, und war es nur das Rauschen des Waldes? Nein, es war definitiv ein Auto. Das Geräusch kam aus dem Wald. Unverhofft wurde es hell, und Andrina hob ihre Hand, um sich gegen das Licht der aufgeblendeten Scheinwerfer zu schützen. Der Motor heulte auf.

Die Alarmglocken in ihrem Kopf läuteten Sturm. Die Scheinwerfer rasten auf sie zu.

Weg hier, schrie es in Andrinas Kopf, aber sie konnte sich nicht rühren. Gebannt starrte sie auf das sich nähernde Licht, das immer schneller wurde.

Jemand packte sie am Arm und zog sie auf die andere Strassenseite. Sie spürte den Luftzug und die Druckwelle des vorbeirasenden Wagens. Ein Knall und ein hässliches Knirschen. Sie strauchelte, als sie über das Bord am Strassenrand hangabwärts auf die Wiese stolperte.

Der Zug an ihrem Arm verstärkte sich, und sie taumelte hinter der Person die Wiese hinunter. Als sie die Hälfte der Wiese bis zum Maisfeld am anderen Ende hinter sich gebracht hatten, stolperte Andrina über eine Unebenheit und konnte sich nicht abfangen. Dumpf schlug sie auf dem Boden auf. Von der Strasse her hörte sie das Geräusch eines schnell rückwärtsfahrenden Wagens.

«Komm schon», sagte eine männliche Stimme.

Andrina versuchte sich aufzurappeln.

Die Wiese wurde in Licht getaucht. Bevor der Lichtstrahl sie erfasste, warf der Mann sich auf sie und rollte mit ihr auf die Seite hinter den Stamm eines einzelnen Baumes. Steine stachen in Andrinas Rücken. Etwas schrammte über ihren Arm. Ein dumpfes Stöhnen drang über ihre Lippe, als sie auf dem Bauch liegen blieb.

«Pst», sagte der Mann leise dicht an ihrem Ohr und legte sich über sie. Ihr Gesicht wurde in das Gras gedrückt, und Andrina hatte das Gefühl, keine Luft mehr zu bekommen. «Nicht bewegen.»

«Keine Luft», stiess Andrina so leise, wie es ging, hervor.

Der Mann verlagerte sein Gewicht, und Andrina konnte ihr Gesicht auf die Seite legen. Sogleich legte er seinen Kopf auf ihrem ab. Bartstoppeln kratzten über ihre Wange. Der Geruch von Aftershave drang in ihre Nase.

«Sie muss dort rüber ins Maisfeld gerannt sein», rief eine tiefe Männerstimme.

«Du meinst mit ‹sie› wohl Plural.»

«Wieso Plural?»

«Es war jemand bei ihr, den wir vorher nicht gesehen haben.»

Sie blieben unweit des Baumes nur wenige Meter von ihnen entfernt stehen. Licht von Taschenlampen huschte in ihre Richtung und über sie hinweg. Sie lagen in einer flachen Mulde, und Andrina konnte nicht glauben, dass die beiden sie nicht sahen. So breit war der Stamm nämlich nicht.

Die beiden Personen näherten sich. Bitte nicht, flehte Andrina im Stillen. Es war eine Frage der Zeit, bis sie über sie stolpern mussten. Deutlich spürte sie den Herzschlag ihres Retters durch den dünnen Stoff ihrer Bluse. Oder war es ihr eigener Puls?

«Ich glaube, sie sind weg.» Die beiden waren erneut stehen geblieben.

«Weit können sie nicht sein. Sie müssen im Maisfeld sein. Eine andere Erklärung gibt es nicht. Bis zu dem Hof dürften sie es nicht geschafft haben. Wir hätten sie über die Wiese hinter dem Feld laufen gesehen.»

In dem aufgeblendeten Licht des Autoscheinwerfers konnte Andrina erkennen, wie einer der beiden eine Waffe aus dem Gürtel zog.

Knapp konnte sie einen Aufschrei zurückhalten. Die beiden entfernten sich und verschwanden im Feld. In regelmässigen Abständen blitzte das Licht der Taschenlampen zwischen den Maisstängeln auf. Alles in Andrina schrie zur Flucht. Sie wollte aufspringen, aber ihr Retter lag wie ein Felsbrocken auf ihr.

«Nicht bewegen.» Er drückte sie fester auf den Boden, und Andrina hatte Mühe, zu atmen.

«Sie werden zurückkommen und hier suchen.»

«Wir haben keine andere Wahl», flüsterte der Mann zurück. «Sie würden uns im Licht des Autos erkennen.»

Widerwillig musste Andrina ihm recht geben. Sie wären wie auf dem Präsentierteller. Ausserdem wussten sie nicht, ob beim Wagen eine dritte Person wartete. Sie lagen nur knapp ausserhalb dieses Lichtkegels.

«Wir könnten in die andere Richtung laufen.»

«Nein. Das ist zu riskant. Der Mond ist zu hell, und wir sind zu weit vom Wald weg, der uns Deckung geben könnte.»

«Sie sind schwer.»

«Entschuldige.» Er bewegte sich ein Stück zur Seite, und sogleich fiel ihr das Atmen leichter.

Gleichzeitig traf sie die Erkenntnis, wer auf ihr lag, wie ein Faustschlag. Konnte das sein? «Sie …? Du …?»

«Pst, sie kommen zurück.»

Im Lichtschein des Autos erkannte Andrina die Männer, die aus dem Feld auf den Weg davor traten. Sie blieben stehen und schauten sich suchend um. Für einen kurzen Moment meinte Andrina, der Mann mit der Pistole schaute sie direkt an. Die beiden setzten sich in Bewegung und kamen langsam die Wiese hoch.

Feuchtigkeit und Kälte drangen durch Andrinas Kleider. Das Gewicht des Mannes lastete schwer auf ihr. Sie versuchte den Kopf zu drehen, aber mehr als einen Schatten konnte sie nicht ausmachen. Vermutlich spielte ihr die Phantasie einen Streich. Das konnte nicht er sein.

Inzwischen hatte sie das Zeitgefühl verloren, wie lange es her war, seitdem die beiden in den Wagen gestiegen und fortgefahren waren.

Nachdem der Wagen sich entfernt hatte, hatte Andrina sich unter ihrem Retter hervorrobben wollen.

«Warte», hatte er gesagt. «Das könnte ein Trick sein. Sie könnten ein Stück wegfahren und warten oder zu Fuss zurückkehren.»

Das leuchtete ein, und Andrina hatte unter ihm ausgeharrt, obwohl sie das Gefühl hatte, er werde mit jeder Minute schwerer. Sein Atem ging gleichmässig, und sie fragte sich, ob er eingeschlafen war, obwohl sie sich nicht vorstellen konnte, wie das in der unbequemen Lage möglich sein sollte.

Andrinas Gedanken kehrten zu dem Mordversuch zurück. Mord – das Wort liess ihren Puls erneut hochschnellen. Sie wollte sich nicht ausmalen, was passiert wäre, wenn der Mann nicht zum richtigen Zeitpunkt zur Stelle gewesen wäre. Bilder verschiedener Szenarien tauchten auf, und Andrina hatte Mühe, die aufsteigende Panik im Zaum zu halten. Inzwischen war ihr klar, die Männer würden über Leichen gehen. Auf die Frage, um wen es sich handelte und warum sie es auf sie abgesehen hatten, fand sie keine Antwort. Oder hing es mit den Morden an Raoul Schneider, Leo Mettler und Heinz Roth zusammen? Diese Erkenntnis liess ihren Puls schneller rasen. Hiess das, Enrico und Rebecca schwebten in Gefahr? Oder waren sie tot? Eine neue Woge der Panik drohte über sie hinwegzurollen.

«Ich glaube, wir können es wagen», flüsterte er auf einmal dicht neben ihrem Ohr und erschreckte sie fast zu Tode. Er rutschte zur Seite, und die kühle Nachtluft traf sie wie ein Faustschlag in den Rücken. Andrina brauchte mehrere Anläufe, bis sie sich auf die Knie aufgerappelt hatte. Ihr Körper fühlte sich steif an. Sie schaute den Mann an, konnte aber nur seinen Schemen ausmachen. Er musste es sein, obwohl das nicht möglich war.

«Marco?»

«Ja?»

«Es kann nicht sein, dass du hier bist.»

«Warum?»

«Du hast Gabi die Fotos von irgendwo auf der Welt geschickt.»

«Das ist kein Kunststück. Das Internet ist voll mit Bildern.»

«Seit wann bist du zurück in der Schweiz?»

«Lass uns später darüber reden. Wir sollten zusehen, hier zu verschwinden.» Er griff nach Andrinas Hand und zog sie hoch.

«Bist du sicher, dass sie weg sind?»

«Nein, aber ewig können wir nicht bleiben. Ich hoffe, sie haben die Geduld verloren, uns zu suchen, und sind nicht mehr in der Nähe.»

Andrina huschte hinter Marco Richtung Strasse. In dem Lichtschein des Mondes konnte sie erkennen, dass er Joggingkleidung trug. Wieso war er hier? Um diese Zeit? Zum Joggen wohl kaum.

Auf halbem Weg zog Marco Andrina neben sich und legte den Arm um die Schultern. Sie verkrampfte sich.

«Keine Angst», sagte er. «Wir tun, als seien wir ein verliebtes Paar, das einen Spaziergang macht.»

«Mitten in der Nacht?» Andrina bezweifelte, dass es funktionierte. Die Männer würden sich nicht täuschen lassen. Falls sie die Stelle beobachteten, musste ihnen klar sein, wer hier entlanglief. Aber sie sah ein, eine andere Möglichkeit hatten sie nicht, hier wegzukommen.

Marco hob den Arm und schaute auf seine Armbanduhr. «Halb zwei in der Nacht. Okay, es ist spät für einen Ausgang unter der Woche, aber es kann ja mal vorkommen. Wir könnten einen Ausflug ins Maisfeld zu einem unerlaubten Stelldichein gehabt haben und nun auf dem Rückweg sein.» Andrina blieb stehen. «So was soll vorkommen. Mein Auto steht dahinten bei der Feuerstelle.» Marco deutete nach vorne. «Versuche dich locker zu geben.»

Das «Falls uns jemand beobachtet» hat er wohlweislich weggelassen, dachte Andrina.

Im Mondlicht hatte sie das Gefühl, wie im Rampenlicht zu sein. Sie zwang sich, ihren Arm um seine Taille zu legen und einen entspannten Eindruck zu hinterlassen. Als sie die Wiese zur Strasse hochschlenderten, vermied sie es, in seine Richtung zu schauen. Nachdem sie die Strasse erreicht hatten, näherten sie sich ihrem Wagen. Die Beifahrertür war abgerissen und lag am Strassenrand.

Erneut tauchte das Bild eines heranrasenden Autos auf. Vor ihrem inneren Auge spielte sich das ab, was vermutlich eingetreten wäre, wenn Marco nicht eingegriffen hätte. Sie sah deutlich vor sich, wie sie gerammt und durch die Luft geschleudert worden wäre. Andrina schwitzte, und ihr Atem beschleunigte sich.

«Andrina?» Marcos Stimme klang weit weg. «Mach nicht schlapp.»

Sie liess sich von Marco die Strasse entlangführen, bis er vor einem VW stehen blieb, der vor einer Garage parkiert war.

Marco startete den Wagen und fuhr an. Im Scheinwerferlicht erkannte Andrina ein grünes Garagentor. Das Licht huschte über Holztische, einen Brunnen und eine Feuerstelle, als Marco wendete.

Sie fuhren hangabwärts durch die Rebberge und erreichten

die ersten Häuser. Andrina warf ihm einen Seitenblick zu. Das Licht der Strassenlaternen erhellte sein Gesicht. Er war es tatsächlich. Marco bog mehrere Male für Andrina unvorhergesehen ab. Einmal hielt er hinter einem Baum auf dem Parkplatz eines Ladens an und wartete. Wiederholt schaute Andrina sich um. Keiner folgte ihnen.

«Wohin fährst du?»

«Zu der Pension, in der ich ein Zimmer gemietet habe.»

«Aber vorher bringst du mich nach Hause.»

«Nein. Sie könnten dort warten.»

Andrina gab einen erstickten Laut von sich.

«Wo sind deine Tochter und Enrico?» Die Frage klang, als habe Marco sie widerwillig gestellt.

«Rebecca ist bei Seraina und Enrico bei einem Klassentreffen in Lugano.»

«Klassentreffen im Tessin?»

«Na ja, es ist eher ein Treffen von Kommilitonen aus der Zeit seines Studiums.»

«Das heisst, bei dir ist keiner zu Hause?»

«Nein.»

«Du hast den Schlüssel?»

«Der liegt im Auto.»

«Kannst du Seraina und Enrico anrufen?», fragte Marco.

«Mein Handy ist in der Tasche im Auto.»

Andrina legte den Kopf gegen die Nackenstütze. Warum hatte sie nicht daran gedacht, die Sachen aus dem Auto zu holen, als sie eben daran vorbeigegangen waren?

«Du kannst morgen früh mit meinem telefonieren. Ich will einfach wissen, dass es ihnen gut geht.» Dieser Satz jagte Andrina einen Schauer über den Rücken.

Marco Feller schaltete Motor und Licht aus, nachdem er vor einer kleinen Pension im Solothurner Teil von Erlinsbach angehalten hatte. Andrina hatte zu Serainas Haus hochgeschaut, sich aber verkniffen, ihn zu bitten, sie dort abzusetzen. Während der

Fahrt von Klingnau nach Erlinsbach war kein Wort zwischen ihnen gefallen. Die Fahrt hatte länger als normal gedauert, da Marco hin und wieder abgebogen und einige Umwege gefahren war. Keiner war ihnen gefolgt.

Marco stieg aus. «Komm», sagte er.

Sie eilten auf das Gebäude zu. Das Licht schaltete sich automatisch ein, als sie durch den Eingangsbereich liefen. Andrina folgte Marco in den zweiten Stock. Mit einem mulmigen Gefühl betrat sie hinter ihm das Zimmer. Die Tür fiel hinter ihnen ins Schloss.

Das Zimmer war klein und befand sich direkt unter dem Dach. Die Dachschräge vermittelte in dem warmen Licht der Stehlampe Gemütlichkeit. Die Decke war mit weiss lasiertem Holz getäfert, und der Boden bestand aus einem dunklen Parkett. Die Möbel waren rustikal. Zwei Einzelbetten standen auf der rechten Seite unter der Dachschräge. Dazwischen befand sich ein Nachttischchen. Gegenüber hatte es nur Platz für eine kleine Kommode mit Spiegel. Neben der Eingangstür befand sich ein kleines WC mit Dusche. An der Wand gegenüber der Zimmertür war ein grosses Fenster, das wie ein riesiges viereckiges schwarzes Auge aussah.

Marco zog den gelb-weiss gemusterten Vorhang vor das Fenster und drehte sich um.

Er war braun gebrannt, was das Blau in seinen Augen stärker zum Leuchten brachte. In seine dunkelbraunen vollen Haare hatten sich einzelne weisse Haare gemischt. Das Gleiche galt für den Dreitagebart, der ihm einen verwegenen Eindruck verlieh und die Ähnlichkeit zu seinem Halbbruder Enrico stärker in den Vordergrund treten liess. An den Augenwinkeln konnte Andrina kleine Falten erkennen, die man durchaus als Lachfältchen bezeichnen konnte. Aber Lachen passte in Bezug auf Marco nicht, wenn sie an die Zeit dachte, als er vor einem Jahr aufgebrochen war.

Auch Marco musterte sie. «Du hast dich definitiv nicht verändert», sagte er.

Andrinas Unwohlsein verstärkte sich. Der Raum mass bestimmt nicht mehr als fünfzehn Quadratmeter. Mit Marco wollte sie nicht so dicht zusammen sein. Lass das, dachte sie. Du hast heute keine andere Wahl, konzentriere dich lieber auf die wichtigen Dinge.

«Was willst du tun? Warum bist du hier? Wie lange bist du in der Schweiz? Warum warst du heute Abend zum richtigen Zeitpunkt dort?»

«Stopp. Das sind viele Fragen auf einmal.» Er lachte, und die Falten an seinen Augen vertieften sich. Das war der Mann, in den sie sich vor einer für sie gefühlten Ewigkeit einmal verliebt hatte. Diese Erkenntnis fühlte sich wie ein Schlag in die Magengrube an, und Andrina musste sich abwenden.

«Am besten fange ich von vorne an, und du erzählst mir danach, was hier eigentlich los ist.» Er setzte sich auf das Bett an der Fensterseite und deutete auf das andere. «Möchtest du etwas trinken?» Mit der rechten Hand wies er auf die Kommode, auf der ein Wasserkocher stand. «Ich habe Instantkaffee und Tee. Sonst könnte ich dir Hahnenwasser anbieten.»

Andrina schüttelte den Kopf und setzte sich auf das Bett Marco gegenüber.

«Okay, Kurzfassung?», fragte er.

Sie nickte.

«Seit kurz vor deiner Hochzeit bin ich zurück.»

Also war er es, den sie vor der Kirche und in der Nacht nach der Feier gesehen hatte. «Du warst bei meiner Trauung und am Abend im Hotel Seerose.»

«Nein, ich war nur kurz beim Apéro in Birrwil und bin sofort wieder gegangen.»

In dem Fall war der Mann am Steg ein Hotelgast gewesen. «Du bist mir aber an anderen Tagen gefolgt. Im Wald. Beim Bachfischet. Beim Einkaufen.»

«Ich habe dir nicht nonstop nachgestellt, wie du andeutest. Ich bin dir nur gefolgt, wenn ich dich zufällig getroffen habe.»

«Zufällig?», wiederholte Andrina ungläubig.

Marco antwortete nicht.
«Warum?»
Weiterhin Schweigen.
«Wieso folgst du mir im Jogging-Outfit nach Klingnau in die Waldhütte?»
«Nach all dem, was in den Medien berichtet wurde, wollte ich nicht, dass dir etwas passiert.»
«Ich kann gut und gerne selber auf mich aufpassen», fauchte Andrina.
«Offenbar nicht.»
Touché, dachte Andrina frustriert.
«Das, was gerade los ist, ist nicht der eigentliche Grund für mein Verhalten und dafür, warum ich keinen Kontakt zu euch aufgenommen habe», sagte Marco nach einer Weile. «Ich habe mich nicht getraut, da ich das Gefühl hatte, meine Rückkehr würde mit wenig Begeisterung aufgenommen.»
«Von mir.»
«Ja. Von dir, von Gabi, von Max und von den anderen. Ich weiss, es klingt seltsam. Ich wollte wissen, ob ich nach Aarau zurückkehren kann.»
«Um das herauszufinden, stellst du uns nach? Wie krank ist das denn?» Angst verdrängte das Unwohlsein. War das der wahre Grund? Konnte sie ihm überhaupt trauen? Mit Mühe konnte Andrina den Drang unterdrücken, aus dem Zimmer zu stürzen.
«Ich weiss, das ist für dich nicht nachvollziehbar. Ich wollte zuerst wissen, wie ihr lebt, wie es euch geht. Erst von Weitem, später wollte ich es von Nahem auf einen Versuch ankommen lassen. Daher habe ich mich bei keinem zurückgemeldet. Wie erwähnt, ich habe euch aber nicht nonstop nachgestellt.»
«Damit wolltest du herausfinden, ob du wieder in der Schweiz leben kannst?», fragte Andrina. Sie gab sich Mühe, Marcos Erklärung nachzuvollziehen.
«In der Schweiz und in Aarau.»
«Und?», rutschte es Andrina über die Lippen.

«Ich weiss es, ehrlich gesagt, nicht. Aber ich denke, ich sollte nach einem Jahr wieder sesshaft werden.»

«Es weiss wirklich keiner, dass du zurück bist?», hakte Andrina nach. Es mutete sie nach wie vor seltsam an. Marco täuschte vor, irgendwo auf der Welt unterwegs zu sein, schickte Gabi entsprechende Fotos, dabei war er längst wieder in der Schweiz. Die Motivation, die er genannt hatte, klang wenig plausibel, und Andrina konnte ihm nicht abnehmen, dass dies der wahre Grund für sein Verhalten war. «Auch Gabi nicht?»

Seine Gesichtszüge wurden hart, und das war der Marco, der er gewesen war, bevor er abgereist war. «Sie wird am wenigsten glücklich über meine Rückkehr sein.»

«Was ich nachvollziehbar finde.»

«Warum?» Das klang scharf.

«Du bist von heute auf morgen abgereist, mit unbestimmtem Ziel, und hast dich die ersten Monate nicht gemeldet. Auf einmal schickst du diese Postkarten in Form von Fotos via WhatsApp. Dabei erkundigst du dich mit keinem einzigen Wort nach deinem Sohn.»

«Das stimmt so nicht. Wer behauptet das? Gabi?» Marco verschränkte die Arme vor der Brust und reckte das Kinn.

Andrina schwieg.

«Ich habe mich erkundigt. Meine Hilfe angeboten – bevor ich abgereist bin und als ich unterwegs war. Ich habe sie gebeten, mich auf dem Laufenden zu halten, was André betrifft. Nichts. Nicht einmal ein Foto hat sie mir von ihm geschickt. Du glaubst mir nicht?» Marco stand auf, holte sein Handy aus der Hosentasche und setzte sich neben Andrina. Sie widerstand dem Drang, von ihm wegzurutschen. Er scrollte durch den Chat mit Gabi und reichte schliesslich Andrina das Handy. «Das sind Nachrichten, die ich Gabi vor meiner Abreise geschickt habe. Und diese hier danach. Das ist Gabis Antwort.»

Lass uns in Ruhe und verschwinde aus unserem Leben. Wir wollen keinen Kontakt zu dir. Nie mehr.

Andrina blickte auf das Datum. Ende Juni im vergangenen Jahr. Sie scrollte weiter durch den Chat. Marco hatte weitere Nachrichten geschickt, auch nach seiner Abreise, aber nie eine Antwort erhalten. Danach gab es eine mehrmonatige Pause, bis er einen neuen Anlauf unternahm, Kontakt herzustellen. Mit Fotos von unterwegs, auf denen er abgebildet war. Andrina war es unmöglich, Marco anzusehen. Sie war schockiert. Warum hatte Gabi nicht die Wahrheit gesagt und stattdessen das Bild des ignoranten Marco Feller aufrechterhalten, das sich in Andrina in dem halben Jahr vor seiner Abreise aufgebaut hatte? Es stand ausser Frage, wie ungebührend er sich damals verhalten hatte. Er hatte Fehler gemacht, die Gabi und Andrina beinahe das Leben gekostet hatten. Offenbar hatte er seinen Fehler gutmachen wollen. Egal ob es dafür zu spät gewesen war, es war unfair von Gabi, wie sie sich verhielt. Sie konnte trotzdem offen und ehrlich sein, und Andrina hätte es sogar verstanden, wenn sie ihm nicht verzeihen konnte.

«Erstaunlicherweise hat sie mich nicht blockiert», sagte Marco in die entstandene Stille hinein.

«Das tut mir ... ich habe all das nicht gewusst.»

«Woher auch?» Er nahm Andrina das Handy ab. «Ich habe viele Fehler gemacht. Mit dir. Mit Gabi. Mit anderen. Das kann ich nicht mehr ändern. Die Reise war für mich eine Selbstfindung. Ich weiss, das klingt kitschig. Ich brauchte die Auszeit, um zu wissen, was ich machen soll, und vor allem, wie ich es machen soll. Dazu musste ich mit mir ins Reine kommen.»

«Bist du das?»

«Frage mich etwas Einfacheres. Wäre ich sicher, würde ich nicht erst einmal vorsondieren, ob ich nach Aarau zurückkehren möchte. Was ich jedoch weiss: Das Nomadenleben ist nichts für mich. Es war schön, unterwegs zu sein, aber es ist, wie gesagt, nun genug.»

«Was machst du, wenn du herausfindest, Aarau ist nicht der Ort, wo du bleiben möchtest?»

«Mir einen neuen suchen.» Marco stand auf und trat ans Fenster. Er schob den Vorhang ein Stück zur Seite und spähte hinaus. «Genug von mir. Mir ist klar, nicht alle deine Fragen beantwortet zu haben, aber uns sollte lieber beschäftigen, warum diese Kerle dich töten wollten.»

Andrina verkrampfte sich. Der Mordversuch war in den Hintergrund getreten, während sie über Marcos Motivation für seine Rückkehr gesprochen hatten.

Marco unterdrückte ein Gähnen. «Ich denke allerdings, das werden wir nicht heute Nacht herausfinden und sollten es auf morgen vertagen. Ich bin hundemüde. Um morgen richtig zu reagieren, müssen wir ausgeruht sein. Schlafmangel verleitet zu Fehlern.»

Bevor Andrina sich versah, hatte er das Licht ausgeschaltet. Nach einigen Sekunden hörte sie die Bettdecke rascheln und bald darauf gleichmässiges Atmen. Auch hier hatte er sich verändert. Galt es einen Fall zu lösen, hatte er sich früher richtig darin verbissen. Jetzt legte er sich schlafen, als ob nichts passiert wäre. Sie wurde definitiv nicht schlau aus ihm.

Allerdings musste sie ihm recht geben. Eine Lösung würden sie mitten in der Nacht nicht finden.

Andrina streifte die Schuhe ab und legte sich auf das Bett. So schnell wie Marco konnte sie keinen Schlaf finden. Ihre Gedanken kreisten unaufhaltsam durch ihren Kopf und drifteten von Gabi zu dem Mordversuch, bis eine Frage im Kopf Gestalt annahm: Warum hatte Marco nicht die Polizei verständigt? Jeder hätte an Marcos Stelle den Notruf getätigt, sobald dies möglich gewesen wäre. Früher wäre dieses Unterlassen unvorstellbar gewesen. Mehr noch, es wäre ein unverzeihlicher Fehler gewesen.

NEUNZEHN

Jemand rüttelte leicht an ihrer Schulter.

«Enrico, lass mich schlafen. Es ist Wochenende», brummte Andrina und drehte sich auf die Seite.

«Weder noch», sagte eine Männerstimme, die nicht Enricos war.

Andrina setzte sich ruckartig auf und stiess mit ihrem Kopf gegen den des Mannes, der sich zu ihr heruntergebeugt hatte. Sie brauchte einen Augenblick, bis sie Marco erkannte. «Entschuldige», sagte sie und rieb ihre Stirn.

«Kein Problem.»

Andrina richtete sich benommen auf. Offenbar war sie eingeschlafen, was sie nicht für möglich gehalten hatte.

Der Vorhang war zur Seite geschoben, und die Sonne schien ins Zimmer. Staubteilchen tanzten in dem Licht.

«Wie spät ist es?»

«Gleich zehn Uhr.»

«Himmel, ich muss Rebecca abholen.» Andrina sprang auf.

«Nein.» Marco stiess sie zurück auf das Bett.

«Was?»

«Dein ramponierter Wagen wurde von dem Bauern entdeckt, als er den Mais auf dem Feld neben der Wiese ernten wollte. Im Radio wurde von nichts anderem geredet, als ich gefrühstückt habe.»

«Ja und?»

«Es gibt eine Menge Spekulationen über deinen Verbleib. Dein Name wurde nicht genannt, aber aufgrund der Meldungen ist es eindeutig, wem der Wagen gehört. Anderes hätte mich erstaunt. Immerhin lag deine Tasche mit Portemonnaie und Ausweis im Auto.»

«Umso schneller sollte ich den Spekulationen ein Ende setzen und mich melden.»

«Nein.»

«Nein?», rief Andrina. War er übergeschnappt?

Marco bedachte sie mit dem unnachgiebigen Blick, den sie gut von früher kannte und am Ende gehasst hatte.

«Die, die dich in der letzten Nacht lieber tot als lebendig gesehen hätten, warten nur, dass du dich meldest, damit sie wissen, wo sie dich finden können. Sie warten auf eine neue Gelegenheit, um ihr Vorhaben erfolgreich abzuschliessen.»

Er brachte sein Gesicht dicht vor ihres. Andrina gelang es, seinem Blick standzuhalten. In gewisser Weise war es einleuchtend, was er sagte. Aber sie waren nicht in einem Actionfilm.

«Seraina und Enrico werden vor Sorge umkommen», sagte sie.

«Das ist ein guter Punkt. Wir müssen einen Weg finden, sie wissen zu lassen, dass es dir gut geht, aber du solltest dennoch für eine Weile untergetaucht bleiben.»

Wie stellte er sich das vor?

«Wir brauchen ein Versteck. Hierbleiben kannst du nicht.»

«Habe ich was verpasst, und bist du wieder bei der Kripo?»

«Nein.» Marco reichte Andrina ein Gipfeli. «Das habe ich vom Frühstücksbuffet mitgenommen. Ich konnte nicht mehr mitnehmen. Tut mir leid. Das wäre sonst aufgefallen.»

Andrina merkte, Hunger zu haben. Sie biss hinein.

«Mein Haus wäre eine gute Alternative», sagte Marco.

«Hast du das nicht vermietet?»

«Nur für ein Jahr. Die Expats sind nach Schweden zurückgekehrt. Seit zwei Wochen steht es leer.»

«Warum wohnst du in einer Pension?»

«Falls ich mich gegen Aarau entscheide, möchte ich mein Haus schnell wieder vermieten können.»

«Du meinst, dort sucht mich keiner?»

«Es gibt keine Verbindung zwischen uns beiden, von denen der Mann und die Frau von letzter Nacht wissen können.»

«Welche Frau? Das waren zwei Männer.» Andrina dachte an

die beiden Personen, die zum Feld gerannt waren. Beide hatten Jeans und dunkle Jacken getragen und Kappen aufgehabt.

«Nein. Ich gebe zu, zuerst dachte ich wie du, es handle sich um zwei Männer. Die Frau hatte eine tiefe Stimme. Der eine war kräftig gebaut. Die andere Person hatte dagegen eine zierliche Gestalt. Das spricht für Frau und Mann.»

Jetzt, da Marco es sagte, meinte sie sich zu erinnern, dass einer der beiden kleiner gewesen war. Ob es sich aber um zwei Männer oder bei dem einen um eine Frau gehandelt hatte, hätte sie nicht sagen können.

Sie gelangten zu dem VW, den Marco gemietet hatte, ohne von jemandem gesehen zu werden. Marco fuhr die Hauptstrasse entlang und bog beim Kreisel in die Aarauerstrasse ein. Andrina vermied es, den Hang hoch zu Serainas Haus zu schauen. Wie würde Rebecca reagieren, wenn ihre Mami sie nicht abholte? Würde sie weinen, oder würde es Seraina gelingen, sie abzulenken? Andrina wagte es zudem nicht, sich vorzustellen, wie es in Seraina und Enrico aussehen musste. Sie konnte selber das Leid spüren, das die beiden empfinden mussten.

«Ich rufe sie an, wenn wir in meinem Haus sind», hatte Marco gesagt.

Warum tat er es nicht sofort? Der Verdacht, Marco könnte eigene Ziele verfolgen, festigte sich. Konnte sie ihm trauen? Angst kroch in Andrina hoch. Steckte er mit den beiden von letzter Nacht unter einer Decke? War das überhaupt möglich? Rechnungen zu begleichen, hatte er genug. War das der Grund, weshalb er nach Aarau zurückgekehrt war? Rache an Enrico, weil Andrina sich damals für ihn und nicht für Marco entschieden hatte? Das lag weit zurück. Kein Hinderungsgrund, dachte sie. Wenn er nachtragend war, was sie ihm durchaus zutraute, würde Enricos Schuld nie verjähren.

Sie fuhren über die Aare und bogen rechts in die Flösserstrasse ab. Die Ampel an der Kreuzung zur Schiffländestrasse war rot. Raus aus dem Auto, dachte Andrina. Bevor sie ihr Vorhaben in die Tat umsetzen konnte, schaltete die Ampel auf

Grün. Marco bog links ab und fuhr durch den Sauerländertunnel. Andrinas Gedankenspirale drehte sich weiter. Hatte er Rebecca in seiner Gewalt, und würde er ihr etwas antun, wenn Andrina nicht das tat, was er wollte? Hätte er es sie in einem solchen Fall nicht längst wissen lassen, oder hielt er dies als Joker zurück, falls Andrina sich widersetzte?

Marcos Haus sah aus, wie Andrina es in Erinnerung hatte. Obwohl es möbliert war, machte es einen unbewohnten Eindruck. Die Luft war abgestanden, und Andrina hatte das Bedürfnis, sofort die Fenster aufzureissen. Sie hielt sich zurück. Marco stellte die beiden Tragetaschen mit den Einkäufen auf die Küchenanrichte und räumte den Kühlschrank ein.

Bevor sie hierhin gefahren waren, hatten sie eingekauft. Er hatte Andrina gebeten, mit in den Coop zu kommen. Offenbar misstraute er ihr, wie sie ihm, und hielt es für denkbar, dass sie nicht mehr in seinem Wagen war, wenn er zurückkehrte.

«Man könnte mich erkennen», hatte Andrina gesagt.

«Es wird keiner auf dich achten», war seine Antwort gewesen. Damit hatte er recht behalten.

Viele Leute waren nicht in dem Laden gewesen, und keiner hatte sie beachtet. Das passte zu Marcos Aussage, dass keine Details über ihr Aussehen gemacht worden waren. Fieberhaft hatte Andrina überlegt, wie sie jemanden auf sich aufmerksam machen konnte, war aber nicht in der Lage gewesen, zu handeln. Wie bereits früher musste sie nun erfahren, wie gelähmt man in Ausnahmesituationen war und wie irrational für andere man sich verhielt.

Marco schloss die Kühlschranktür. Andrina kam es wie ein Wiedereinzug vor, was ihr nicht behagte.

«Möchtest du etwas trinken?», fragte er.

«Nein danke.» Andrina war sich bewusst, wie kurz angebunden das herüberkam, aber sie konnte nicht anders.

Wie mehrmals an diesem Vormittag musterte sie Marco von der Seite. Er gab sich locker ihr gegenüber. Von der Spannung, die früher zwischen ihnen geherrscht hatte, war von seiner Seite nichts zu spüren. Entweder war er endlich über ihre Trennung hinweggekommen, oder er kaschierte es gut.

Oder es konnte an Andrinas und Enricos Hochzeit liegen. Diese verlieh allem eine Endgültigkeit, an der es nichts mehr zu rütteln gab. Gehörte er zu den Männern, für die eine verheiratete Frau tabu war?

«Wann informierst du Enrico?», fragte Andrina.

«Das habe ich getan, als du eben auf dem WC warst.»

Sie hatte ihn reden gehört. Beschwichtigend, aber Wörter hatte sie nicht verstanden. Es konnte allerdings gespielt gewesen sein. Ob er wirklich telefoniert hatte, konnte sie nicht beurteilen. «Deine Schwester weiss ebenfalls Bescheid.»

«Begeistert waren sie bestimmt nicht, ausgerechnet von dir …»

«Ja, Begeisterung sähe anders aus. Beide waren jedoch erleichtert, dass du wohlbehalten bist. Sie baten mich, dich zu grüssen.»

Enrico hatte nicht darauf bestanden, mit Andrina zu reden? Undenkbar. Marco hatte ihn nicht gelassen, das war die logische Erklärung.

«Ich sagte ihnen, du seist in einem sicheren Versteck, das ich ihnen nicht nennen könne. Sie sollten mir vertrauen.»

Beinahe hätte Andrina aufgelacht. Marco war der Letzte, dem Enrico vertraute.

«Ich habe einige Überredungskunst aufbringen müssen, um sie zu überzeugen, sich ruhig zu verhalten. Ich hoffe, sie halten dicht. Auch gegenüber meinem ehemaligen Team.» Er schaltete das Radio ein.

«… Nach wie vor gibt es keine Anhaltspunkte über den Verbleib der Frau, dessen demoliertes Auto heute Morgen auf dem Achenberg bei Klingnau gefunden wurde. Derzeit wird mit Hunden die Umgebung abgesucht –»

Andrina schaltete das Radio aus. «Die Verbrecher wissen, dass ich entkommen bin.

«Eben, daher halte ich dich versteckt.»

«Sie könnten bei Enrico oder Seraina nachfragen.»

«Das glaube ich nicht.»

«Oder sonst versuchen, von ihnen zu erfahren, wo ich bin.»

«Beide wissen nicht, wo wir sind», sagte Marco.

War er so naiv, oder tat er nur so? Sie könnten Gewalt anwenden, um es herauszufinden, hätte Andrina am liebsten geschrien. Nur mit Mühe konnte sie sich unter Kontrolle halten.

Marco faltete die Papiersäcke zusammen und legte sie in den Schrank, in dem er früher die Tragetaschen aufbewahrt hatte.

«Du kannst im Gästezimmer schlafen», sagte er, als ob nichts sei, und führte Andrina in das Zimmer.

Auch hier sah alles so aus, wie Andrina es in Erinnerung hatte. Zu ihrer Erleichterung hatte er ihr nicht das Schlafzimmer im ersten Stock zur Verfügung gestellt. Das wäre zu weit gegangen.

«Bleibst du in der Pension?», fragte sie und folgte ihm ins Wohnzimmer.

«Eigentlich würde ich lieber bei dir bleiben. Allerdings ist das heikel.» Er setzte sich auf das Sofa. «Kannst du mir bitte sagen, was in letzter Zeit los ist? Ich kenne nur die Version aus den Medien. Diese Morde an Leo Mettler, Raoul Schneider und an Heinz Roth. Es wurde zwar in den Nachrichten darüber berichtet, aber mir ist bewusst, das ist nicht alles. Ich habe das Gefühl, das, was mit dir letzte Nacht passiert ist, hat damit zu tun.»

Er hatte eindeutig in den Ermittlermodus gewechselt. Andrina begann mit ihrem Bericht. Sie fing mit dem Brandanschlag bei JuraMed an und endete mit Susannas Unfall. Marco unterbrach sie nicht. Nachdem Andrina geendet hatte, schwieg er.

«Hat Susanna dir gegenüber ihren Bruder mal erwähnt?», fragte sie.

«Am Anfang einmal, aber nicht detailliert. Das, was ich weiss, habe ich aus ihren Unterlagen entnommen. Susanna vermied es, über ihre Familie zu reden, und ich habe das respektiert.» Er stand auf und trat ans Fenster. «Sie hätte dich nicht mit hineinziehen dürfen.»

«Sie wusste nicht, was sie tun sollte. Sie hätte wegen Befangenheit nicht mehr an den Ermittlungen beteiligt sein dürfen, aber das konnte sie nicht. Sie musste herausfinden, ob er beteiligt ist oder nicht. Es ging um – wie soll ich sagen – Persönliches. Sie sagte, ihr Bruder wolle sie herausfordern.»

«Du meinst, ob sie eine genügend gute Polizistin ist, die ihn fasst?»

«So ungefähr.»

«Ich bin überzeugt, ihr Bruder hat damit zu tun.»

«Wieso denkst du das? Wegen des Unfalls? Den könnte jeder andere Täter auch veranlasst haben.»

«Nenn es Bauchgefühl.»

«Zu dem Zeitpunkt war er auf Mallorca.» Andrina erinnerte Marco an das, was sie in ihrem Bericht erwähnt hatte.

«Wie du ausserdem angedeutet hast und mit mir als Beispiel siehst, kann man heutzutage vieles manipulieren. Besonders bei den sozialen Medien.»

«Wenn es Fabian ist, warum hat er versucht, mich zu töten?»

«Du warst mit Susanna in La Neuveville und hast dich somit in seine Angelegenheiten gemischt.»

Logisch. Darauf hätte Andrina selber kommen können.

«Ich lasse mir was einfallen. Das Telefon», Marco deutete mit dem Kopf zum Festnetzanschluss, «ist einsatzfähig. Bitte nimm keine Gespräche entgegen, ausser das Display zeigt meinen Namen an. Meine Handynummer habe ich auf den Post-it neben dem Telefon notiert.»

Er verabschiedete sich und ging rasch zur Tür. Dort drehte er sich um. «Bitte keinen Kontakt zu Enrico oder Seraina. Vertrau mir.»

Ihm vertrauen. Genau das war der Punkt, bei dem sie sich unsicher war.

Andrina folgte Marco in den Gang. Er schlüpfte in die Schuhe und eilte aus dem Haus, ohne die Schuhbändel zu binden. Das Ganze kam Andrina wie eine Flucht vor. Hatte er es nicht mehr mit ihr in einem Raum ausgehalten, weil seine Absichten nicht so ehrlich waren, wie er sie glauben lassen wollte? Oder hielt er es in ihrer Gegenwart nicht mehr aus, weil er seine Gefühle ihr gegenüber nicht mehr im Griff hatte, wenn sie den Blick, den er ihr zugeworfen hatte, bevor er zu seinem Wagen geeilt war, richtig deutete? Wieso liess er sich überhaupt zu dieser Aktion verleiten? Was hatte er davon? Genau dieses Vorgehen war das, das er früher am meisten gehasst hatte.

Andrina setzte sich auf das Sofa und blickte sich um. Sie hatte beschlossen, sich an Marcos Anweisungen zu halten. Vorerst. Immerhin war er vom Fach und wusste, was in solchen Situationen zu tun war. Obwohl sie sich weiterhin über seine Motivation unsicher war. Er hätte sie nicht alleine gelassen, wenn er mit Fabian unter einer Decke steckte. Das Risiko war zu gross, dass sie abhaute. Ausserdem hätte er ihr längst etwas antun können.

In Marcos Haus zu sein fühlte sich falsch an. Es war still. Zu still. Es gab keine Ablenkung. Kurz hatte sie das Radio eingeschaltet, um die Stille mit Musik zu füllen. Fünf Minuten später kamen die Nachrichten. Sofort hatte Andrina das Radio ausgeschaltet. Sie wollte die News nicht hören. Erneut drang in ihr Bewusstsein, wie knapp es gestern gewesen war. Wäre Marco nur Bruchteile von einer Sekunde später da gewesen, wäre sie tot gewesen.

War sein Ansatz der richtige, sie zu verstecken? Das konnte die Polizei genauso gut, wenn nicht sogar besser. Warum hatte er Wagner nicht verständigt? Eine Erklärung könnte Marcos fehlendes Vertrauen in Wagner und sein Team sein. Nächste Frage: Warum vertraute er seinem ehemaligen Team nicht? Lag der Grund in unschönen Szenen damals, als er gekündigt hatte? Bezog das, was zwischen Marco und Wagner vorgefallen war, die Übrigen vom Team mit ein? Rechtfertigte das sein Handeln?

Dieses Verhalten passte nicht zu dem Marco Feller, den sie von früher kannte. Früher wäre so eine Aktion für ihn ein No-Go gewesen. Konnte sich ein Mensch innerhalb eines Jahres so stark verändern?

Die Stille, die Andrina umgab, hatte etwas Bedrohliches. Sie wünschte, Marco wäre geblieben. Allein sein war nicht das Ideale in ihrer Situation. Andrina schaltete den Fernseher ein. Keine gute Idee. Die «Tagesschau» hatte gerade angefangen, und hinter der Moderatorin war ein Foto von ihr.

«Nach wie vor fehlt jede Spur von Andrina Bianchi. Gemäss dem Mediensprecher der Aargauer Kantonspolizei wird inzwischen von einer Entführung ausgegangen …»

Entführt? Sie musste sich melden. Dringend.

Das Telefon klingelte, und Andrina sprang vor Schreck auf. Auf dem Display erkannte sie Marcos Namen.

«Hast du die Nachrichten geschaut?»

«Ich bin gerade dabei.» Andrina schaute zurück zum Bildschirm. «Ich sollte mich melden.»

«Nein.»

«So ist das keine Lösung. Warte mal.»

Die Moderatorin stand auf einem Platz. Im Hintergrund waren Bäume zu sehen. Eine Strasse führte in den Wald. Weiter links konnte Andrina die Wiese erkennen. Das musste bei der Waldgarage des Forstamts sein. Auf der Strasse waren einige Schaulustige zu erkennen. Ein Mann schlenderte aus dem Wald. Er befahl dem Golden Retriever, sich zu setzen, und schaute in die Kamera. Es war der Mann, der sie vor einigen Tagen nach dem Weg zum Hallenbad gefragt hatte.

«Fabian Salzmann ist mutmasslich verdächtig, an den Anschlägen auf Raoul Schneider und Stadtrat Leo Mettler beteiligt gewesen zu sein», sagte Marco.

«Fabian Salzmann. Also doch Susannas Bruder?», rief Andrina.

«Anscheinend hatte Susanna mit ihrer Annahme recht», sagte Marco.

«Bist du inzwischen an den Ermittlungen beteiligt?»

«Ich habe ausser zu dir zu keinem Kontakt aufgenommen.»

Andrina wurde das Gefühl nicht los, dass Marco log. Wusste Max Wagner von seiner Rückkehr? Hatte er ihn um Mithilfe gebeten, Andrina zu verstecken? Das wäre ein unkonventionelles Vorgehen. Allerdings war es in dieser Situation durchaus denkbar. Andrina brauchte sich nicht anzustrengen, sich vorzustellen, was in Samuel Häusermann vor sich gehen musste. Nicht nur in ihm.

Marco hatte ihr einmal erzählt, wie empfindlich sie reagierten, wenn ein Kollege zu Schaden kam. Das konnte durchaus aussergewöhnliche Massnahmen nach sich ziehen.

Andrina starrte weiter auf den Bildschirm. Wo hatte sie diesen Mann bereits einmal gesehen? Ausser bei der KEBA.

Der Mann wandte sich zum Gehen und schaute sich um, bevor er im Wald verschwand – genau zu dem Zeitpunkt, als der Kameramann die Kamera über die Umgebung schwenken liess und dabei den Mann heranzoomte.

«Kennst du Fabian Salzmann?», fragte Marco.

Der Mann lief den Weg zurück, und Andrina fiel es wie Schuppen von den Augen.

«Ich bin ihm einmal begegnet», sagte sie langsam.

«Wann?»

Andrina berichtete ihm von ihrer Begegnung bei der KEBA und von Fabians Facebook-Account.

«Bist du sicher?», rief Marco.

«Ja, und in dem Beitrag eben war er zu sehen. Der Mann mit dem Golden Retriever.»

«Bist du dir sicher?», wiederholte er.

«Ja.»

«Ich kümmere mich darum und melde mich morgen früh.»

Bevor Andrina antworten konnte, hatte er aufgelegt.

ZWANZIG

Andrina schreckte aus dem Schlaf. Dunkelheit umgab sie. Sie brauchte einen Augenblick, bis sie wusste, wo sie war. Neues Unbehagen stieg in ihr auf. Sie würde Marco bitten, eine andere Bleibe für sie zu finden. In seinem Haus Unterschlupf zu haben war ihr zu persönlich.

Das Unbehagen, das sich mit jeder Sekunde verstärkte, hatte nicht nur mit ihrer Anwesenheit in diesem Haus zu tun. Andrina überlegte, ob der Traum der Grund sein konnte. Sie versuchte sich zu erinnern, was sie geträumt hatte, aber bis auf einzelne Fetzen hatte sich der Traum verflüchtigt. Sie erinnerte sich an ein Auto, das auf sie zuraste. Bevor sie zur Seite gesprungen war, hatte sie Enrico hinter dem Steuerrad erkannt. Und danach? Keine Chance, den Rest zurückzuholen. Enrico. Andrina fragte sich, was er gerade machte. Rebecca. Sie hörte ihr Lachen und sah sie vor sich, wie sie mit ausgebreiteten Armen auf sie zukam. Sie spürte, wie sich Rebeccas Arme um sie schlossen und sie einen Kuss auf ihre Wange drückte. Tränen traten in Andrinas Augen. Ging es Enrico und Rebecca gut? Wo waren sie? Zu Hause?

Andrina setzte sich auf. Hoffentlich waren sie das nicht. Sie erinnerte sich, was Marco gesagt hatte. Die Personen, die versucht hatten, Andrina zu überfahren, konnten das Haus beobachten. Das würde bedeuten, Enrico und Rebecca schwebten in Gefahr. Immerhin mussten die Täter annehmen, dass Andrina mit ihnen gesprochen hatte und … Wovon gingen sie aus, dass sie weitererzählt haben könnte? Welches Wissen konnte Andrina beinahe zum Verhängnis geworden sein? Das gleiche wie Susanna? Wenn das so war, musste Fabian definitiv der Täter sein. Was hatte Fabian mit Raoul Schneider, Leo Mettler und ihrem Nachbarn zu tun? Nach wie vor sah Andrina den Zusammenhang nicht. Oder hingen die Überfälle auf Susanna und sie nicht mit diesen Morden zusammen? Es war alles verwirrend.

Der Drang, mit Enrico zu sprechen, wurde grösser. Andrina setzte sich auf und tastete nach dem Mobilteil von Marcos Telefon, das auf dem Nachttischchen lag. Sie hatte sich sicherer gefühlt, wenn es in der Nähe war, damit sie notfalls schnell telefonieren konnte. Das Display leuchtete auf. Halb zwei in der Nacht. Nicht die ideale Zeit zum Telefonieren.

Würde Enrico überhaupt schlafen? Erneut versuchte Andrina sich seine Reaktion auszumalen, als Marco ihn verständigt hatte. Er würde alles andere als begeistert sein, Andrina bei seinem Halbbruder zu wissen. Marcos Abwesenheit hatte den Konflikt der Halbbrüder in den Hintergrund gedrängt. Enrico war weiterhin davon überzeugt, Marco werde alles versuchen, Andrina zurückzugewinnen, wenn er zurückkehrte.

Offenbar hatte Marco ihn überzeugt, sich ruhig zu verhalten. Wäre es anders gewesen, wäre längst die Polizei hier aufgetaucht. Oder auch nicht, da Marco ihm nicht gesagt hatte, wo sich Andrina aufhielt. Genauso hatte er seinen Aufenthaltsort nicht preisgegeben.

Es gab eine andere Variante. Marco hatte sie belogen und weder Seraina noch Enrico informiert.

Es knackte, und Andrina meinte, ihr Herz bleibe stehen. Was war das gewesen? Sie horchte. Stille. Andrinas Herzschlag beruhigte sich.

Behielt Marco mit der Annahme recht, hier würde sie keiner suchen? Wiederholt hatte er betont, davon überzeugt zu sein, es sei ihnen keiner gefolgt.

Die Zweifel, die Andrina erfolgreich in den Hintergrund geschoben hatte, kehrten zurück.

Andrina stand auf und huschte zum Fenster. Sie schob den Vorhang ein Stück zur Seite. Das Fenster ging zum Garten hinaus, und das Licht der Strassenlaterne erreichte diesen Bereich nicht. Der volle Mond würde ihr heute nicht helfen können. Gestern Abend hatte es angefangen, zu winden und zu regnen.

Der Wetterbericht hatte einen Wetterumschwung angedeutet. Grosse dunkle Schemen waren zu erkennen. Es mussten Bäume und Büsche sein. Sie sahen wie die Schatten überdimensionierter Ungeheuer aus, und Andrina fröstelte. Sie bewegten sich hin und her. Bereits als Kind hatte sie zum Leidwesen ihrer Eltern einiges in die Schatten der Nacht hineininterpretiert.

«Du hast eine lebendige Phantasie und solltest mal Schriftstellerin werden», hatte ihr Vater geknurrt, als Andrina wieder einmal in der Nacht ins Elternschlafzimmer gegangen und zu ihnen ins Bett geschlüpft war.

Zur Romanautorin hatte sie es nicht geschafft. Sie fragte sich, was ihre Eltern sagen würden, wenn sie wüssten, dass Andrina in einem Verlag arbeitete, der Krimis verlegte.

Es brachte nichts, weiter in die Dunkelheit zu starren.

Andrina kehrte zum Bett zurück. Es knackte erneut. Wieder hielt Andrina die Luft an. War jemand im Haus? Das Knacken war von oben gekommen. Hatte Marco beschlossen, es sei besser, bei Andrina im Haus zu sein? War er gekommen, als sie geschlafen hatte? Das hätte er ihr erzählt. Sie musste trotzdem nachsehen. Andrina schlüpfte aus dem Gästezimmer und huschte durch den Gang zur Küche. Von hier konnte sie gut den Carport erkennen, den das Licht der Strassenlaterne erhellte. Soweit sie sehen konnte, stand kein Auto darin.

Nach einem Abstecher ins Wohnzimmer, in dem ebenfalls niemand war, huschte Andrina die Treppe nach oben. Es war ein seltsames Gefühl, als sie die Tür zum Schlafzimmer öffnete. Das Licht der Strassenlaterne reichte aus, das Bett mit den unbezogenen Kissen und Decken zu sehen. Die Luft in dem Raum war abgestandener als im übrigen Haus, als sie es am Nachmittag mit Marco betreten hatte. Schnell trat Andrina den Rückzug an. Die anderen Räume waren ebenfalls leer. Im Arbeitszimmer ging Andrina zum Fenster. Der Holzboden knarrte und knackte unter ihren Füssen. Beinahe hätte sie laut aufgelacht. Marcos Haus war älteren Baudatums. Alte Häuser arbeiteten, hatte ihr Vater einmal gesagt, als sie in einem Chalet

Ferien gemacht hatten. «Holz dehnt sich aus und zieht sich wieder zusammen», hatte er erklärt.

In Marcos Haus hatte es viel Holz, und Andrina erinnerte sich an früher, dass es regelmässig knackte. Also Fehlalarm. Sie lehnte den Kopf gegen die Scheibe. Hatte sich dort im Schatten der Büsche jemand bewegt? Gebannt starrte sie auf die Stelle. Hör auf, dachte sie. Geh lieber ins Bett.

***

Andrina schob die Schale mit dem Müesli zurück und starrte auf den Milchschaum des Cappuccinos. Das war der zweite, aber munter wurde sie davon nicht. Die ganze Nacht hatte sie wach gelegen. Kaum war sie eingenickt, war sie wieder hochgeschreckt. Das Gleiche galt, wenn es knackte. Hatte es das früher auch so häufig getan, als sie noch bei Marco gewohnt hatte? Sie konnte sich definitiv nicht mehr erinnern. Erst als es draussen hell geworden war, war sie eingeschlafen. Wirre Träume hatten sie begleitet, an die sie sich nicht mehr erinnern konnte.

Gegen zehn Uhr war sie aufgestanden und hatte lange geduscht. Die Abgeschlagenheit hatte es nicht verdrängen können. Im Gegenteil, sie fühlte sich danach geräderter als vor der Dusche. Das Regenwetter draussen passte wunderbar zu diesem Gefühl. Der Wind hatte an Stärke zugenommen. Wenn sie den Wetterbericht richtig verstanden hatte, war der erste Herbststurm unterwegs. Richtig hell würde es heute nicht werden.

Obwohl sie keinen Hunger hatte, hatte sie sich eine Kleinigkeit zum Essen gemacht. Mit jedem Bissen hatte die Übelkeit zugenommen. Der Cappuccino hatte sie immerhin gedämpft.

Andrina gab einen zweiten Löffel Zucker über den Schaum. Sie schob einen Löffel davon in den Mund.

«Pfui Teufel», stiess sie hervor. Jetzt war er zu süss. Sie schob die Tasse von sich.

Es klingelte an der Tür. Andrina verharrte mitten in der Bewegung.

«Du öffnest keinem die Tür und nimmst kein Telefongespräch an – ausser von mir», hallten Marcos Worte in ihrem Kopf nach.

Wer immer draussen stand, konnte nicht Marco sein. Er hatte einen Schlüssel. Oder hatte er ihn vergessen? Selbst in diesem Fall musste er wissen, welchen Schrecken er ihr einjagte. Es klingelte ein weiteres Mal. Andrina löschte das Licht in der Küche. Hoffentlich hatte der, der da draussen stand, es nicht gesehen.

Andrina stand auf und schlich zur Tür. Sie spähte durch den Spion und schnappte nach Luft.

Andrina riss die Tür auf. Ihr wurde klar, wie unklug das gewesen war. Aber keine Person befand sich ausserhalb ihres Blickfeldes, den sie durch den Türspion gehabt hatte. Niemand stürmte ins Haus. Andrina schlang ihre Arme um Enrico und drückte sich fest gegen ihn. Enrico küsste sie lange, bevor er seine Hände an Andrinas Schultern legte und sie ein Stück zurückschob.

«Dir geht es wirklich gut», flüsterte Enrico. Er gab ihr einen neuen langen Kuss. «Ich habe es ihm nicht glauben können.»

«Komm rein», sagte Andrina und zog ihn ins Haus. Das hätte sie längst tun sollen. Bevor sie die Tür schloss, schaute sie zur Strasse. Es war niemand zu sehen.

Enrico schob Andrina ein Stück von sich und musterte sie ein weiteres Mal, als suche er nach Verletzungen.

«Wieso entführt er dich?»

«Marco hat mich nicht entführt.»

«Warum hast du nicht einfach das Haus verlassen, wenn er so dumm ist, dich hier unterzubringen und alleine zu lassen?»

«Er hat mich nicht entführt», wiederholte Andrina. «Er hat mir das Leben gerettet.»

«Pah. Will er den Helden spielen? Wo ist er?» Mit jedem Wort hatte die Aggressivität in Enricos Stimme zugenommen.

«Er ist weiterhin in der Pension.»

Enrico sah verwirrt aus. «Wo?»
«Wieso weisst du, dass ich hier bin?», fragte Andrina.
«Ich habe in der Nacht versucht, mein Gehirn einzuschalten und überlegt, wo Marco dich hingebracht haben könnte. Sein Haus war unbewohnt –»
«Wieso weisst du das?», unterbrach Andrina ihn.
«Als ich neulich hier vorbeigefahren bin, sind die Mieter ausgezogen. Ich ging davon aus, dass die neuen Mieter noch nicht eingezogen sind. Wenn ich dich nicht angetroffen hätte, hätte ich die Polizei eingeschaltet.
«Wo ist Rebecca?»
«Bei Seraina. Ich dachte, das sei die beste Lösung. Es geht ihr gut, abgesehen davon, dass sie dich vermisst.»
Ein Stich in der Gegend, in der sich das Herz befand. Das war unfair, und das hätte er nicht sagen müssen.
Sie schluckte eine wütende Erwiderung hinunter und führte Enrico ins Wohnzimmer. Sie setzten sich auf das Sofa, und Andrina lehnte sich gegen ihn.
«Kannst du mir sagen, was eigentlich los ist? Als ich das demolierte Auto in den Medien sah, dachte ich, mich treffe der Schlag. Ich bin sofort heimgefahren, und kaum war ich zu Hause, kam der nächste Schock, als mich Marco kontaktierte und sagte, er habe dich in Sicherheit gebracht. Eine nette Umschreibung für Entführung.»
«Nochmals. Er hat mich nicht entführt.»
Andrina berichtete, was vorgestern Abend passiert war. Enrico wurde blass, als Andrina an die Stelle kam, als Marco sie zur Seite gestossen hatte, bevor der Wagen sie erreicht hatte.
«Hat er dir das nicht erzählt?»
«So genau nicht. Er sagte, es habe einen Anschlag auf dich gegeben, und er habe dich in Sicherheit gebracht. Er ist wirklich nicht hier?» Enrico schaute Richtung Treppe.
«Nein. Du kannst dich gerne umschauen.»
«So schwer es mir fällt, aber ich muss ihm anscheinend dankbar sein. Trotzdem missfällt mir, dass er dich hier versteckt und

uns alle von dir fernhält. Wenn, wäre das der Job der Polizei. Es hat den Anschein, als traue er seinem ehemaligen Team nicht.»

«Vergiss nicht den Anschlag auf Susanna.»

«Willst du damit sagen, jemand von der Polizei stecke hinter allem?»

An diese Möglichkeit hatte Andrina bisher nicht gedacht. Sie drehte diese Option im Kopf hin und her, ob sie Sinn machte, kam aber auf die Schnelle zu keinem Schluss.

«Du bist bei uns zu Hause?», fragte Andrina.

«Wo sollte ich sonst wohnen?»

«Marco hatte das Gefühl, jemand könnte dort warten.»

«Du meinst, die Person, die dich beinahe auf dem Gewissen hatte, könnte es auf mich abgesehen haben?»

«Ja.»

«Davon hat er mir nichts gesagt. Mir ist niemand aufgefallen, der sich verdächtig verhalten hat.» Enrico strich eine Haarsträhne hinter Andrinas Ohr. «Hat er gesagt, wie er sich das weitere Vorgehen vorstellt?»

Andrina verneinte.

«Mir ist nicht wohl, dich in seiner Obhut zu wissen. Er könnte andere Absichten haben, als dich zu schützen.»

Andrina brauchte einen Augenblick, bis sie verstand, worauf Enrico hinauswollte. «Er hat sich mir gegenüber korrekt verhalten. Keine Anspielungen wie damals, bevor er auf seine Weltreise aufgebrochen ist.»

«Mir bleibt nichts anderes übrig, als dich hierzulassen, da ich im Moment keine bessere Idee habe, obwohl es mir wohler wäre, wenn sich die Polizei um diese Angelegenheit kümmern würde. Allerdings kann ich Marcos Bedenken nachvollziehen. Besonders, weil der Anschlag auf dich sich so kurz nach dem auf Susanna ereignet hat. Melde dich bitte, wenn du weisst, wie er sich das weitere Vorgehen vorstellt.»

***

Andrina stand unter der Dusche und liess das Wasser auf ihren Kopf prasseln. Da sie nicht wusste, wie sie sich die Zeit vertreiben sollte, hatte sie für fast eine Stunde Rückenübungen gemacht und war dabei ins Schwitzen geraten. Offenbar hatte sie diese in der letzten Zeit vernachlässigt und an Kondition eingebüsst.

Während der Übungen hatte sie unaufhörlich darüber nachgedacht, was Marcos Antrieb sein konnte, sie hier unterzubringen. Wollte er sie wirklich nur schützen und verstecken? Oder hatte er sie entführt, wie Enrico ihm unterstellte? Sie konnte sich frei bewegen und jederzeit gehen. Konnte sie das wirklich? Von aussen betrachtet war das so, und sie war aus freien Stücken hier. Nun, das stimmte nicht ganz. Zu gerne würde sie gehen, aber Marco hatte immer wieder betont, sie müsse sich bedeckt halten. Falls er sie gegen ihren Willen festhalten wollte, konnte er sich nicht darauf verlassen, dass sie seinen Anweisungen Folge leistete. So nachlässig konnte kein Entführer sein. Oder doch? Dachte er, mit seiner Überzeugungskraft würde er ihr das Gefühl geben, nach freien Stücken zu handeln?

Eine andere Frage: Konnte er sie überhaupt schützen? Sie hatten miteinander telefoniert, kurz nachdem Enrico am Nachmittag ein zweites Mal gekommen war und ihr Kleider gebracht hatte. Er hatte sich erkundigt, ob alles gut sei. Wohlweislich hatte Andrina nichts von Enricos Besuch erzählt.

Im Gespräch hatte etwas anderes zwischen den Zeilen mitgeklungen. Marco hatte nach wie vor keinen Plan, wie er weiter vorgehen sollte. Auf Andrinas Frage, ob er Wagner und sein Team informiert hatte, dass Andrina Fabian am Tatort erkannt hatte, war er ausgewichen.

Es gab einen Knall. Andrina streckte ihren Kopf unter dem Wasserstrahl hervor und lauschte. Draussen peitschte der Wind Regen gegen das Fenster. Weitere heftige Regenfälle waren für die Nacht vorhergesagt worden. Draussen konnte was umgefallen sein.

Andrina hob den Kopf und liess das Wasser über ihr Gesicht

laufen. Sie dachte an das, was Enrico gesagt hatte, und musste ihm recht geben.

Wagner und sein Team waren die bessere Adresse. Trotz der Annahme, jemand von der Polizei könnte in die Anschläge involviert sein. Sie musste Wagner privat kontaktieren und ihm diese Möglichkeit klarmachen.

War das eine schlaue Idee? Andrina schaltete das Wasser aus und strich die nassen Haare zurück. Sie würde bis morgen früh warten. Sollte Marco weiterhin keinen Plan haben, würde sie zu Wagner gehen.

Andrina trocknete sich ab. Sie wickelte das Handtuch um sich und eilte barfuss in das Gästezimmer. Sie zog einen Trainingsanzug an. Es tat gut, endlich frische Kleider anziehen zu können.

Sie ging in die Küche und bereitete einen Tee zu. Sie würde es sich mit einem Buch im Wohnzimmer gemütlich machen. Mehr konnte sie nicht tun. Hoffentlich würde sie zur Ruhe kommen. Die Nachrichten würde sie heute jedenfalls meiden. Die würden bestimmt nicht zu Entspannung beitragen.

Andrina öffnete die Wohnzimmertür und liess vor Schreck die Tasse fallen. Sie zerbrach, als sie auf dem Boden aufschlug. Heisse Flüssigkeit spritzte gegen Andrinas Bein und drang durch den Stoff der Trainerhose. Andrina starrte die Frau an, die neben dem Schwedenofen stand.

«Dana?», brachte Andrina mühsam hervor. «Was machst du hier? Wie kommst du überhaupt –»

Andrina wurde von hinten gepackt und ihr linker Arm auf den Rücken gedreht. Sie war wie gelähmt. Nicht einmal ein Schrei drang über ihre Lippen.

Dana stiess sich von der Wand ab und reichte dem Angreifer Kabelbinder. Der Überlebensinstinkt erwachte. Andrina trat nach hinten und versuchte sich aus dem Griff zu befreien. Der Arm wurde weiter nach oben geschoben. Ein Schmerzlaut drang über ihre Lippen, aber sie wehrte sich weiter. Dana holte aus und verpasste Andrina eine Ohrfeige. Sie taumelte auf die Seite. Das nutzte ihr Angreifer und fasste die andere

Hand, die er auf ihren Rücken drehte. Gleich darauf schnitt der Kabelbinder schmerzhaft in die Haut an ihren Handgelenken. Andrina wurde auf einen Stuhl gestossen und fixiert. Sie war nicht fähig, sich zu bewegen.

«Dana», stiess Andrina hervor. «Was soll das?»

Ein blonder Mann tauchte in ihrem Blickfeld auf, und Andrina erkannte Fabian. Da er dicht vor ihr stand und sich zu ihr herunterbeugte, war die Ähnlichkeit mit Susanna nicht zu übersehen.

«Für mich war es kein Problem, das gekippte Fenster in der Küche auszuhebeln», sagte er.

Andrinas Blick huschte von Susannas Bruder zu Dana und zurück. Wie passte es zusammen, dass die beiden hier eingedrungen waren? Und nächste Frage: Woher wussten sie, wo sie war?

Fabian und Dana zogen Stühle heran und setzten sich Andrina gegenüber. Andrina schaute von einem zum anderen. Es gab nur eine Erklärung. Dana war Fabians Freundin.

Sie versuchte sich zu erinnern, was sie über Danas Privatleben wusste. Sie hatte so gut wie nichts über sich erzählt. Wenn die Sprache auf sie gekommen war, hatte sie schnell das Thema auf andere gelenkt, kam Andrina in den Sinn. Lukas. Wie passte er zu dem Ganzen? Hatte Dana ihn benutzt? Wozu? Er hatte mit alldem nichts zu tun.

Das Telefon klingelte. Alle schraken gleichzeitig zusammen und starrten in die Richtung des Telefons. Fabian war der Erste, der sich rührte. Er nahm das Mobilteil.

«Marco Feller.»

«Ich muss das Gespräch entgegennehmen. Wenn ich mich nicht melde, wird er –»

«Das ist der Mann, der uns in die Quere gekommen ist. Kein falsches Wort, sonst bist du tot.»

Er reichte Dana den Hörer und machte eine Geste in Andrinas Richtung. «Wimmle ihn ab.» Wie aus dem Nichts hatte er ein Sackmesser in der Hand und hielt es an Andrinas Hals.

«Alles in Ordnung?», kam Marcos Stimme aus dem Hörer. Dana hatte es auf Lautsprecher gestellt.

«Ja», quetschte Andrina hervor. Fieberhaft überlegte sie, wie sie Marco einen Hinweis geben konnte, damit Fabian und Dana nichts merkten.

«Wirklich? Du klingst seltsam.»

«Ich bin müde und wollte ins Bett.»

«So früh?»

«Keine Ahnung, was los ist.» Die Klinge des Messers drückte fester gegen die Haut. Ein leichtes Brennen durchzuckte Andrina, und sie sog die Luft ein.

«Andrina?»

«Ich fühle mich schlapp. Vermutlich ist eine Erkältung im Anzug.»

Marco schwieg, und sie konnte nur sein Atmen durch den Hörer hören. «Auf einmal?»

Bitte lass uns das Gespräch beenden, dachte sie und suchte gleichzeitig verzweifelt nach einer Idee, wie sie ihm einen Hinweis geben konnte.

«Es ist immer das Gleiche. Von einer auf die andere Sekunde ist nichts mehr wie vorher. Das kommt davon, wenn man fast die ganze Nacht auf einer feuchten Wiese liegt.» Andrina lachte und war sich bewusst, wie gezwungen das klingen musste. Sie spürte ein neues Brennen auf ihrer Haut am Hals.

«Brauchst du Medikamente?»

«Nein danke. Ich lasse mir ein heisses Bad ein und gehe früh ins Bett. Morgen wird es bestimmt gut sein.»

«Okay», sagte Marco. «Gute Besserung.»

Andrina versuchte aus seiner Stimme herauszuhören, ob er gemerkt hatte, es könnte was nicht stimmen.

Dana stellte das Mobilteil zurück auf die Station und liess im Anschluss die Storen nach unten.

Fabian steckte das Sackmesser ein. Er ging an Dana vorbei und strich mit seiner Hand über ihr Gesäss, bevor er sich an die Wand gegenüber lehnte. Er wechselte mit Dana einen Blick.

«Was machen wir mit ihr?»

Dana strich mit der Hand über ihre Kehle. Andrinas Puls schnellte nach oben. Bitte nicht. Die Worte schafften es aber nicht über ihre Lippen.

Fabian runzelte sie Stirn. Es arbeitete eindeutig in seinem Kopf.

«Wie willst du Lukas erklären, Leute getötet zu haben?», wagte Andrina einen Vorstoss.

Mit wenigen Schritten war Dana bei Andrina, packte ihre Haare und zog den Kopf nach hinten. «Wage es nicht», zischte sie. In Andrinas Halswirbelsäule knackte es, und ein Schmerz schoss in ihren Kopf.

«Wer ist Lukas?», fragte Fabian.

«Niemand.» Dana liess Andrinas Haare los.

Vorsichtig drehte Andrina den Kopf nach rechts und links.

«Wer ist Lukas?», wiederholte Fabian scharf.

«Danas neuer Freund», sagte Andrina.

Sofort holte Dana aus und verpasste Andrina eine Ohrfeige. Bevor sie ein zweites Mal zuschlagen konnte, packte Fabian sie.

«Du hast was mit einem anderen Mann?», zischte er.

«Manchmal muss man Opfer bringen», sagte Dana. Sie legte ihre Arme um ihn. «Für unser Unternehmen.» Sie küsste ihn. Fabian starrte sie an, bis er grinste. «Ist das der, von dem du ihre Adresse hast?» Mit dem Kopf wies er auf Andrina.

«Ja.»

Er wandte sich Andrina zu. «Also, was machen wir mit ihr?»

«Beseitigen.»

Wo war die freundliche Frau, die dauernd zu Spässen aufgelegt war? Wie konnte sich jemand so stark verstellen?

«Nicht sofort», erwiderte Fabian. «Eventuell kann sie uns nützlich sein.»

«Wozu?»

«Seitdem mein Bild in den Medien kursiert, brauchen wir eine Rückversicherung. Bestimmt ist sie die anonyme Zeugin, die sich bei der Polizei gemeldet hat.»

Er schaute Andrina an, als erwarte er eine Bestätigung. Marco, dachte sie. Er hatte Wagners Team kontaktiert.

«Wir nehmen sie mit», sagte Fabian und gab Dana einen Klaps auf den Hintern.

Dana war offensichtlich nicht mit dem einverstanden, aber sie schwieg. Fabian musste der Boss des Duos sein. Er machte eine Geste mit dem Kopf zur Tür. Im Gang konnte Andrina sie leise reden hören, aber die Worte verstand sie nicht.

Marco, bitte komm, dachte sie.

Die Zeit verstrich. Andrina war weiterhin bemüht, ihre Panik in den Hintergrund zu drängen. Sie durfte nicht zulassen, sich von dieser Angst lähmen zu lassen, und brauchte einen klaren Kopf.

Die Wunde am Hals brannte. Immerhin hatte das Gefühl aufgehört, es liefe eine warme Flüssigkeit über die Haut nach unten.

Inzwischen waren Fabian und Dana nicht mehr zu hören. Zu gerne hätte Andrina gewusst, was sie planten. Der Regen, der gegen die Storen prasselte, war das einzige Geräusch. Andrina bekam einen Krampf in der Schulter und versuchte die Lage zu verändern. Der Krampf liess nach.

Die Tür öffnete sich, und Fabian betrat den Raum. Er trug ein Tablett, auf dem ein Teller mit Brot und Käse und ein Glas mit Wasser standen. Andrina wertete es als gutes Zeichen, wenn er ihr Essen brachte. Offenbar hatte sich sein Plan durchgesetzt, Andrina als Geisel zu behalten. Er stellte es auf das Wohnzimmertischchen und musterte Andrina schweigend. Schliesslich begann er im Zimmer auf und ab zu gehen.

«Der Plan von deinem Freund war eigentlich nicht schlecht, dich in seinem Haus zu verstecken. Auf die Idee wäre ich nie gekommen, wenn dein Mann den Fehler nicht begangen hätte, dich hier zu suchen. Wir mussten ihm nur folgen.»

Es war, wie Marco vermutet hatte. Sie hatten ihr Haus in der Annahme beobachtet, Enrico würde sie zu Andrina führen.

Fabian blieb neben der Tür stehen, als Marcos Kopf auftauchte und sofort zurückzuckte. Ein Aufschrei, und Marco kippte wie im Zeitlupentempo ins Wohnzimmer. Regungslos blieb er auf dem Boden liegen. Am Hinterkopf erkannte Andrina eine blutende Wunde. Hinter Marco tauchte Dana in der Tür auf, die eine Pfanne in der Hand hielt.

«Verdammt!», entfuhr es Fabian. «Wo kommt der her?»

«Er ist plötzlich zur Haustür hereinspaziert», erwiderte Dana. «Zum Glück hat er mich nicht gesehen.» Dana liess sich auf das Sofa fallen und stellte die Pfanne auf das Glastischchen.

Fabian trat gegen Marcos Bauch. Marco rührte sich nicht. Fabian trat mehrmals fest in seine Seite. Kein Laut drang über Marcos Lippen.

«Bitte», flüsterte Andrina. Wie konnte er einen schwer verletzten Mann so traktieren? «Er braucht einen Arzt.»

«Einen Arzt? Er braucht etwas anderes.» Fabian holte Kabelbinder aus seiner Hosentasche und fesselte Marcos Hände und Füsse. Marco gab keinen Laut von sich, und Andrina war sich nicht sicher, ob er noch atmete.

Sie suchte verzweifelt nach einem Lebenszeichen, nachdem Fabian ihm einen weiteren Tritt versetzt und sich neben Dana auf das Sofa gesetzt hatte.

«Das wäre beinahe schiefgegangen», sagte er. Der Vorwurf war deutlich.

«Ich musste auf die Schnelle eine Waffe haben und den richtigen Augenblick abpassen.» Das klang defensiv.

«Er braucht einen Arzt», wiederholte Andrina.

«Vergiss es.»

«Sonst stirbt er.»

«Egal», sagte Dana. «Wie gehen wir weiter vor?», wandte sie sich an Fabian.

«Wir müssen Zeit gewinnen und sperren sie in ein anderes Zimmer, damit sie auf keine dummen Gedanken kommen.»

Fabian packte Marcos Beine und schleifte ihn zum Wohnzimmer hinaus. Sein Kopf holperte über die Türschwelle und hinterliess eine Blutspur auf dem Holzriemenboden.

Dana dirigierte Andrina in das Gästebad im Erdgeschoss von Marcos Haus. Kein einfaches Unterfangen mit gefesselten Füssen.

Hüpfend erreichte sie das Bad. Dana stiess Andrina in den Raum und schlug die Tür zu. Andrina stolperte und verlor das Gleichgewicht. Knapp schaffte sie es, sich auf das WC zu setzen. Mit dem Kopf schlug sie gegen die grau geplättelte Wand und traf die Spülung. Wasser rauschte durch das WC, und das Geräusch von nachlaufendem Wasser im Kasten, der in der Wand integriert war, füllte anschliessend den Raum.

Marco lag vor der Badewanne. Auf dem sandfarbenen Boden zog sich eine feuchte rote Spur von der Tür zu Marcos Kopf. Marcos Blut.

«Marco», flüsterte Andrina. Sein Gesicht war ihr zugewandt. Von der Bräune war nichts mehr zu sehen. Es war blass mit einem ungesunden grauen Schimmer und blutverschmiert. Das Blut begann zu trocknen. Ob die Wunde an seinem Hinterkopf weiterhin blutete, konnte Andrina nicht erkennen.

Seine Augen waren nach wie vor geschlossen. Der Körper lag verdreht vor ihr, was Andrina als schlechtes Zeichen interpretierte. Angestrengt suchte sie erneut nach einem Zeichen, ob er lebte. Sie rutschte vom WC und bewegte sich auf den Knien zu ihm.

Vorsichtig beugte sie sich zu ihm nach unten. Mit den auf den Rücken gefesselten Händen verlor sie das Gleichgewicht und fiel auf ihn. Ein Laut, der wie ein Stöhnen tönte. War sie das gewesen, oder kam das Geräusch von Marco? Mühsam rappelte Andrina sich auf und starrte ihn an. War das Atmen, das sie aus seinem leicht geöffneten Mund vernahm?

«Marco.» Vorsichtig stiess sie ihn mit der Hüfte an. Keine Reaktion. Andrina zerrte an ihren gefesselten Händen. So war sie ausserstande, Erste Hilfe zu leisten.

Wie lange Andrina vor ihm gesessen hatte, wusste sie nicht, als ein Zittern durch seine Augenlider lief. Erschrocken wich Andrina zurück. Marcos Augen öffneten sich, und er schaute sie an. Lag Verwunderung in seinem Blick, oder konnte er sie nicht erkennen?

«Marco?»

«Himmel.» Das Wort war fast nicht zu verstehen.

Erleichterung durchflutete Andrina. War er weniger verletzt, als sie angenommen hatte?

«Wie geht es dir?»

«Mein Kopf.» Ein Stöhnen. «Der fühlt sich an, als würde ein Güterzug dort drin seine Runden drehen. Was ist passiert?»

Andrina berichtete ihm, was geschehen war.

«Himmel», entfuhr es ihm ein weiteres Mal, nachdem sie geendet hatte. «Wie ein Anfänger bin ich in die Falle getrampelt.»

«Du bist aus der Übung», versuchte Andrina zu scherzen.

«Das hätte trotzdem nicht passieren dürfen.» Marco machte Anstalten, sich aufzurappeln, sank aber mit einem Stöhnen auf den Boden zurück. «Meine Rippen», sagte er kaum hörbar. «Dabei hatte ich das Gefühl, es könne etwas nicht stimmen, als wir telefoniert haben. Du klangst so seltsam. Dein Herumgestotter, als du nach einem Grund gesucht hast, warum du erkältest sein könntest.»

«Bist du deshalb gekommen?»

Marco nickte und verzog sogleich das Gesicht. «Als ich vorfuhr, sah alles normal aus. Genauso, als ich das Haus betrat. Kein Hinweis, es könnte jemand anders dort sein.» Er schloss die Augen und atmete mehrere Male tief ein und wieder aus, was ihm Mühe bereitete. Er krümmte sich nach vorne.

«Haben sie was gesagt, das einen Hinweis auf ihr weiteres Vorgehen liefern könnte?», fragte er.

«Sie sind sich nicht einig. Dana wollte mich gleich beseitigen. Fabian wollte mich als eine Art Versicherung mitnehmen. Wie das nun nach deinem Auftauchen aussieht, weiss ich nicht.»

Andrina war erstaunt, wie locker sie sich geben konnte. Es musste daran liegen, dass Marco zu sich gekommen war. Er würde bestimmt einen Ausweg wissen. Hoffentlich war keine

Rippe gebrochen und die Kopfverletzung nicht so schwerwiegend, dass sich sein Zustand verschlechtern würde.

«Susanna hat offenbar recht», sagte er. «Ihr Bruder und ihre Cousine.»

«Cou... Cousine?»

«Sie ist die Tochter der Cousine von Susannas Mutter. Ich glaube, das nennt man Cousine zweiten Grades. So genau kenne ich mich nicht aus.»

«Dana ist mit Susanna und Fabian verwandt?», fragte Andrina fassungslos.

«Entfernt.»

«Dana und Fabian schlafen miteinander!», rief sie.

«Verboten war das früher. Mittlerweile ist sogar eine Heirat zwischen Cousine und Cousin erlaubt. Woher kennst du sie mit Namen? Hat Susanna Dana dir gegenüber erwähnt?»

«Das nicht. Dana arbeitet seit zwei Monaten im Cleve-Verlag.»

«Stimmt, das hat Susanna mir erzählt.»

«Wann?»

«Als ich bei ihr im Spital war.»

«Du hast sie besucht?»

«Nachdem ich gehört hatte, dass sie zu sich gekommen ist, habe ich ihr einen Besuch abgestattet.»

«Du konntest einfach so zu ihr ins Zimmer?»

«Als Pflegepersonal hat man Zugang. Der Beamte vor ihrer Tür hat mich nicht erkannt.»

Andrina wollte nicht wissen, wie er es angestellt hatte, an die Kleidung von Pflegepersonal zu kommen.

«Wie geht es ihr?»

«Ihr geht es den Umständen entsprechend gut. Ich weiss, eine dumme Floskel, aber das beschreibt es treffend. Ihr Kopf war bandagiert, und sie hatte Abschürfungen im Gesicht. Sie ist müde und schläft häufig, hat sie gesagt. Nach dem Schock, mich zu sehen, haben wir bestimmt fünf Minuten miteinander geredet. Sie war froh, alles möglichst schnell loszuwerden.»

«Max wollte zu ihr», sagte Andrina.

«Soweit ich weiss, haben die Ärzte Befragungen von der Polizei bis zu diesem Zeitpunkt nicht erlaubt.»

«Susanna hat dir alles anvertraut?», fragte Andrina erstaunt. Sie dachte daran, wie Susanna erzählt hatte, mit niemandem über ihre Familie und Jugend zu sprechen. Sogar Häusermann wusste nicht über alles Bescheid.

«Nur als Kurzfassung: Dana ist, wie gesagt, die Tochter der Cousine von Susannas Mutter. Nachdem Danas alleinerziehende Mutter Selbstmord begangen hatte, kam Dana zu ihnen, als sie sieben Jahre alt war, da es keine Informationen zu ihrem Vater gab. Dana und Fabian hatten sich sofort gut verstanden. Susanna war die Aussenseiterin der Familie.»

Das deckte sich mit dem, was Susanna Andrina erzählt hatte. Allerdings hatte sie Dana nie erwähnt. Vermutlich hatte sie sie damals als unwichtig für die Ereignisse eingestuft.

«Susanna vermutet, das, was jetzt passiert, müsse mit dem Selbstmord ihrer Tante zusammenhängen. Was der Grund für den Selbstmord war, kann sie nicht sagen, da, wie gesagt, niemand mit ihr sprach. Was mögliche Gründe für die Taten sind, können wir später diskutieren. Zuerst müssen wir aber ein anderes Problem lösen. Wie wir hier rauskommen.» Marco hatte seine Stimme gesenkt, und Andrina musste sich zu ihm hinunterbeugen, damit sie ihn verstehen konnte. «Wenn ich es richtig interpretiere, werden sie mich schnell loswerden wollen. Dich brauchen sie eventuell als Geisel, wie du angedeutet hast.»

Loswerden, dachte Andrina. Das war harmlos ausgedrückt. Marco rutschte hin und her, eindeutig darum bemüht, in eine bequemere Lage zu kommen. Andrina vermied es, auf die Wunde am Hinterkopf zu schauen. Sie blutete nicht mehr stark, aber sie nässte immer noch.

«Unsere Bewegungsfreiheit ist gerade ziemlich eingeschränkt», sagte Marco leise. «Wir sollten dies ändern. Sobald wir unsere Hände frei haben, können wir telefonieren.»

«Telefonieren?», flüsterte Andrina erstaunt.

«Mein Handy in meiner Gesässtasche haben die beiden übersehen. Aber so kann ich keinen anrufen.»

«In meinem Necessaire sollte eine kleine Schere sein.»

«Wo hast du dein Necessaire her?»

«Enrico hat es mir gebracht.»

«Enrico?»

Rasch erzählte Andrina, wie Enrico sie aufgestöbert hatte und ein zweites Mal vorbeigekommen war, um ihr einige Kleidungsstücke und Toilettenartikel zu bringen.

«Das erklärt, warum die beiden dich gefunden haben.» Das sagte er zu Andrinas Erleichterung ohne Groll.

«Ich weiss, das war dumm.» Andrina senkte den Kopf.

«Das können wir nicht mehr ändern. Wir sollten also schauen, wie wir hier rauskommen.»

Andrina rappelte sich auf, was angesichts der gefesselten Hände und Füsse kein einfaches Unterfangen war. Nach mehreren Versuchen gelang es ihr, sich aufzurichten. Sie hüpfte zur Handtuchstange neben dem Lavabo, an die sie das Necessaire gehängt hatte. Mit den Zähnen ergriff sie es und machte sich auf den Rückweg zu Marco. Sie liess es los. Mit einem dumpfen Knall schlug es auf den Boden auf. Die Hälfte des Inhalts lag über den Boden verstreut. Andrina hielt den Atem an und starrte zur Tür. Hoffentlich hatten Fabian und Dana nichts gehört. Draussen blieb es ruhig. Andrina kniete sich auf den Boden und suchte den Boden ab, ob die Schere herausgefallen war. Als sie diese nicht entdeckte, beugte sie sich vor und nahm erneut das Necessaire in den Mund. Sie schüttelte es, und Haarspangen und die Gesichtscrème rollten auf den Boden. Als sie zu der Überzeugung gelangt war, die Schere befinde sich nicht darin, fiel sie mit einem leisen Pling vor ihr auf den Plättliboden.

«Und nun?», fragte Marco.

Andrina setzte sich auf den Boden und versuchte mit ihren gefesselten Händen, die Schere aufzuheben. Das konnte nicht so schwer sein, dachte sie frustriert und lehnte sich weiter nach hinten, um mit den Händen auf den Boden zu gelangen. Beim dritten Versuch kippte sie nach hinten und landete mit dem Kopf auf Marcos Schoss. Er schnitt eine Grimasse, was vermutlich ein Grinsen sein sollte. Mit dem mit getrocknetem Blut verschmierten Gesicht sah er dabei wie ein Dämon aus.

«Entschuldige.»

«Kein Problem.»

«Ich habe sie.» Triumph stieg in Andrina auf, als sie das kalte Metall ertastete.

Mit Marcos Hilfe richtete sie sich auf. Sie drehten sich um, bis sie Rücken an Rücken sassen.

«Hoffen wir, dir gelingt es, mit dem Ding die Kabelbinder durchzuschneiden.»

Andrina drehte die Schere in ihren Fingern und tastete nach Marcos Handgelenken. Beinahe wäre die Schere ihr aus den Fingern gerutscht. Die Spitze stach in ihre Handinnenfläche.

Langsam, ermahnte sie sich. Sie nahm die Schere in die eine Hand und fuhr mit den Fingern der anderen Marcos Arm entlang. Sie ertastete den Plastikstreifen, der sich fest um Marcos Handgelenke schloss. Nur mit Mühe konnte Andrina ihren Zeigefinger dazwischenzwängen.

«Ich will dich nicht verletzen.»

«Ich werde es überleben.»

Mehrere Male rutschte Andrina ab, als sie die Schere in Position bringen wollte. Marco zuckte zusammen, und sie spürte eine klebrige Flüssigkeit. «Ich habe dich geschnitten.»

«Ich werde es überleben», wiederholte er. «Nicht aufgeben.»

Endlich spürte sie beim Schneiden einen Widerstand. Der Kabelbinder gab keinen Millimeter nach. Andrina schwitzte. Die Schere war neu und scharf. Es sollte machbar sein, den Plastikstreifen damit durchzuschneiden. Beinahe wäre die Schere aus ihren schweissnassen Händen gerutscht. Als sie das Gefühl hatte, es nicht zu schaffen, vernahm sie ein «Klick».

«Du hast es geschafft.»

Marco nahm ihr die Schere aus der Hand. Es ruckte, als er

ihre gefesselten Hände bearbeitete. Sie zwang sich zur Geduld. Der Kabelbinder löste sich und glitt von ihren Händen. Andrina rieb ihre Handgelenke. Sie schauten einander einen Moment schweigend an, bevor Andrina erst die Kabelbinder an Marcos Füssen bearbeitete und danach sich selber befreite.

«Was machen wir?», fragte Andrina. Sie schob den Inhalt des Necessaires auf die Seite und lehnte sich gegen die Badewanne. «Vor dem Fenster hat es ein Gitter.»

«Du hast recht, da kommen wir nicht raus. Aber ich kann telefonieren.»

Marco holte aus der Gesässtasche seiner Jeans sein Handy hervor. «Ich bin nicht der Einzige, der einen Anfängerfehler macht. Dabei hätten sie das Handy sehen müssen. Mist, nur drei Prozent. Das sollte aber für den Notruf reichen.» Er wählte.

«Marco Feller. Wir sind als Geiseln in meinem Haus in –» Der Schlüssel drehte sich im Schloss. «Scheisse.»

Erschrocken starrten sie einander an. Marco liess sich auf den Boden fallen und stöhnte auf, als er sich in Position legte.

«Hände hinter den Rücken», zischte er Andrina zu.

Sie plumpste neben ihn und setzte sich vor seine Füsse, damit man nicht erkennen konnte, dass Marco nicht mehr gefesselt war. Sie zog ihre Beine an, damit sie auf der der Tür abgewandten Seite lagen. Schnell schob sie die aufgeschnittenen Kabelbinder unter ihren Oberschenkel und legte die Hände hinter ihren Rücken.

Die Tür ging auf.

Fabian trat vor Dana in den Raum. Andrinas Herzschlag beschleunigte sich, als sie die Waffe in seiner Hand sah. Dana machte einen Schritt zur Seite und verschränkte die Arme vor der Brust. Herausfordernd sah sie Fabian an. Zwischen den beiden schien es zu brodeln. Offenbar waren sie sich nach wie vor nicht einig, wie sie weiter verfahren wollten.

Fabian musterte abwechselnd Andrina und Marco. Sein Blick wanderte weiter zu den verstreuten Toilettenartikeln, die neben dem Lavabo lagen. Andrina suchte den Boden nach der Schere ab, konnte sie aber nicht entdecken. Genauso sah sie Marcos Handy nicht.

Fabian gab Dana die Waffe. Er ging vor Marco in die Knie und musterte ihn. Marco hatte sein Gesicht Richtung Boden geneigt. Das Auge, das Andrina von ihrem Platz erkennen konnte, war halb geschlossen. Seine blasse Haut und das verkrustete Blut auf der Stirn verstärkten den Eindruck, es ginge ihm nicht gut.

«Er braucht einen Arzt.»

«Vergiss es.»

«Ich glaube, er ist schwer verletzt.»

«Umso besser.» Er stiess Marco an. Ein Stöhnen drang über seine Lippen.

«Oder wenigstens Wasser. Bitte. Ich weiss nicht, wie lange ...»

Fabian wechselte mit Dana einen Blick, die weiterhin die Waffe abwechselnd auf Marco und auf Andrina richtete.

Er wusste eindeutig nicht, was er von allem halten sollte. Seine Augen wanderten weiter über Andrinas Körper und blieben auf den nach hinten gedrehten Beinen hängen, bevor er zu Marco zurückschaute. In seinem Gesicht arbeitete es, als er sich nach vorne beugte und Marco musterte. Andrina hoffte, Marco und sie hatten es nicht übertrieben.

Zu Andrinas Erleichterung verliess Fabian ohne ein weiteres Wort mit Dana den Raum. Gleichzeitig fragte sie sich, was der Auftritt der beiden bezweckt hatte.

«Wir sollten das so machen, wie ich vorgeschlagen habe», hörte sie Dana sagen.

Fabians Antwort verstand Andrina nicht mehr. Die Stimmen entfernten sich, bis es still war.

«Uff», sagte Marco. Er rappelte sich auf und tastete unter sich. «Mist, der Akku ist leer.»

Andrina starrte auf die Badezimmertür. Es wäre zu schön gewesen, wenn sie dank des Notrufs befreit worden wären.

Marco drückte auf seinem Handy herum. «Keine Chance», sagte er und klang resigniert. «Ein Ladekabel hast du nicht zufällig in deinem Necessaire?»

«Nein.» Sie schaute zu dem kleinen Badezimmerfenster. Normalerweise würde sie dort durchpassen. Leider hatte Marco ein Gitter angebracht.

«Eine kurze Verbindung hatte ich», sagte er.

«Du meinst, das reicht?»

«Kommt darauf an, wie lange die Verbindung bestand. Wenn die Frau am anderen Ende etwas vom Gesprächswechsel mitbekommen hat, besteht eine Chance.»

«Du hast deine Adresse nicht durchgeben können.»

«Das, was sie gehört hat, sollte reichen.»

Bist du sicher?, dachte Andrina.

«Ich hoffe, sie kann kombinieren und schaut im Telefonbuch nach.»

«Du meinst, sie werden kommen und der Sache nachgehen?»

«Ich weiss es nicht.»

Marco rappelte sich auf. Er stützte sich an der Wand ab und fasste an seinen Kopf. Verwirrt betrachtete er seine Hand, an der Blut klebte. «Hat die mir so fest eins übergezogen?»

Er schwankte zum Lavabo und stützte sich ab. Marco atmete, als habe er gerade einen Marathon absolviert. Er war um einiges blasser geworden. Nach einigen Sekunden hob er den Kopf und schaute in den Spiegel. «Ich sehe wie ein Monster aus», sagte er. «Aber der Schädel scheint heil zu sein.» Erneut tastete er seinen Kopf ab. «Manchmal ist ein Dickschädel von Vorteil. Ich muss zugeben, er brummt ein wenig, und mir ist schwindelig.»

«Setz dich lieber.»

Marco öffnete den Wasserhahn, wusch sich und trank einige Schlucke. Anschliessend wankte er zum Badezimmerfenster. Auch dort brauchte er einige Sekunden, bevor er wieder normal atmete. Er deckte sein Gesicht an der Seite mit den Händen ab, als er aus dem Fenster sah.

«Und?» Kurz keimte in Andrina die Hoffnung auf, er werde sagen, es würden sich Fahrzeuge mit Blaulicht nähern.

«Nichts. Man kann überhaupt nichts erkennen.» Marco kehrte zur Tür zurück, rutschte daneben mit dem Rücken an der Wand entlang zu Boden und streckte die Beine aus. «Wir brauchen einen Plan.»

«Hast du eventuell einen zweiten Türschlüssel im Bad?»

«Leider nicht.»

Marco lehnte den Kopf gegen die Wand. Bevor er die Augen schloss, meinte Andrina zu sehen, wie sich seine Augen nach oben verdrehten.

«Brummt ein wenig» war offenbar untertrieben. Da er das Blut abgewaschen hatte, kam deutlicher zum Vorschein, wie fahl sein Gesicht war. Inzwischen hatte sich die graue Farbe vertieft, und ein leicht grünlicher Schimmer war hinzugekommen. Er musste höllische Kopfschmerzen haben, und wahrscheinlich war ihm zusätzlich übel.

Andrina kippte das Badezimmerfenster auf und durchsuchte ihr Necessaire. Sie fand eine Kopfschmerztablette. Sie nahm ein Zahnputzglas, füllte es mit Wasser und hockte sich vor Marco hin. «Hier.»

Er öffnete ein Auge und brachte ein schiefes Lächeln zustande. «Danke.»

Ein Tumult vor dem Fenster liess beide zusammenfahren.

«Was ist da draussen los?» Marco reichte Andrina das Glas zurück und wankte zum Fenster. Ein Schuss, und er ging vor dem Fenster in die Hocke.

Die Tür flog auf. Bevor Andrina wusste, was geschah, hatte Fabian Marco gepackt und presste ihn vor sich. Die Waffe drückte er an seinen Kopf. Er schaltete das Licht aus und stiess Marco aus dem Badezimmer.

«Andrina, Deckung in der Badewanne», schrie Marco ihr zu. Mehrere Schüsse fielen.

Der Schrei einer Frau.

Fluchen.

Andrina sprang in die Badewanne und legte sich flach hinein. Vor dem Badezimmerfenster konnte sie Schritte hören. Kommandos wurden gerufen. Ein weiterer Schuss. Das Fenster zerbarst, und Glasscherben regneten auf Andrina.

Andrina hörte Schritte. Mindestens zwei Personen rannten an dem Badezimmerfenster vorbei. Andrina traute sich nicht, sich zu rühren.

«Zurück, sonst töte ich ihn!» Das war Fabians Stimme vor dem Fenster.

«Beruhigen Sie sich.»

Neue Schüsse.

Das Zuschlagen einer Autotür, dem das Aufheulen eines Motors folgte.

Neue Kommandos. Ein weiterer Wagen fuhr mit aufheulendem Motor davon. Blaulicht zuckte vor dem Fenster, bevor es verschwand.

Kurz herrschte Stille, bis Andrina neue Schritte im Haus vernahm. Sie presste die Hände vor das Gesicht. Die Schritte entfernten sich. Stimmen. Sirenengeheul, das sich näherte.

«Wir haben eine Verletzte. Im Gang. Schnell.»

«Durchsucht das Haus.»

Schritte, die sich entfernten.

Andrina war wie gelähmt. Kalte Luft wehte durch das zerborstene Fenster herein. Die Temperatur sank mit jeder Sekunde.

In dem Zimmer über sich hörte sie Schritte. Sie mussten im oberen Bad sein. Entfernte Stimmen. Schritte polterten die Treppe nach unten.

«Niemand?», sagte ein Mann, der unmittelbar vor dem Badezimmer stehen musste.

«Niemand», wiederholte ein anderer.

«Die Ambulanz ist mit der Frau zum Spital unterwegs», sagte ein dritter.

«Ein Kollege ist verletzt. Die Sanitäter kümmern sich um ihn.

«Im Garten ist keiner.»

Schritte, die sich erneut entfernten. Die Stimmen draussen vor dem Haus wurden zu einem Rauschen. Andrina zitterte am ganzen Körper. Nur mit Mühe konnte sie ein Wimmern unterdrücken. Wie lange sie in dieser Position verharrt hatte, wusste sie nicht, als das Licht anging. Andrina presste die Augen zusammen.

Jemand berührte ihren Rücken.

Andrina schrie auf und krümmte sich zusammen, soweit es in der Badewanne möglich war.

Jemand sagte etwas und rüttelte an ihrer Schulter. Andrina war unfähig, die Worte zu verstehen.

Hände packten sie und hoben sie hoch. Andrina strampelte und versuchte sich schwer zu machen.

«Bitte nicht», stiess sie hervor.

Sie wurde aus der Badewanne gehoben und auf dem Plättliboden abgelegt und umgedreht.

Andrina presste die Hände vor ihr Gesicht, die grob zur Seite geschoben wurden.

Andrina öffnete die Augen und schrie auf, als sie den Mann sah, der sich über sie beugte. Erst auf den zweiten Blick erkannte sie, dass er eine Polizeiuniform trug. Hinter ihm stand ein zweiter Beamter, der seine Waffe gesenkt hatte.

EINUNDZWANZIG

Enrico blieb stehen. Andrina hatte das Gefühl, er würde lieber umkehren. Das konnte sie gut nachfühlen.

Nachdem sie Rebecca zu Gabi gebracht hatten, waren sie sofort zu Marcos Haus gefahren.

Gabi. «Ich habe solche Angst, dass er mir André wegnimmt», hatte sie auf Andrinas Frage geantwortet, warum sie in Bezug auf Marco gelogen hatte.

«Warum?»

«So wie er sich damals verhalten hat … Ich habe ihm danach alles zugetraut.»

Als Marco erneut mit ihr in Kontakt getreten war, hatte sie es als seine Vorbereitung angesehen, den Plan umzusetzen. «Ich weiss, das ist keine ausreichende Entschuldigung, aber ich habe mich in den Verdacht hineingesteigert und konnte nicht mehr anders.»

Andrina betrachtete Marcos Haus mit gemischten Gefühlen. Von der Schiesserei zeugte nur das Brett, das vor dem Badezimmerfenster angebracht war.

In der Einfahrt standen drei Wagen. Einer war Wagners Mazda. Marcos neuer Mietwagen stand hinter dem Mazda. Der Volvo war ihr unbekannt.

«Komm», sagte Enrico.

Andrina zögerte. Wenn es nach ihr gegangen wäre, hätte sie dieses Haus nicht so schnell wieder betreten. Schweigend gingen sie auf das Haus zu. Bevor sie klingeln konnte, öffnete sich die Tür, und Marco erschien. Er stellte den Kehrichtsack ab, als er sie erblickte. Ein Lächeln huschte über sein Gesicht, das seine Augen aber nicht erreichte. Andrina warf Enrico einen Seitenblick zu. Auch er hatte den Mund zu einem Lächeln verzogen, das gezwungen aussah.

Andrina war sich nicht sicher, wie gut es war, dass die Halbbrüder aufeinandertrafen. Früher oder später wäre es so oder so passiert.

Marco reichte Enrico die Hand.

«Wie geht es dir?», fragte Enrico.

«Den Umständen entsprechend. Der Kopf brummt, und meine Rippen tun ordentlich weh.»

Er fasste sich an den Kopf, der verbunden war. Bis auf die Platzwunde hatte er eine mittelschwere Gehirnerschütterung davongetragen. Zwei Rippen waren geprellt, und die Abschürfungen im Gesicht waren verkrustet. Soviel Andrina von Wagner wusste, hätte der Arzt Marco gerne länger im Spital behalten, aber er hatte nach Hause gewollt.

Nach Marcos missglücktem Anruf beim Polizeinotruf hatte glücklicherweise die Beamtin sofort reagiert und Streifenpolizisten über Funk gebeten, nachzuschauen. Zwei Streifen waren kurz hintereinander eingetroffen.

Keiner hatte damit gerechnet, es könnte in eine Schiesserei ausarten.

Die Beamten hatten Dana rauchend vor dem Haus angetroffen. Statt ein Pokerface aufzusetzen und zu sagen, es sei alles in Ordnung, waren ihr die Nerven durchgegangen. Schreiend war sie ins Haus gelaufen. Fabian hatte sofort zur Waffe gegriffen.

«So gross war die Liebe der beiden zueinander offenbar nicht», hatte Wagner gesagt, als sie miteinander telefoniert hatten. «Fabian Salzmann hat auf Dana Brunner geschossen, bevor er mit Marco die Flucht angetreten hat. Eine richtige Himmelfahrtsaktion war das.»

Marco hatte eine grosse Portion Glück gehabt. Fabian war mit ihm als Schutzschild in Marcos Mietwagen eingestiegen und hatte ihn gezwungen, zu fahren, während er ihm für alle sichtbar die Waffe an den Kopf gehalten hatte. Die Beamten hatten nicht gewagt, einzuschreiten, da sie befürchteten, Marco könnte verletzt werden, und hatten mitansehen müssen, wie die beiden abfuhren. Eine Streife folgte ihnen sofort, während die

Beamten der zweiten vor Ort geblieben waren und Verstärkung angefordert hatten.

Marco hatte sich nicht als fahrtauglich erwiesen. Aufgrund der Kopfverletzung hatte er während der Fahrt für einige Sekunden das Bewusstsein verloren und war gegen eine Mauer geprallt. Die Beamten, die ihnen gefolgt waren, hatten Fabian festnehmen können, der nur leichte Verletzungen davongetragen hatte.

Marco schloss die Tür hinter ihnen und deutete auf das Wohnzimmer. Andrina vermied es, auf die Wand neben der Garderobe zu schauen, in der eine Kugel steckte.

Im Wohnzimmer warteten Wagner, Häusermann und Corina Burkhard. Wagner und Häusermann begrüssten Andrina mit drei Wangenküssen. Corina Burkhard reichte ihr die Hand.

Andrina setzte sich auf das Sofa, und Enrico nahm neben ihr Platz. Wagner holte einen Stuhl vom Esszimmertisch und setzte sich ebenfalls.

«Wie geht es Susanna?», fragte Andrina.

«Sie erholt sich erstaunlich schnell und kann morgen aus dem Spital entlassen werden», erwiderte Häusermann.

Andrina atmete auf.

«Wir haben mit Susanna und Dana Brunner sprechen können. Dana Brunner wurde zum Glück nicht lebensgefährlich verletzt», begann Wagner.

Dana. Andrina dachte an Lukas' Reaktion, als er erfahren hatte, dass Dana hinter allem steckte und ihn nur dazu benutzt hatte, um an Informationen wie Andrinas Adresse zu gelangen. Er war entsetzt darüber gewesen, wie kaltblütig sie den Anschlag auf Andrina an ihrem Grillabend geplant hatte. Dana hatte Andrinas Autoschlüssel und Handy in der Hütte versteckt. Fabian war mit dem Zug angereist und hatte in der Nähe gewartet. Nachdem Dana Andrina bei ihrem Auto abgesetzt hatte, hatte sie Fabian von dem verabredeten Treffpunkt geholt, und sie waren zurückgekehrt. Ursprünglich wollten sie Andrina entführen und woanders töten. Dann hatte Dana die neue Idee, sie direkt an Ort und Stelle zu überfahren.

Mit hängendem Kopf war Lukas aus dem Büro geschlurft und hatte etwas gemurmelt, das wie «Soll sie in der Hölle schmoren» geklungen hatte.

«Ich werde euch eine Zusammenfassung liefern», fuhr Wagner fort. «Danas Mutter wurde auf einer Party von drei Männern vergewaltigt. Das Resultat war Dana.»

«Das sind die drei Männer, auf die mit der Steinschleuder geschossen worden ist?», fragte Marco.

«Genau. Raoul Schneider, Leo Mettler und Heinz Roth. Die Männer weigerten sich, einen Vaterschaftstest durchzuführen, und stritten weiterhin die Taten ab. Danas Mutter war alleinerziehend und hatte keine Ausbildung. Sie schämte sich und zeigte die drei nicht an. Dafür wurde sie depressiv, fand aber keine Unterstützung. Als Dana sieben war, nahm sich ihre Mutter das Leben. Die Cousine von Danas Mutter, also Susannas Mutter, nahm Dana auf. Auch sie war alleinerziehend. Susannas und Fabians Vater hatte sie kurz nach der Geburt der Zwillinge sitzen gelassen. Das Geld war knapp.»

Damit erzählte er Andrina nichts Neues.

«Als Dana heranwuchs, stellte sie Fragen. Sie wollte wissen, welcher der drei Männer ihr Vater war, und bat Fabian um Hilfe, nachdem er aus der Haft entlassen worden war, weil sie nicht weiterkam. Fabian selber war schon früh straffällig geworden. Diebstahl und Drogen waren einige von den Delikten. Damit besserte er die Haushaltskasse auf. Er hatte aber immer, wie soll ich sagen, das Glück, nie erwischt zu werden. Bis auf einmal. Er wurde vom Bewohner des Hauses überrascht, in das er eingedrungen war. Es kam zu einem Handgemenge, bei dem das Opfer unglücklich die Treppe hinunterstürzte und starb. Ob das sich damals so abgespielt hat oder ob Fabian ihn vorsätzlich tötete, ist nie geklärt worden. Fabian hatte die Idee mit der DNA-Abklärung, um Danas Vater zu finden. Sie brachen bei den drei Männern ein und nahmen Zahn- und Haarbürsten mit. Ausserdem liessen sie Toilettenartikel mitgehen, damit es nicht zu offensichtlich war. Ihr Vorhaben, Verwirrung zu stiften, ist ihnen gut gelungen. Sie schickten die Proben an ein Labor, das sie im Internet gefunden hatten und das Anonymität garantierte.»

Er machte eine Pause, als wolle er das Gesagte wirken lassen.

«Wer ist der Vater?», mischte sich Enrico in das Gespräch ein.

«Raoul Schneider.»

Enrico liess ein zischendes Geräusch entweichen.

«Dana Brunner hat ihn mit dem Ergebnis konfrontiert und Wiedergutmachung verlangt. Sonst werde sie an die Öffentlichkeit gehen.»

«Erpressung», sagte Marco.

«Genau.»

In Enrico arbeitete es, und Andrina wusste, wie schwer es ihm fiel, diese Informationen mit dem Bild, das er von dem Mann hatte, in Einklang zu bringen. Das erklärte allerdings, warum Raoul sich so verändert hatte.

«Warum musste er sterben?», fragte Enrico. «Hätte es nicht gereicht, ihn zur Rechenschaft zu ziehen?»

«Im Prinzip schon. Inzwischen wollte Dana aber mehr. Es hatten sich alle drei an ihrer Mutter vergangen und ihr Leben zerstört. Es hätte also jeder der anderen der Vater sein können.»

«Sie bat Fabian ein zweites Mal um Hilfe», sagte Häusermann. «Er ist ein hervorragender Steinschleuder-Schütze, und beide hatten das Gefühl, auf diese Weise lautlos die Morde verüben zu können.»

«Bei eurem Apéro», Wagner nickte Enrico zu, «wollten sie mit dem brennenden Wagen die Leute aus dem Gebäude locken und Raoul Schneider in dem Durcheinander erschiessen. Ob er dabei Fadrina Jägers Wagen mit dem von Valérie Schneider verwechselte oder ob er Fadrinas wählte, weil sie die Fenster offen gelassen hatte, ist noch nicht geklärt.»

«Eine recht fragwürdige Methode», sagte Marco. «Er hätte jeden anderen treffen können.»

«Durchaus. Zumal Herr Schneider zu diesem Zeitpunkt mit

seiner Familie im Bündnerland war. Davon haben sie erst nach dem Anschlag erfahren. Fabian reiste nach Scuol und suchte nach der passenden Gelegenheit. In dem Augenblick, als er schoss, schwankte Raoul Schneider, der betrunken gewesen war, zur Seite, und Fabian traf dessen Tochter. Zum Glück war es nur ein Streifschuss. Den Rest muss ich euch nicht erklären.»

«Welche Rolle spielen Fadrina und ihre Familie in dem Ganzen?», fragte Andrina.

«Keine. Die Drogen stammen nicht von Fadrinas Cousin oder ihrem Ex. Sie waren auch sonst nicht in den Rachefeldzug involviert.»

«Warum der Anschlag mit dem Stein bei Gabi? Weil er mich ebenfalls ausschalten wollte?», fragte Andrina weiter.

«Das war eine Kopplung unglücklicher Zufälle», sagte Wagner. «Der Vorfall hat mit allem nichts zu tun. Wie du weisst, hat der Bauer an dem Tag die Wiese gemäht. Ein Stein ist weggespickt und flog durch Gabis Fenster.»

«Das klingt phantasievoll.»

«Einem Bekannten von mir ist mal Ähnliches passiert», mischte sich Corina Burkhard in das Gespräch ein. «Nur steckte der Stein in der Fassade seines Hauses. Zwei Meter neben dem Fenster.»

«Und was ist mit Susannas Unfall?», fragte Andrina leise. «Auch eine Kopplung unglücklicher Zufälle?»

«Nein. Das geht auf Fabians und Danas Konto. Fabian Salzmann hat sie mit dem Anruf von dem Handy des Jugendlichen nach Herznach gelockt. Er hat sich am Strassenrand postiert. Dana hat auf dem Parkplatz des Restaurants Staffelegg gewartet und ihn informiert, als Susannas Wagen sich näherte.»

Von wegen krank, dachte Andrina. Dana hatte an dem Tag vor dem Mittagessen gebeten, heimzukönnen, da sie eine heftige Migräne bekommen und erbrochen habe. Elisabeth war nicht begeistert gewesen. «Wir brauchen jede Hand bei der Präsentation des Frühjahrsprogramms», hatte sie lamentiert.

«Fabian hatte Susanna unterschätzt und wollte sie ausschalten», fuhr Wagner fort. «Ihr beide habt Dana und Fabian aufgeschreckt, als ihr bei Susannas Mutter in La Neuveville aufgetaucht seid. Sie konnten es nicht gebrauchen, dass ihr weitere Nachforschungen anstellt.»

«Der Mann, den der Jugendliche beschrieben hat, war wirklich Fabian?», hakte Andrina nach.

«Ja.»

«Wie können die Personenbeschreibungen der Zeugen jedes Mal anders sein? In Küttigen hatte er lange Haare und einen Vollbart. In Ftan waren seine Haare kurz, und er war glatt rasiert, wenn ich mich richtig erinnere.»

«Mit Perücken und Theaterschminke ist einiges machbar», sagte Wagner. «Wir haben bei ihm zu Hause einen Koffer mit entsprechender Ausrüstung sichergestellt. So fiel es nicht auf, wenn er dich beobachtete.»

In dem Fall war es nicht nur Marco gewesen, der ihr nachgestellt hatte.

«Wusste Susannas Mutter, dass Fabian nicht auf Mallorca war?», fragte Marco.

«Ja. Nachdem ihr gegangen wart, hat sie sofort Fabian verständigt.» Und ihre eigene Tochter ans offene Messer geliefert, dachte Andrina.

«Als nach Danas Geburt ihre Mutter versucht hatte, sich Gehör zu verschaffen, wurde ja alles unter den Teppich gekehrt», ergriff Wagner nach einigen Sekunden wieder das Wort. «Dana ging deshalb davon aus, dass sich das wiederhole. Ausserdem wollte sie mehr.»

«Rache», sagte Marco.

Neues Schweigen setzte ein, bis sich Enrico nach vorne beugte. «Offenbar muss ich dir danken, weil du Andrina das Leben gerettet hast», sagte er zu Marco. «Und ich muss mich entschuldigen, weil ich dir misstraut habe und nachschauen gegangen bin und so Dana und Fabian zu deinem Haus geführt habe.»

«Schon gut», sagte Marco.

«Nichts ist gut. Du hast ihr ein zweites Mal das Leben gerettet, als du den Notruf abgesetzt hast.»

«Na ja, ich habe es versucht. Fabian ist dem zuvorgekommen, und später war der Akku leer. Ich wundere mich immer noch, dass es funktioniert hat.»

«Petra Seibert hat den Anruf entgegengenommen», sagte Häusermann. «Als sie deinen Namen gehört hat, hat sie aufgehorcht. Da du eigentlich nicht in der Schweiz sein konntest, war sie sich unsicher, ob es ein Scherz war. Vorsichtshalber hat sie die Info herausgegeben. Den Rest kennst du.»

«Warum hast du dich nicht zurückgemeldet?», fragte Wagner.

«Damals ist viel Geschirr zerschlagen worden. Ich wusste nicht, wie ihr reagieren würdet und wie ich euch begegnen sollte. Ausserdem war ich mir nicht sicher, ob ich wieder in Aarau leben möchte, und wollte das erst einmal in Ruhe feststellen.»

«Und?»

«Ich glaube, hier ist mein Zuhause.»

«Heisst das, du kommst zu uns zurück? Die Stelle von Jonas Aeschlimann ist unbesetzt.»

Marco erwiderte nichts.

«Es wäre schön, wenn du wieder an Bord wärst», sagte Wagner.

«Danke. Ich werde es mir überlegen, aber ich bin mir nicht sicher, ob ich das will.»

Serainas Avocado-Feigen-Salat

Zutaten (zwei Portionen)
5 EL Apfelessig
5 EL Rapsöl
Salz
Pfeffer
Grüner Salat
2 Avocados
100 bis 150 g Käse (Schafskäse)
100 g Baumnüsse
2 bis 3 EL flüssiger Honig
1 bis 2 Knoblauchzehen
10 Feigen

Zubereitung
Essig und Öl mischen und mit Salz und Pfeffer würzen. Den Salat mit der Vinaigrette mischen und auf Tellern anrichten. Die Avocados und den Käse in Stücke schneiden und zusammen mit den Baumnüssen über dem Salat verteilen.

Den Honig in eine Pfanne geben, den Knoblauch dazu pressen und erwärmen. Die Feigen halbieren und mit der Schnittfläche nach unten in die Pfanne geben. Bei mittlerer Wärme ein bis zwei Minuten ziehen lassen. Über den Salat geben.

Fadrinas Bündner Nusstorte

Teig
300 g Mehl
150 g Butter
120 g Zucker
1 Prise Salz
1 Ei

Füllung
1,5 dl (Voll-)Rahm
1 bis 2 EL Honig
150 g Zucker
150 g bis 200 g Baumnüsse

Zubereitung
Für den Teig Mehl mit Butter, Zucker und Salz mischen, bis eine krümelige Masse entsteht. Das Ei hinzufügen und zu einem geschmeidigen Teig zusammenfügen (nicht kneten). Kalt stellen.

Den Rahm zusammen mit dem Honig erwärmen.
Zucker gleichmässig in eine Pfanne streuen. Bei mittlerer Hitze vorsichtig erwärmen; dabei den schmelzenden Zucker nicht rühren, sondern die entstehende Flüssigkeit nur vorsichtig gelegentlich hin und her bewegen. Darauf achten, dass das Karamell nicht zu dunkel wird. Mit dem Rahm ablöschen.
Baumnüsse grob hacken und hinzufügen. Abkühlen lassen.

Mit einem Drittel vom Teig den Boden einer Springform auslegen. Mit dem zweiten Drittel den Teigrand ungefähr bis auf drei bis vier Zentimeter auffüllen. Den Rand gut an den Boden andrücken. Die Nuss-Karamell-Mischung einfüllen. Den überstehenden Teigrand auf die Füllung legen. Aus dem letzten Drittel einen Deckel formen. Den Deckel am Rand mit einer Gabel festdrücken und mehrfach einstechen.

Bei 180 Grad Umluft in der unteren Hälfte des vorgeheizten Ofens ca. 40 bis 45 Minuten backen. Abkühlen lassen. Vorsichtig den Rand aus der Form lösen und den Kuchen auf ein Gitter legen. Ganz auskühlen lassen. Erst am nächsten oder übernächsten Tag servieren.
In Folie eingepackt ist die Torte bis zu zwei Wochen haltbar.

Glossar

Amò (neapolitanisch) – Schatz

Apéro – Umtrunk

Baumnüsse – Walnüsse

(Park-)Billett – (Park-)Ticket

Bostitch – Tacker

Brautführer – Trauzeuge

Brockenstube – Gebrauchtwarenladen, Secondhandladen

Chileschüür (Mundart) – Kirchenscheune

Glacé – Eiscrème

Gottenmeitli – Patenkind (Mädchen)

Gotti – Patentante

Gugus da – Versteckspiel

I ghöre äs Glöggli (Mundart) – Ich höre ein Glöckchen (Schweizer Kinderlied)

Kanti – Abkürzung für Kantonsschule; Gymnasium

Kappe – Mütze

Kehricht – Abfall

Kittel – Anzugjacke

KV-Ausbildung – Schweizer Bezeichnung für Kaufmännische Grundausbildung

Lavabo – Waschbecken

Njet (russisch) – nein

Nuscheli – Schmusetuch

Occasion – gebraucht, secondhand

Plastiksack – Plastiktüte
Plättli – Fliesen
Rahm – Sahne
Rega (Abkürzung) – Schweizerische Rettungsflugwacht
Rivella – kohlensäurehaltiges Süssgetränk mit Milchserum
Rossschwanz – Pferdeschwanz
Schoggigipfeli – Schokoladencroissant
Schuhbändel – Schnürsenkel
Sgraffito – Kratztechnik zur Bearbeitung von Wandflächen; typische Dekoration bei Engadiner Häusern
Spitex – spitalexterne Hilfe und Pflege für zu Hause
Store – Markise, Rollladen
Strastwui (russisch) – guten Tag, hallo
Stumpen – Zigarre
Täfer – Deckenverkleidung aus Holz; Täfelung
Tambouren – Trommeln
Töff – Motorrad
Touché (französisch) – berührt; Punkt für dich
Trottinett – Tretroller, Kickboard
Twoj laptop (russisch) – dein Laptop
Velo – Fahrrad
Zip-Beutel – verschliessbare Plastiktüte
Znüni (Mundart) – Vormittagsimbiss
Zvieri (Mundart) – Nachmittagsimbiss

Die Kriminalromane von Erfolgsautorin Ina Haller im Überblick:
Alle Titel sind auch als eBook erhältlich.

Krimis mit Andrina Kaufmann

Tod im Aargau
ISBN 978-3-95451-076-4

Gift im Aargau
ISBN 978-3-95451-264-5

Der Metzger von Aarau
ISBN 978-3-95451-483-0

Schatten über dem Aargau
ISBN 978-3-95451-796-1

Aargau-Fieber
ISBN 978-3-7408-0058-1

Der Fluch von Aarau
ISBN 978-3-7408-0284-4

Aarauer Finsternis
ISBN 978-3-7408-0513-5

Nebel im Aargau
ISBN 978-3-7408-0925-6

Krimis mit Samantha Kälin

Rüebliland
ISBN 978-3-7408-0631-6

Chriesimord
ISBN 978-3-7408-0791-7

Chienbäse
ISBN 978-3-7408-1123-5